一万天的奇迹

一位抗癌女性的坚韧人生

THE UNWINDING OF THE MIRACLE

[美]朱莉·叶-威廉姆斯 著

黄瑶 译

天地出版社 | TIANDI PRESS

谨以此书
献给我此生的挚爱
乔希、米娅与伊莎贝尔

献给我深爱的姐妹
莉娜、南希与卡洛琳

献给曾为我拼尽全力的父母
叶世富与林桂英

献给陪伴我安全走向街道尽头的哥哥茂

推荐序

生命倒计时的味道

所有人，都走在生命倒计时的路上，癌症患者有什么不同？

这是我一直思索的问题。

二十年前，曾经在妇产科实习的我，被安排每天给一位腹股沟处有恶性肿瘤的中年女性换药。别人不愿意做，主要是因为气味太难闻了，一种鱼虾堆积在夏天闷热潮湿环境里散发的恶臭充斥着整个房间。那位患者每天最期待的就是换药，这样会有人和她说话。聊家乡，聊亲人，聊美食，聊什么都可以——看似稀松平常的聊天，因为癌症而变得珍贵。

在急诊外科实习的时候，主治医师带着一群我们这样的实习生，让我们实际经历处理病患的过程。有一次，我们遇到了一位身形瘦削的中年男子，症状是便秘和腹痛。老师让他在床上平躺，给我们示范腹部触诊，当老师触摸到患者腹部硬块的时候，我们看到了老师眉头紧锁。老师坚决要求患者留下来，告知他肚子里有可能长了不大好的东西，但是患者执意要走，掷地有声地说："工程图纸差一点儿就收尾了，死我也得画完图纸再死！"——日复一日的工作，因为癌症而变得伟大。

《一万天的奇迹》让我回忆起了这些过往的经历，因为安静的文字引起了共鸣。显然，作者朱莉·叶-威廉姆斯并非老到的作家，她只是一位结肠癌患者，两个孩子的妈妈。但越是真实和显得稚嫩的文字，越让人可以感受到平静水面下暗潮汹涌的力量——对生命的渴望。她有遗憾，不能和相爱之人乔希走得更远，不能陪伴女儿米娅与伊莎贝尔成长，不能继续所爱的工作。但同时，也因为癌症，朱莉·叶-威廉姆斯宽恕了在自己两个月大时强迫父母毒死她的祖母，在祖母去世时，她放声痛哭。

因为癌症，朱莉·叶-威廉姆斯感恩先天性白内障给她带来的低视力，她因此会更认真和用心地看待景色。

因为癌症，朱莉·叶-威廉姆斯珍惜做饭、炒菜这些日常家务，享受和家人共度的时光，回忆旅游时的所见美景与所闻趣事。我们习以为常的一切，在她眼中有若珍宝。

如果说，之前的生命是一杯水，癌症则给朱莉·叶-威廉姆斯生命中的最后五年加了一点儿佐料，让这杯水更有味道，更值得回忆。

北京眼科医生　陶勇
2021.7.22

自序

你们好：

欢迎大家阅读此书。

我的名字叫朱莉·叶-威廉姆斯。感谢你们的到来，我深感荣幸。这个故事是以结局为开端的，也就是说，如果你们来了，那我就已经不在了。不过，这没有关系。

我的生活十分美好，此生算是圆满的。与我所能想象的相比，或是与这卑微的出身所赋予我的期待相比，我得到的太多了。我成了一个女儿，一个妹妹，一个妻子，一位母亲，一个朋友，一个移民，一个癌症患者，一名律师，如今又成了一名作家。我总是努力怀揣着明确的目标与善意去生活，尽管我认为自己也曾伤害过一些人。我会尽力过得充实而有价值，从容应对不可避免的磨炼，完整地展现自身的幽默感及对生活的热爱。就是这样，即便我在40岁出头的年纪便已行将就木、丢下两个宝贝女儿，我还是幸福的。

我这一生命途多舛，能在襁褓中存活就已是某种奇迹。而我竟然还得以来到美国，更是一个奇迹。在那场残酷的越南战争中，我们处在失败的一方。出身贫寒、天生失明本已明确决定我的命运。虽然这一切在我的身上留下了印记,但却没能阻止我成长。死亡教会了我许多有关生存的事情,让我在欣然接纳快乐的同时也去拥抱痛苦,让我能够清醒地面对残酷的事实,用双臂紧紧环抱那些艰辛的部分,也许这些正是我人生中不平凡的、让我的心灵得到解放的经历。

人人都会经历艰辛,不管是直接的,还是间接的。那些从新闻中或朋友处听来的轶事,那些发生在别处和别人身上、以死亡告终的悲剧,都会让我们在难过的同时感到庆幸,感恩现在拥有的一切。毁灭性的龙卷风与地震、暴力枪击与爆炸事件、车祸,当然还有危害生命的疾病,这些都会让我们的内心受到极大震撼,因为它们会提醒人类:你们的生命是有限的,面对那些能令地球颤抖或细胞突变、使肉体彻底失去控制的力量时,你们又是多么无能为力。

我即将落笔写下我的经历,其中既有我走过的人生道路,也有我承受过的种种考验——你们懂的。虽谈不上面面俱到,却也足以完整展示我走过的路与活过的世界。恕我冒昧地这样说:故事以记录迫近的英年早逝为开端,才会更有意义,也能成为献给你们这些活着的人的一种规劝。

朋友们,趁活着的时候好好生活吧。

从奇迹的起点,到奇迹的终结。

朱莉·叶-威廉姆斯
2018年2月

目 录

| 从越南到纽约 | 死亡 1 | 002 |
| | 生命 | 005 |

2013 年	概率	012
	伊莎贝尔	017
	战争与武器	022
	与上帝做交易	024
	癌胚抗原，PET 扫描，核磁共振……	029
	独自旅行的幸福	035
	秘密	043

	幸福的瞬间	060
	一次草药经历	066

2014 年	大地粗暴的束缚	074
	世界的交叉路口	079
	希望	085
	我迷失了	091
	一场噩梦	095
	上帝之手	101
	爱的故事	108
	命运与财富	119
	数字，重新评估	134
	得胜之时当得意	142
	癌症入肺	148

2015 年	从黑暗到光明	152
	"把一切都放进肚子里"	160
	我生命中的一天	165
	无敌	172
	梦想重生	181

	孤独	187
	线索游戏	193
	悲痛的礼物	202
2016 年	登船赴美	208
	活着	214
	精神错乱	216
	奇普	226
	勇气与爱	232
	憎恨	239
2017 年	信仰，历史的一课	250
	家	255
	相信	259
	疼痛	263
	死亡 2	266
	准备	270
	爱	280

| 2018 年 | 走在生命的尽头 | 294 |

| 后记 | 309 |
| 致谢 | 319 |

从越南到纽约

死亡 1

◇

1976年3月，越南南部三岐市

我两个月大时，父母曾按祖母的吩咐把我带去岘港的一位草药医生那里，他们拿给老头几根金条，让他调配一剂能让我永远睡去的药。因为对我的祖母来说，天生双目失明的我是残缺的，会成为家族的累赘与耻辱，将来也嫁不出去。况且祖母还一口咬定，她对我已是慈悲为怀了，让我不必凄苦地活下去。

那天早晨，母亲为我套上了几件陈旧的婴儿装。衣服上还沾着哥哥、姐姐留下的棕黄色粪渍，即便她已经搓洗了无数次，却还是无法洗掉。是祖母命令母亲为我穿上它们的。那时候她就站在我父母卧室的门口，看着母亲替我更衣。"给她穿别的都是浪费。"母亲为我穿戴整齐后，祖母开口说道。她仿佛是在肯定自己的指示是合情合理的。

这就是我要去赴死的行头。对他们来说，在如此绝望的时刻，在即将化作一具尸首的婴儿身上浪费一套上好的婴儿装是毫无意义的。

这出家庭剧发生在冷战的正中心。十一个月前，南方解放，地缘政治的多米诺骨牌效应压垮了叶家人的生活。

到 1972 年时，战势显然已经不利于南方。父亲心惊胆战，害怕失去他仅有的一点儿财产。这些财产可是他为一个自己几乎不曾有过半点儿民族自豪感的国家冒着牺牲的风险换来的。父亲在回家探亲的短暂时间里，从未对家里人提起过自己在四年的军役生涯中所见、所做的可怖之事。他的母亲通过贿赂为他谋得了为军队上尉开车的职位，试图让他远离战争的丑恶，然而事情并不像所有人希望的那么顺利。他发现自己驶入了敌军的领土，不确定哪里潜伏着狙击手，哪里埋着地雷，入夜后还只能睡在雨林中。他害怕出没无常的游击队员会趁他睡在雨林里时划开他的喉咙。在不堪一击的宁静被爆炸声撕破时他吓得拔腿就跑。最终，对死亡挥之不去的恐惧——或者更糟糕的，对像朋友一样遭遇断手断脚的恐惧——彻底战胜了他心中的所有荣誉感，也超过了被别人称为"懦夫"的担忧。一天，他以去吉普车里取物资为托词，走出了军营，再也没有回头。整整一个星期，他时而步行，时而搭车，一路回到了西贡（胡志明市旧称），躲进了华埠——一片居住了至少上百万华人的老旧区域。华埠熙熙攘攘，生活着许多不喜欢战争的人，这使他在藏匿的同时，得以在社区里自由地出入。

父亲设法将自己的栖身之处转告给了祖母。祖母不相信哪个男人能够矢志不渝，包括她的儿子，于是建议我的母亲前往西贡，与父亲团聚。就这样，母亲一手抱着两岁的姐姐莉娜，另一只手托着襁褓中的哥哥茂，来到西贡与父亲过起了居无定所的日子，直到战争结束。那时，父亲已经可以安全地返回三岐市，不必害怕遭到监禁，或是更糟糕——在急转直下的局势中被迫继续服役。不过，当下还不是再要一个孩子的时候。

1975年4月30日,西贡解放。我的父母和其余的西贡人一同欢欣雀跃。这倒不是因为他们相信新的共产主义政权,而是因为战争终于走到了终点。在欢快的气氛中,他们迎来了我即将降生的消息。这之后,我的父母终于回到了三岐市的家。八个月后,在一月的某个平淡无奇的日子里,我来到了这个世界,体重三千克多一点儿(六七磅[①]左右),按照越南人的标准来说我的体重重了一些,但还不至于让母亲和我在生产过程中遭遇什么生命危险。那个年代的医院脏乱不堪,剖宫产手术也行不通;没有人知道如何进行剖宫,也许只有西贡的医院才能做。父亲为我起名莉菁,用普通话读起来是"Lijing",在海南方言中则是"Lising",字面意思翻译过来是"茉莉的精华"。这个名字旨在表达一种生机勃勃、欣欣向荣、美好靓丽的意思。期待新生儿良久的母亲激动不已,我的祖母也一样——总之起初是这样的。两个月之后,我却被裹在哥哥、姐姐的旧婴儿装里,躺在父亲的怀中坐上了一辆北去的大巴,沿着一号高速公路踏上了两小时的岘港之旅。我被判了死刑。

[①] 1磅≈0.4536千克。

生命

◇

2017年7月14日，纽约市布鲁克林区

亲爱的米娅、伊莎贝尔：

我已经安排好了自己能想到的一切后事——以十分合理的价格为你们和爸爸雇好了厨师，还留了一份说明清单，标明了你们的牙医是谁、学费什么时候交、何时续签小提琴租赁合同，以及钢琴调琴师是谁。接下来的几天时间里，我还会录上几段视频，讲讲公寓的各个细节，好让大家都知道空气过滤器在什么地方，奇普吃的是哪种狗粮等。可我意识到这些事情都是举手之劳。在"哦，原来如此"的平凡琐事中，它们属于轻易就能解决且不那么重要的问题。

我明白，作为母亲，如果不能努力平复我的离开带给你们的痛苦，如果没能至少试着说说年轻的你们可能会遇到哪些最重要的问题，你们恐怕会失望至极。你们将永远都是因癌症去世的母亲的孩子，人们会用同情与怜惜的目光看待你们（毫无疑问，这会令你们反感，即便大家都是出于好意）。如同崭新的静物画中一片扎眼的污溃,母亲的去世将与你们生活的枝节交织在一起。环顾身边那些父母仍然健在的人,你们会问,为什么我们的母亲就得因病逝去?这不公平。你们说着说着就会痛哭起来;遭到朋友苛待时,你们希望我能在那里拥抱你们;扎耳洞时,你们希望我能在一旁看着;举行音乐演奏会时,你们期待我能坐在前排响亮地鼓掌;大学毕业时,你们希望我会是那个坚持要再拍一张照片的烦人家长;婚礼那天,你们希望我能帮你们穿上婚纱;之后你们还希望我能从你们的双臂中接过新生的孩子,好让你们安睡。每一次你们渴望我时,都会重新经历一遍伤痛,不知道这一切都是为什么。

我不知道这话能否缓解你们的伤痛。但我若是不去尝试,就是我的失职。

七年级时,我的历史老师奥尔森女士是个怪人,但也是一位了不起的老师。我们这群青少年抱怨"这不公平"(比如她提出要进行突击测试,或是我们在玩所谓的"不公平"益智问答游戏)时,就时常遭到她的反驳:"人生就是这么不公平。习惯就好!"

不知为什么,我们在成长的过程中总是认为公平应该常在,人人都应该得到公平的对待,待遇与机遇也应该平等。成长在一个讲究法治的富有国度,我们必然会产生这样的期许。就连只有 5 岁的你们都会尖叫着呼吁公平,仿佛这是什么基本权利似的(比如伊莎贝尔能去看电影,米娅却不能去,这是不公平的)。可能这种对于公平公正的期许也根植于人类的灵魂与道德指南针中吧。我不确定。

我能确定的是,奥尔森女士说的是对的。人生就是不公平的。至少在事关生死的问题上,在超越法律范畴的问题上,在无法被人力驾驭或操纵的问题上,在仅凭上帝、运气、命运或某些其他不可知、无法理解的力量的问题上，期待公平的人也许是愚蠢的。

尽管成长的过程中并未缺少过母亲的陪伴，我却在比你们现在还要年幼的时候，就通过一种与众不同的方式明白了人生有多不公。看着其他那些能开车、能打网球、不必借助放大镜阅读的孩子，我心痛不已。这样的痛苦你们现在也许可以理解了。人们还会用令人厌恶的、充满同情的表情来看待我，剥夺我的机会。上体育课时，我在球场上永远都是守门员，从来没有正式参与过比赛。英语学校下课后，母亲觉得我和兄弟姐妹们一起去学中文不值得，因为她认为我看不见汉字。（当然，我后来在大学里学习的就是中文，还曾出国留学，中文水平超过了我的哥哥、姐姐）对于一个孩子而言，没有什么比以消极、可怜的方式"与众不同"更糟糕的了。我经常感到难过，还会在愤怒中孤独地哭泣。和你们一样，我也曾失去——视力的缺失使我失去了更多。我伤心欲绝，质问这是为什么，痛恨一切的不公平。

我可爱的宝贝们，在"为什么"这个问题上，我没有答案，至少此时此刻、此生此世还没有答案。但我真切地明白，若是你们允许自己去体会、去哭泣、去感受悲哀与忧伤、去受伤，痛苦与磨难会带来令人觉得不可思议的价值。穿越"火海"，出现在另一头的你们将是完整而更加坚强的。我保证，最终，你们会找到真理、美丽、智慧与平和。你们会明白没有什么是永恒的，痛苦不是，快乐亦不是。你们会理解没有悲哀就不存在快乐；没有痛苦就不存在宽慰；没有残忍就不存在同情；没有恐惧就不存在勇气；没有绝望就不存在希望；没有匮乏就不存在感恩。人生处处都是悖论。生活就是在矛盾中艰难航行的一次历练。

我被剥夺了视力。然而，不幸的身体状况却使我变得更好。它非但没让我沉溺于自怨自艾之中，反倒使我更加野心勃勃、足智多谋、聪明伶俐。它教会了我寻求帮助，而不是为自身的身体缺陷感到羞耻。它强迫我实事求是地面对自己和自身的缺陷，最后我也学会了实事求是地对待他人。它还教会了我坚强。

你们即将失去母亲。作为你们的母亲，我希望自己能够保护你们免受痛苦，却也希望你们能去经历痛苦，感受痛苦，接纳痛苦，并且从中有所得。你们要因此而变得更加坚强，因为你们知道自己的心里传承着我的力量；你们要因此而变得更富有同情心，同情那些独自经历着苦楚的人；你们要享受人生，享受人生中所有的美好，带着特殊的热情与热忱为我而活；你们要以一种过早失去母亲的人才能体会到的心情，以你们对人生的跌宕与可贵的理解，去对生活心存感激。我可爱的女儿们，这是我向你们发出的挑战：将一出丑恶的悲剧化作美、爱、力量、勇气与智慧的源泉。

许多人可能不同意，但我一直相信、永远相信——即便还是个独自在床上恸哭的早熟小姑娘时——我相信我们此生的目标是尽力去体会一切，利用一生的时光尽可能多地去理解人类的境遇，无论人生长短。我们就是来感受人类的各种情感有多复杂的。有了这些经历，我们的灵魂就能得以学习、成长、舒展与改变，对生而为人到底意味着什么有更多的了解。我称之为"灵魂的进化"。要知道，虽然先是双目失明，后来又罹患癌症，你们的母亲还是度过了精彩绝伦的一生，其中充斥的不仅是她"公平"获得的痛苦与磨难。我允许这份痛苦与磨难定义我、改变我，不过是朝着更好的方向。

在确诊癌症的这些年里，我体会到了曾经以为不可能拥有的爱与同情，还亲自见证、体验到了最深层次的人文关怀。这些都令我深感自身的渺小,激励我去做一个更好的人。我知道致命的恐惧会令人崩溃,但我却克服了恐惧,找到了勇气。失明与癌症教会我的事情数不胜数,但我希望你们在读到下文时能够明白,悲剧是如何以积极的方式改变一个人的,同时还希望你们能懂得苦难的真正价值。一个人的人生价值不在于他活了多少年,而在于他对人生的教训吸取得有多好,又是如何在这棘手的、多样的人生经历中去理解与提炼的。尽管要是换我来选,我肯定会选择尽可能长久地留在你们身边,但你们若是可以从我的离世中有所收获,能够因为我的离世而接受挑战、成为更好的人,就能为我的灵魂带来无上的欢愉与平和。

你们会感觉孤独寂寞,但务必要明白,你们并不孤单。没错,所有人的一生都是要独自走过的,因为每个人都会做出属于自己的选择。不过伸出双手,你们也是有可能找到与自己相似的人的。这样做能让你们感觉不那么孤单。这是人生的另一个悖论,你们要学会去驾驭它。首先,你们还有彼此可以依靠。姐妹的身份赋予了你们血脉的联系和一些共同经历。去彼此的身上寻找慰藉吧。永远都要原谅与热爱对方。还有也要爱爸爸,以及蒂蒂、茂舅舅、南希阿姨、卡洛琳阿姨、苏阿姨和众多的亲朋好友,所有认识与深爱我的人——他们都在惦记着你们,为你们祈福,为你们担忧。正是在这些人的关爱下,你们才不会感觉那么孤独。

最后,无论我将去向何方,总会有一部分永远陪伴在你们左右。你们的身上流淌着我的血液,继承了我身上最美好的部分。即便我的生命不在了,我也会守护着你们。

有时,我会在你们练习乐器时闭上双眼,好听得更清楚些。闭上眼睛,我常常会被这样一种清醒的认知征服:无论你们何时全情投入地拉起小提琴或是弹起钢琴，音乐的特殊力量都会把我召唤过来。我就坐在那里，提醒你们一遍一遍又一遍去演奏，去数拍子，去调整手肘，好好坐直。然后我会拥抱你们，夸夸你们做得有多棒，我会骄傲的。我保证。即便你们选择放弃演奏很久之后，我也会在你们人生中某个充满激情与承诺、平凡又不平凡的时刻，来到你们的身旁。那时的你们也许正驻足山顶，惊叹美不胜收的景色，为自己有能力爬上顶峰满怀骄傲；或是正第一次怀抱着自己的小孩；或是正为某人伤害了自己柔弱的心而哭泣；抑或正痛苦地为了学业或工作熬夜。要知道，母亲曾与你们感同身受，并且会在那里拥抱你们，督促你们前进。我保证。

我时常梦想，自己去世时能够了解没有视力障碍的人眼中的世界是什么样的，我还想眺望远方，看看鸟儿身上的细节，开开车。哦，多年双目失明，我是多么渴望能够拥有清晰的视力呀。我渴望死亡能令我圆满，赋予我此生缺失的东西。相信这个梦想一定能够成真。同样，我会在那里一直等你们，好让你们也能拥有自己缺失的一切。不过在此期间，好好生活吧，我亲爱的宝贝们。度过值得一过的人生。你们要活得透彻，活得完整，活得有深度。你们要知感恩、充满勇气、充满智慧地活下去！

我会永远爱着你们两个，穿越时间与空间，直到永远。绝不要忘记这一点。

妈咪

2013 年

概率

◇

这本来是一场家庭婚礼。2013年仲夏,亲戚朋友都聚集在洛杉矶,庆祝我年轻美丽的表妹最幸福的一天,我却没有去成。乔希与我带着米娅和伊莎贝尔从纽约飞来,本打算停留一周左右的时间。一个月以前,我的胃部开始有些不可名状的不适,除此之外,我还总是感觉不太对劲。恶心、抽筋和便秘迫使我去看了消化科医生,但似乎看不出任何显著的毛病。后来在洛杉矶,我开始剧烈地呕吐,表妹婚礼期间我都是在急诊室度过的。

结肠镜检查显示,我的横结肠中段出现了一片阴影,几乎将结肠完全堵塞了。《诊断学词典》中的词那么多,"肿块"是人们最不想从医生口中听到的词。还未进行活组织切片检查,医生就十分笃定那是癌变物质,不过他们在深入检查之前还不能下定论。

结肠部分切除手术之后,我永远也无法忘记在康复室里醒来的那个瞬间。护士蒂姆和我的外科医生D.C.正在安慰乔希,让他为了照顾我也必须好好珍重自己的身体。蒂姆问他吃没吃晚饭。还没等乔希作答,他便从自己的晚餐中分了一块比萨饼给他。处于麻醉状态下的我心里清楚，要是所有人都在过分关心乔希而非我——一个刚刚做完手术的人——那就一定出了什么大问题。

因此，当 D.C. 医生年轻的脸庞出现在我的眼前时，我用沙哑的声音问道："情况危急吗？"基于病房里的氛围，我预想的答案是"是的"。

相反，D.C. 医生却答道："不，不危急。情况很严重，但不算危急。"他继续向我解释说，肿瘤已被成功取出，但在我膀胱上方的腹膜区域发现了豌豆大小的癌细胞的种植转移。字面上的意思就是说，它是从主瘤上扩散出来的。我暗自琢磨，好吧，听上去还不算太糟——豌豆大小的种植转移已经被移除了——那乔希为何要如此难过呢？

处于麻醉状态中的我躺在那里，任由他们的对话涌入耳朵，同时努力让自己更加清醒一些。D.C. 医生说，我不会记得今晚说过的任何一句话，可乔希却说他不太确定。我对自己笑了笑。与我相处多年的经历教会了乔希，我的脑袋就像一只捕兽夹，不管是否被麻醉，我都不会忘记任何事情（尤其是当某件事可以被我用来对付他时）。

老实说，那晚的事情我还记得不少。除了刚刚做完手术身体不适，我还记得自己当时心想，手术肯定比预计的两个半小时更久，因为外面已经是黄昏时分了。我记得哥哥和表妹来病房里探望过我。不过最重要的是，人人嘴里都挂着一大串的数字：一颗肿瘤扩散转移、四期、6%、8%、10%、15%、30 年的数据……

由于肿瘤主体已经扩散到了我身体的另一个部位，不管扩散的大小如何，它都会被归为癌症四期。结肠癌四期的存活率很低，大约为 6% 至 15%。那天晚上，D.C. 医生反复告知乔希，存活率的数据虽然是以 30 年的研究为基础的，但也有可能是不可靠的。

当我明白所有人关注的正是那些数字时，心里就理解了乔希如此沮丧的原因。乔希热爱数字，能进行复杂的计算。我们交往期间，他曾多次问我："你觉得我们结婚的概率有多大？"他能记住美国橄榄球超级杯大赛开赛以来的每一届比分，也能记住2009年的温布尔登大赛上，罗杰·费德勒在第三盘第二局时曾以3∶5落后。就像许多人一样，对他而言，数字在这个充满随机性的无序世界里建立的就是秩序。因此，当他得知妻子结肠癌已经到了四期，还能存活五年的可能性也许超不过10%时，他的痛不欲生是可以理解的。

那天乔希一直啜泣到了第二天凌晨。他躺在用两张活动躺椅拼成的床上，一遍遍搜索结肠癌四期的存活概率。在黑暗的病房中，平板电脑的光在他的脸上投下了一道怪异的光芒。他不想与我讨论数据，怕它们会令我难过。可乔希是从来不会对我有所隐瞒的——这也是我如此爱他的一个原因。

发现这些数字其实并未令我难过，他的反应是半信半疑。"那又怎样？"我问道。"你还不明白吗？"他质问我，想让我理解问题的严重性。

尽管乔希如此爱我，却还是无法理解我的一条基本准则，因为他不曾体会过我的人生。他不明白，我存在于这个星球本身就是数据对我来说无关紧要的证据。数据对我来说没有任何意义。那天晚上，我让他把思绪拉回到1976年，我的家庭当时处在凄凉与绝望中，算算一个双目失明的女孩能有多大概率摆脱难以想象的贫穷；又能有多大概率摆脱令任何男人都讨厌、不配给任何孩子做母亲的身体缺陷的耻辱？她心知自己对于高傲的家族来说永远都是负担，不得不被人照顾一生，却还要承受此等耻辱——这样的概率又有多大。

我还要求乔希算算这些：漂泊在令许多成年男子都会丧命的大海

上,一个小姑娘能够存活下来的概率是多少?视神经损坏多年之后,重获一部分视力的概率是多少?不顾无知家庭的低期望,获得学业成功,从哈佛法学院毕业,在全球最杰出的一家国际律师事务所发展自己法律事业的概率是多少?最终嫁给英俊有才的美国南部男子、还与他生育了两个漂亮女儿的概率又是多少?当然,乔希是算不出这些概率的。

他花了许多个小时阅读医学研究的内容,试图增加我存活的可能性。与肿瘤多处转移扩散相比,一处转移扩散可以带来一些额外的概率,我的年龄、健康水平也一样。我能够接受全球最好的医疗护理,同时又拥有完美的支援体系等事实也能加分。据乔希说,它们能将我存活五年的概率提升至60%左右。对他而言,这就比6%要强得多。

老实说,60%在我听来也不是那么美好。事实上,任何低于100%的概率都是不够的。可众所周知,生活中没有什么是100%的。梅约诊所的出版物中写道:40岁以下女性患结肠癌的概率是0.08%——乔希之所以会把这种事情告诉我,是因为我本人是不会去搜索任何与数据有关的内容的。这一数据将因遗传或非遗传因素罹患疾病的女性全都考虑了进去。我的肿瘤没有显示出遗传迹象,意味着我患结肠癌的可能性还不到0.08%。这位优秀的内科医生告诉我,他在37年的从医经历中,还从未遇到过我这么年轻的人会因为非遗传因素而患上结肠癌。我是不是该感觉自己十分特别?我有至少99.92%的概率患不上结肠癌,却一次命中。

所以说,数据对我来说是没有任何意义的。它既不能提供保障,也不能充当恶化的根源。当然,要是我的癌症还处于第一期,且没有出现扩散转移,局面会更乐观。可即便成功概率是站在我这一边的,我也仍旧会输。凭借对统计概率的执念,乔希总会在处于劣势的人克服了困难、取得了足球或篮球比赛的胜利时告诉我:"这就是我们为何必须参加比赛的原因。"

好吧,我就是来参加比赛的。我选择不按赔率制定者的话来生或死。我选择不去相信几个无名的研究者看着一堆客观数据计算出来的概率。相反,我选择相信自己,相信我的身体、思想和精神,相信身体里那些已然对克服困难这门艺术信手拈来的部分。《胜利之光》中,狄龙高中黑豹橄榄球队的教练泰勒就总是对不起眼的队员们说:"擦亮眼睛,全身心投入,不能输!"

我已经擦亮眼睛,全身心投入了。

伊莎贝尔

◇

确诊后的 24 小时，每一次想到自己的孩子，我的身体都会被无情的啜泣折磨。我时常猜测女儿们未来会长成什么类型的女性。米娅肯定会成为一个明艳、敏感、冷淡的美女，伊莎贝尔则是个喜爱社交、魅力四射的暴脾气女子——一想到自己无法见证这些，我的胃就更难受了，心从未感觉这么痛过。一想到她们会悲痛欲绝地为我徒劳地哭泣，就为了让我能在夜里躺在她们身旁、用亲吻治好她们的小伤口，为了有个人——任何人——能像我一样那么爱她们，我就感到撕心裂肺的痛向我袭来。

为了自我保护，我不会再想象这些画面了，我让乔希不要把她们带到医院。在他无可奈何还是得把她们带来时，我都会将少有的几次探病安排得十分短暂。这样的场合总是令人不快，因为米娅无疑十分害怕妈妈身上插着的各种管子，进门没几分钟就想离开；伊莎贝尔也会因为撕心裂肺地尖叫被强行带离病房。我的两个宝贝已经成了别人的孩子。我知道她们正由我的父母和姐姐照料，还有一大堆的亲戚逗她们玩。这就够了。住院的那段时间里，我什么也给不了她们，一直处于确诊带来的震惊之中,我正努力让自己做好准备,从手术中恢复过来。

刚开始的那些日子里,在这场并非由我选择参与的战争中,两个孩子只能被我视为受害者。我们全都是癌症的受害者,而她们是最不应该受害的。

后来,可爱、活泼又淘气的伊莎贝尔——这孩子是癌症在我的体内滋长时在我肚子里长大的——开始让我得以从不同的角度看待这些事情。

出院后,我们没有立刻返回纽约,而是在贝弗利山庄附近一栋配有家具的联排出租别墅中多住了两个星期。我想多花些时间在洛杉矶跟进医生了解情况、恢复元气,与通常没什么机会见面的亲朋好友待在一起。我父母的房子坐落在东边,不太方便。这座廉价的出租屋还算令人满意,只不过有些陈旧肮脏,急需翻新。但不论好坏,它都让人觉得不太舒服。

搬进去两晚之后,在由和往常一样川流不息的奥林匹克大道返回出租屋的路上,伊莎贝尔突然用娃娃音说:"妈咪,我怕黑。"伊莎贝尔还不到两岁,说起话来往往口齿不清。这是她第一次提起怕黑的事情。我已经不再为她脱口而出的那些话感到吃惊了。因为她嘴里冒出的不少早熟的话都来自颇有洞察力的3岁半的姐姐。"伊莎贝尔,那里有很多盏灯,你不必怕黑。"我安慰她。

那天晚上,姐妹俩还是坚持要我和她们一起躺下来,尤其是伊莎贝尔。于是我在床沿上躺了下来,身旁的伊莎贝尔紧挨着米娅。沉默了几分钟之后,伊莎贝尔突然坐起身来,再次开口说道:"妈咪,我怕黑。"屋里虽然透进了街灯昏暗的光线,但还是很暗。"伊莎贝尔,妈咪就在这里。我会保证你们的安全。没什么好怕的。好了，躺下来睡觉吧！"她顺从地躺了下来，几秒钟后再次猛地坐了起来，一双敏锐的深色眼睛环顾着四周："可是，妈咪，我看见鬼了。"这可绝对是头一回。

米娅说，她从未和妹妹提过鬼的事情。我相信她。几个月前，姐妹俩玩过把毯子蒙在头上的游戏。两人大白天跑来跑去，嘴里还"嘘"个不停。可即便是玩过这样的游戏，伊莎贝尔把鬼和怕黑联系在一起也让我有些出乎意料。

我一周前刚刚做完手术，真切地意识到死亡看上去有多迫近，心里不知道是否真的有什么存在于屋里，被我的孩子看见了。

在接下来的十天时间里，伊莎贝尔在家时不时就会放下手中的事情，凝视着某个地方，眼神分明是在告诉我们，她看到了某些我们看不到的东西。有一次，她还对着自己看到的那个东西问："你为什么要回来？"

还有一次，我家长期雇用的保姆把电话放在了伊莎贝尔耳边，让伊莎贝尔和她的妹妹打声招呼。这样的事情保姆之前已经做过十几次了。在对方还没来得及开口之前，伊莎贝尔就告诉保姆的妹妹："我在这个房子里看到鬼了。"从那座房子里搬出来之后，伊莎贝尔就再也不会紧盯着一个地方看了，也没有再提起看到了什么。但我知道的是，我的伊莎贝尔是特别的。她的体内是有魔法的。

我出院之后，伊莎贝尔对待我的态度就发生了改变，一度变得特别黏人。我把这归咎于自己住院期间与她分开了太长时间。最终，她的紧张情绪渐渐有所缓解。如今，她还是会突然出现在我的背后，用双臂搂住我的脖子，紧紧抱住我十秒钟。对于一个两岁的孩子来说，这已经够久的了。有时候,她还会走过来,在我的嘴上狠狠地亲上一口,然后张开双臂绕住我的脖子,紧紧抱着我。趁她打算溜走前的那一秒,我问她:"妈咪会没事的,对吗,伊莎贝尔?"

"是的。"她总是说。

伊莎贝尔还太过年幼,无法理解妈咪的病。但我相信她的灵魂中有一部分明白发生了什么。她拥抱我时,我能感觉到她似乎正把自己身上的一部分赠予给我——她的希望,她的快乐,她的生命力。

我记起了高中时曾经读过的一首诗——英国浪漫主义诗人威廉·华兹华斯的《永生颂》。诗中表达了孩子们生来便"曳着荣耀之云",带着上帝赋予的天真、纯净与学识。成长的过程、社会与人生的腐蚀影响,剥夺了他们与生俱来的天使般的善良,也就是华兹华斯口中他们那"鲜花与青草中的荣耀流年"。

那我们成年人呢?这些早就错过了"曳着荣耀之云""鲜花与青草中的荣耀流年"的人呢?我们当中那些(忽然)被破碎的梦想所伤害的人呢?那些面对疾病与即将到来的失去,眼看就要被内心的痛苦所吞噬的人呢?华兹华斯为我们留下了忠告:

尽管那曾经的灿烂光辉
已永远从我的眼中消退,
尽管没有什么能够重现
鲜花和青草中的荣耀流年;
我们并不为此悲伤,
而是继续探寻
某种活力

在残存的往昔中；

在那原初的、一旦萌生就不会泯灭的同情心中；

在那些源于人类苦难的精神慰藉中；

在窥破生死的信念中；

在那些孕育哲思的岁月中。

——华兹华斯《永生颂》

的确，借由从共同的苦难中产生的人类同情的纽带，对超出自己想象的事物心存信念，我们就不会为已经失去的东西悲伤，而是会在已拥有的事物中获得力量。毫无疑问，我们需要在拥有的事物中找寻力量，包括在强大的孩子身上重新发现魔法与奇迹，让他们帮助我们走过最黑暗的岁月。

战争与武器

◇

真是讽刺，在拿到这份糟糕的确诊报告之前，我正处于此生的最佳状态之中——一个星期能锻炼五天。手术后三个星期，我就重新站上跑步机，奔跑了二十分钟。跑步的过程中，我对癌症越来越愤怒，开始破口大骂那些癌细胞："你们怎么敢背叛我的身体！你们怎么敢扬言要把我从丈夫、孩子们和所有爱我、需要我的人身边带走？我会把你们揪出来毁掉的！"想象我缩到癌细胞大小，赤手空拳地绞杀它们，把手伸到了它们体内的DNA里。紧接着，我又想象化疗赋予我一把剑，让我能将它们碎尸万段，或者用一把枪消灭掉它们，可什么也不如赤手空拳将它们击垮那样令我满足。

化疗很快就要开始了。我有理由相信，越早开始化疗，疗效就越好。我将接受名为"FOLFOX"的治疗方案。方案包含三种药物，其中被称为奥沙利铂的药物最为强效。化疗常见的副作用有神经系统疾病（麻木与刺痛，包括手脚对寒冷极度敏感）、恶心、腹泻、乏累、免疫系统衰弱、生口疮、脱发。没错，脱发。呃……所以我得去买一顶假发了。

我每两个星期要去接受一次化疗。两个小时的时间内，奥沙利铂会被通过一个端口注入我的体内（端口将被植入我的上胸部）。然后我就要带着一只泵回家，在接下来的两天时间里用它来输入另外两种药物。

医生极力推荐我调整成植物性饮食，戒掉精糖。他表示，这种饮食能够减少患癌或癌症复发风险的观点还没有任何精确的科学研究作为支持，不过我想这也无伤大雅。最重要的是，医生说我们还有充分的理由满怀希望。对我而言，我的年龄、状态、所有可见癌症迹象都已在手术中被去除的事实，以及身体通过化疗取得的进步全都是十分有利的因素。请相信，面对自我怀疑与不确定的时刻仍心怀信仰——这绝对是应对癌症的过程中最困难的部分。但我不擅长心理战。过去的生活教会我的是如何做一个有几分无情的现实主义者。

与上帝做交易

◇

我不是在宗教环境中长大的,与宗教最接近的时刻就是曾经捧着母亲的仪式供品走过几次过场,为我们祖上的村庄世世代代青睐的佛教神仙献祭,以及每月阴历初一和十五祭拜我的祖先。我站在水果前——春节之类的特殊场合还会有白切鸡、煎鱼和米饭——举着点燃的焚香,请神仙和祖先保佑我考试成绩全 A、考上自己选择的大学、全家大富大贵。

在曾祖母与祖母的葬礼上,当时 10 岁和 20 岁的我曾不假思索地模仿父母、叔伯阿姨、姑祖父和婶祖母们口中念念有词地鞠躬与跪拜。他们全都穿戴着白色的袍子和头巾。我并不了解这些仪式的哲学基础,而在我费心提问的那几次母亲又解释不清。除了春节,我的家族中没有人会去庙里,也没有人会阅读任何宗教文本。我们的准宗教做法很有可能可以追溯至几百年前的流行文化与农村神话传说,而非佛祖及其弟子晦涩难懂的学说。后者更近似于西方国家某些宗教的做法。在学校里,我不禁被那些宗教的一部分教义吸引了,因为我们在英语课上讲到的几乎每一首诗、每一出戏、每一则短篇故事和每一部小说都会渗透一些圣经典故。正如我在历史课上所学的那样，正是犹太教与基督教影响了西方文化的进程。

于是，我开始逐渐什么事都相信那么一点儿，形成了属于自己的精神与哲学生活方式。我相信祖先，相信他们的灵魂会守护我。我相信上帝，他也许不是《圣经》中所描绘的上帝形象，但也是一种无所不能的存在。我觉得，上帝已经超出了我渺小而有限的人类大脑所能了解的范畴，但我无限的灵魂可能可以在最清晰的、被佛祖形容为"开悟外缘"的时刻开始有所领悟。为了简单起见，我把所有看不见的力量都称为上帝。

从小到大，我时常会对上帝说话（或吼叫），尤其是在那些不眠的夜晚，在我愤怒地质问时——那些问题几乎都可以被归结为"为何是我"。当然，这个共同的问题是我和每一个曾经活过的人都会面对的。但谁都有各自的情况，不是吗？就我而言，为何我出生就患有先天性白内障？为何我的一生就要被迫受先天失明的限制、永远处于无法发挥全部潜能的"诅咒"之中？毕竟我本可以成为优秀的网球选手、中情局的间谍或是雅克·库斯托那样的传奇潜水员。为何我所有的表兄妹和朋友们都能开车，就我不行？为何所有漂亮却无脑的女孩周围总是围绕着俊俏的男孩，而我却因为厚厚的眼镜片被敬而远之？没错，在我愤怒地对上帝发表的长篇大论中，伴随视力残疾长大所遭受的一切重创都成了我演说的素材。上帝有很多问题要回答我呢。

我会仔细聆听他的回复，在脑海中搜寻问题的答案。这么多年过去了，我终于找到了。我逐渐接纳了中国人相信的宇宙平衡观念。阴阳理论就是这一观念的印证（比如男与女，天与地，日与月、好与坏）。在宇宙的秩序中，万物皆会回归平衡，也终将——必须——

回归平衡。

于是,在那些不眠的夜晚,我与上帝达成了一项交易。"那好吧,上帝。如果你打算把这个烂摊子丢到我的身上,我就得要求得到补偿。我希望自己的人生能够恢复平衡。凡是不好的事情——你必须承认,这种程度的视力残疾已经很糟糕了——都必须要有好处来与之平衡。所以,我想要指定我能得到的'好处',也就是用你让我吃尽的所有苦头来换补偿。我想找到这世上最伟大的爱情。我想要某人用绝不妥协、无与伦比的感情来爱我,直到我生命的尽头。"这就是我与上帝一遍遍达成的单方面协议。

我想和大多数少女一样,我的脑子里装满了像我曾经读过的芭芭拉·卡特兰的小说中以及禾林罗曼史系列中的罗曼蒂克桥段。父亲禁止我阅读任何他用蹩脚的英语称之为"我爱你"的书籍,所以我会用白色的中国日历纸把它们的封面挡住。这样我就能独自幻想自己的白马王子了——父母不会读英语还是有些好处的。在与上帝要来的交易中,我之所以选择爱情,是因为爱情是不可企及的。爱情似乎超出了我的控制,完全依赖于时机与命运,不像取得完美的成绩那样,能够通过个人的意志与努力得到。不过最重要的是,我之所以认为爱情遥不可及,是因为我觉得自己并不可爱。我是说,谁会想要我这么一个生理有缺陷的人呢?谁会自愿被我的缺陷束缚呢?哪个性感的男人愿意到处载着我,为我读菜单,扶我下楼梯,还无法参加网球之类的夫妻运动,让亲朋好友盯着这个戴着厚眼镜的呆丫头呢?我觉得应该没有人吧。

然而,上帝接受了我的交易!

他把高大、(有些)黝黑、英俊而又聪慧的乔希带进了我的人生。

多年前的曼哈顿下城区，某座奢华的摩天大楼43层，这个盎格鲁-撒克逊清教南方男孩就这样毫无戒备地走进了视障越南移民女孩的办公室——这种貌似完全不可能的事情，宇宙的力量却让它发生了。我知道许多人永远无法找到乔希的这种爱情——一种从一开始就要经历可怕的挑战、从而愈发坚韧的爱情（就像我们此刻面临的生死挑战一样）。从一开始，我就一直以为乔希拥有人类所能拥有的最善良、最慷慨的心（尽管我们两个人都有缺陷），于是我曾试图且仍在努力保护他的心不受任何人和事的威胁。为了这个永远爱我的男人，起码这一点我是能够做到的。毕竟他总是会确保我的水瓶里有水；要是我在沙发上睡着了，他便会叫我上床去睡；他还总会为我阅读菜单，仿佛这是世界上最自然不过的事情。这个男人爱我就如同我爱自己。

但我无法保护他远离癌症和一切我不能掌控的事情，无法让他摆脱对没有我的生活的恐惧，也带不走他无助的感觉。我不能向他保证自己可以赢得这场战争，我恨透了癌症给他带来的影响，我讨厌它害他落泪，惹他发火，令他绝望。比起癌症对我的影响，我更憎恶它给乔希造成的伤害。

自从被确诊以来，我身体里的每一个分子似乎都充斥着对乔希和我所爱之人的担忧。他周末为何要睡那么长时间？他有没有可能得癌症？他抱怨时说的手腕痛和消化不良会不会是癌症的预兆？同样的恐惧也存在于我注视孩子们的目光中。伊莎贝尔那次失去平衡是不是因为得了脑癌？米娅那天的大便看上去不太一样，是不是也是因为癌症？癌症的行踪是如此诡秘，以至于会攻击你每一个清醒的想法。与其说它是一种疾病，不如说它是生存的敌人，能让身体与我们反目成仇。我曾经拥有的微乎其微的安全感，如今已经彻底被粉碎了。癌症之类的疾病只要发起一次进攻，就会不断卷土重来。对此我心知肚明。

因此，在夜里辗转反侧时，我的脑海里都有个声音在尖叫着，不知道接下来我和家人还会遭遇什么可怕的事情。我发现自己和上帝达成了另一项交易，又回到了很久以前关于好坏平衡的问题。在一个我无法控制的世界里，除了对上帝说话、尖叫、咆哮和乞求，我还有什么选择呢？我告诉他："如果你再这么糟蹋我，如果你还让我的人生面对更多讨厌的事，那好，我能应付得来。你知道我能。可是我的丈夫、孩子、父母、兄弟姐妹——我爱的每一个人——请放过他们吧。见鬼！放过他们！你爱怎么折磨我，就怎么折磨我好了。你敢动他们试试！"

癌症互助小组里的一个女人告诉我，与上帝做交易就是我的祈祷方式。我倒是从未这样想过，因为我总是与上帝针锋相对。可不管是祈祷也好，交易也罢，他都答应了，并且信守了诺言。显然，我是无法指使上帝去做任何事情的，而生活显然又存在着某种必然，比如衰老所带来的疾病与死亡。不过上帝知道我在说什么。这一次，我希望他也能信守诺言。

癌胚抗原，PET 扫描，核磁共振……

◇

如前文所述，我如今的生活就是由数字、概率、数据点、期望值组成的。不过，当你患上结肠癌时，也许没有什么数字能比反映血液疾病水平的数字更能左右你的幸福感的了。它被称为你的"CEA"。这个华丽的术语代表的是癌胚抗原，指肿瘤释放出的某种特定蛋白质，尤其是在结肠和直肠中发现的那些。

癌胚抗原下降时，人类情不自禁燃起的希望让你感觉更加良好。癌胚抗原上升时，你会比平时更加强烈地体会到，脚下的路与生存之路又偏离了多少。

确诊四个月之后，我的癌胚抗原为 19.8，表明在第二个月的化疗期间，该数值才下降了不到 1 个点 —— 而第一个月，它曾经下降过 6 个点。虽然结肠癌论坛和互助小组里的所有人都说，癌胚抗原这样的肿瘤标记物是出了名的不可靠，而且在化疗期间会上升，但我还是心灰意冷。在某种程度上，我的难过源自我是个优等生，喜欢拿 A+，喜欢完美的 100 分。患上妊娠期糖尿病时，我就曾沉迷于通过饮食、锻炼以及后来的胰岛素注射将自身的血糖维持在最佳水平，还生了两个身体健康、体重适中的宝宝。

不过，我难过的主要原因还是在于心里相信，癌胚抗原水平下降得不够快在暗示着身体要面临疾病可能会转移的负荷。拿到这些结果之后，我要求和肿瘤医生谈谈，他过了好几个小时才回我电话。于是我给自己在加州大学洛杉矶分校（UCLA）医疗中心的外科医生发了条短信（从严格意义上来说，他已经不是我的医生了），他几分钟内就给我打来了电话。他说，我们显然想要看到癌胚抗原更低一些。为了让我和乔希心安，我应该做一次正电子发射型计算机断层显像（PET）扫描，扫描过程是将某种融合了放射性示踪剂的葡萄糖注入体内，让癌细胞吞噬这些葡萄糖，使得放射性示踪剂能够随癌症产生的代谢活动发光。

为了其他癌症患者的利益，我应该在这里提一句，许多机构（包括纪念斯隆-凯瑟琳癌症中心 MSK 在内）都不相信 PET 扫描（至少是在治疗结肠癌方面）。其理论依据在于 CT 扫描更加行之有效，且 PET 扫描更有可能产生误报。在 MSK 癌症治疗中心，他们在我前去征询第三种意见时告诉我，该院只做 CT 扫描，而且只会在疗程完成之后进行扫描（除非有什么症状促使他们提前扫描）。

我的肿瘤医生同意 UCLA 医疗中心外科医生的看法。他让我下个星期一再去接受一次癌胚抗原检测，根据其结果决定是否继续进行 PET 扫描。

整整一个星期，我满脑子都在仔细思索癌胚抗原 19.8 这件事，任其腐烂恶化，搞得自己情绪低落，还哭了好几次。如今我已经不常掉眼泪了。乔希放了一首我们的歌——乔舒亚·卡迪森的《我眼中的美》（*Beautiful in my eyes*）。他曾在婚宴上为我唱过这首歌。想起那个充满希望、前程似锦的日子,想起那时我们发誓无论生老病死都会相守相依,丝毫不知道什么正在等待着我们,也不知道真正的疾病摧残是什么样子,我歇斯底里地号啕大哭起来。虽然和那天相比,此刻的我们已经能够更好地去理解这个病了,却仍然只能算是一知半解。我执着地认为,在照顾病妻的过程中,乔希会像约翰·爱德华兹①那样在另一个女人的怀中找到安慰。眼下这个阶段,我觉得乔希还不会背叛我,但谁知道悲痛会对一个男人产生什么样的影响呢?

让我暂停一下,谈谈乔希和另外一个女人的事情吧。乔希曾经与我坦白地谈论过若是我死了他再婚的事情。那个假设中的女人被我亲切地称为"二婚妻子"。我明白,如果我死了,乔希是需要找个伴的。我的两个女儿也需要一个慈母般的人物。我对此没有什么意见,不过为了谨慎起见,还是得把心里话都说出来:在我还活着的时候,任何会侵犯我们关系的女人都必须能够与我相媲美。我会向她和"二婚妻子"(假设她们不是同一个人)保证,不管我是活着还是已经离开,如果你欺负乔希和我的孩子,如果你想方设法对我的遗产下手,用你肮脏的手夺取我孩子的财产、从其他方面伤害她们中的任何一个,我来世都不会放过你,定要让你遍体鳞伤。

我们说到哪儿了?哦,等待下一次癌胚抗原检测的这一周着实难熬。那一天终于到来了,我 11 点半就抽了血。下午 3 点半,护士给我发来了邮件:"你听说那个好消息了吗?你的癌胚抗原是 1.8。正常了!"我简直不敢相信。正常?一个星期的时间有可能跌这么多吗?

---

① 约翰·爱德华兹(John Edwards),曾是美国总统选举民主党候选人,在妻子确诊癌症以后,和另一个女子发生了婚外情。

我满心怀疑。这是有可能的,却又不大可信。于是我当天就回去看了医生。他说他也怀疑过结果,所以对血液样本进行了重新检测。既然我来了,不如再抽点儿血,再测一下癌胚抗原。下午 4 点半,我又抽了一次血。癌胚抗原重新检测的结果是 17.8——实验室怎么能如此胡来?第二份血液样本的癌胚抗原也回升为 16.5。我告诉医生,太好了,数值降下来了,可同一个人的癌胚抗原怎么会在五个小时的时间里存在如此大的差异?他没能给出一个令我满意的答复——只能说癌胚抗原是不可靠的,我们不应该指望它。

由于癌胚抗原还在提升,在前往华盛顿特区参加某场结肠癌活动之后,我着手安排了一次 PET 扫描。必须等周末过后才能收到结果。乔希的父母来了,米娅又要在星期六那天举行生日派对——至少还有不少的事情能让我分心。是呀,不管有没有癌症,生活还在继续。

PET 扫描结果上亮起了两个点,一个在脊柱左侧的腰肌旁边,另一个在右侧的骨盆中。A.C. 医生认为腰肌上的那个点可能没有什么。为了进一步明确,他想让我做一次腹部与盆腔的核磁共振。

乔希和我提出了一系列的问题:"外科医生在手术期间会不会看到这些点?"

"不一定。"

"手术后的 CT 扫描有没有发现这些点?"

"没有。"

"这份扫描结果会不会有问题?"

"不会的。"

"她会不会没事,我是说……我知道你什么意思。"

"是的,我觉得她是可以被治愈的。"

我钦佩乔希提出最后一个问题的勇气，也钦佩医生能够这样回答。我很高兴能够听到这个消息，但老实说，它对我并没有太大的意义。我并非没有勇气询问被治愈的问题，而是觉得无论答案如何，都没关系。癌症是一种动态疾病。医生对此并不是无所不知的。今天的答案与第二天不一定是一样的。

不过我还是一样感觉良好、满怀乐观。腰肌上的那个点也许没有什么。右侧骨盆上的那个东西即便是肿瘤，也很有可能仅仅是个癌性淋巴结。核磁共振能够告诉我们更多的信息。

出于某种原因，我的核磁共振是助理和乔希安排的。他急于让我马上就做，而我唯一空闲的时间就是第二天 7 点 45 分。乔希答应了。做完第六轮化疗之后，我和他步行走到了位于第一大道的核磁共振中心。乔希回家去顶替保姆了，好趁两个女儿上床睡觉之前看看她们。核磁共振花了大约 45 分钟，我要躺进一根管子中，这让我以为自己已经被装进棺材、埋进了地下——那种感觉比 PET 扫描还要强烈，因为核磁共振的机器更窄、更局限。唯一不像墓穴的是机器持续发出的叮当声。我的身体有时会在平台上震颤起来。整个过程还要不停地吸气和吐气，需要我好长一段时间憋住气。9 点刚过，我结束后便坐地铁回家了，10 点才到家。又是令人筋疲力尽的漫长的一天。

第二天中午，我拿到了核磁共振的结果。腰肌上的那个点，那个被外科医生和肿瘤医生认为可能无害的点其实是有问题的。它的上面长着两个癌变淋巴结——一个已经坏死了（也就是死肿瘤），另一个还活着。现在你能明白我为什么不太相信医生的预测了吧。

我把核磁共振的结果转发给了乔希。看过之后，他表达了"合理的乐观"情绪。我的器官都未感染是件好事。所涉及的两个淋巴结似乎也不是什么大问题。但你可以理解,这些调查与推测是多么荒谬。说来也怪,和乔希的角色正好颠倒,我并没有那么乐观。首先,PET扫描与核磁共振是无法可靠地探查腹膜上的赘生物的。在手术过程中找到(并移除)的那颗肿瘤是膀胱上方腹膜处的种植转移。近期发现的癌变淋巴结很有可能就在那里。

一开始就有人说过,我是所谓"腹腔热灌注(HIPEC)"的理想候选人。这种化疗过程很艰难,要把身体割开一个大的切口,把我的腹腔浸泡在加热后的化疗药物中90分钟。这听上去既残忍又让人绝望,但事实就是如此。这种手术被称为"摇一摇,烤一烤"。切口很丑,很难恢复。我感觉核磁共振的结果让我更靠近HIPEC化疗了,心里很不高兴。

我告诉过乔希,我只会在极其危急的情况下才去做腹腔热灌注化疗。不管怎样,它看起来像是一种诊断性腹腔镜手术,由外科医生深入体内四处查看,是考虑到扫描的局限性、为检查腹腔赘生物而采取的必要举措。我也觉得自己被诊断为癌症四期是因为技术性细节,应该归咎于腹膜上那处小小的癌细胞种植转移。这处扩散意味着癌症非循环入侵,因为从字面意思来看,它就是从原发性肿瘤上脱落下来的,而不是通过淋巴系统蔓延开来的。我感觉自己更多地属于第三期,而非四期。如今,核磁共振的结果证实了我的确应该被归为四期,而我患上的也是转移性疾病。虽然心知这一切只不过是数据显示出来的,但数据在某种程度上是至关重要的,无论我有多想否认其重要性。

因为转移性疾病几乎是不可能被治愈的。

独自旅行的幸福

◇

10月的某个星期一,我几乎一个人做完了第五轮化疗的输液过程,临近结束时才有一位好友赶来把我接回了家。通常,乔希都会在输液开始之前去癌症中心与我见面。不过这个星期天,他有一个一亿美元的合同要签署,无法离开办公室。我告诉他不必担心。我是从大型律师事务所里走出来的人,明白这是怎么回事。一亿美元在那个世界里算不上是什么大数目,但也足以让客户充满期待。为了回应他的自怨自艾,我提醒乔希,现在工作比以往更加重要——重要的是,他得为支付医疗保险和医疗保险无法覆盖的补充治疗费赚钱。除此之外,这也只不过是十二次化疗中的一次,又不是手术,没什么大不了的。即使癌症的乌云一直盘旋在我们的头顶,生活(从现在起即将变得扭曲的生活)必须要继续——孩子们还得上学,电话会议还得进行,账单也得支付。

尽管脸上不动声色,我的心里还是十分难过的。乔希一眼就看穿了我装出来的自信。接受化疗的日子里,我已经习惯了乔希的陪伴,住院的那些日夜以及之后的许多个星期里,他一直都在我的身边。在我身体恢复的过程中，我们都在努力适应新的生活。

那个星期一，我在为常规检查抽血时也是孤身一人。午餐时，我点了第三大道某家店里常点的泰餐，趁奥沙利铂和叶亚酸在血管里飞速穿梭时独自吃着饭。护士告诉我癌胚抗原结果已经出来时，我也是一个人。我孤独地坐在活动躺椅上，胃里翻江倒海，一个人思索着19.8这个数据——和上个月相比，它下降了还不到一个点。"你还好吗？"护士关切地问，因为失望与焦虑已经在我的脸上展露无遗。"没事……没事……我很好。"我无力地安慰她，脑海里却闪过了成千上万个念头。第一个月下降了6个点，第二个月才1个点——这意味着什么？化疗不那么有效了吗？也许是我的饮食偏离太多，摄入了过多的糖分；也许我的冥想或锻炼做得还不够，也许我肝脏上的斑点已经癌化。

某个时刻，乔希打来电话询问，我便告诉了他。考虑到他几分钟之内就要去参加一场大型会议，我也许不该这么做。可我知道自己想要明白我们的角色是否颠倒了。"医生怎么说？给他们打电话，问个明白！"他吩咐我。十分钟之后，他又给我打来电话说，基于他快速搜索的结果，我们不必太过担忧，因为化疗的有效性不一定体现在癌胚抗原的成比例下降。

乔希不能陪在我左右的事实令人难过，但我觉得这其实对我是有好处的。独处强化了我很久以来的某种感觉。我拒绝相信癌症已经存在有一段时间了。尽管有些可怕，但抗癌之路仍是一段孤独的旅程，我必须欣然接受，独自上路。实际上，我们每个人在人生的旅途中都是孤独的，途中诚然会有父母、兄妹、亲戚、朋友、爱人、子女、同事以及许多其他人充实着我们的生活。他们的存在与喋喋不休有时会让我们忘记，在人生之路上所有人都是孑然一身的。事实上，每个人都是孤身降临这个世界的,也是独自离开的,生死的经历和其间的种种最终都是孤独的。在某种程度上,尽管乔希也许可以理解癌胚抗原指数下降不够快给我带来的痛苦,但他还是无法明白我在听到这个消息时内心的真实感受(我也无法真正明白他的感受)。

几个星期以前,在推着伊莎贝尔的折叠婴儿车送她去上学的路上,奥沙利铂曾一度让我无法呼吸。我独自面对惶恐,凭借意志找到了内心的平静,将伊莎贝尔安全送到学校,然后一个人去看了医生。同理,在某种程度上,尽管我也许可以理解其他年轻母亲努力应对癌症诊断时的感受,但情感上还是和她们有所差别的,因为大家的生活经历大相径庭。我会努力用自己所能想到的最好言语来分享抗癌之旅,表达各种情绪冲击的复杂性与细微差别。然而语言是有限的,无论我有多想带着乔希和所有支持我的人上路,这都是行不通的。我坦白——我害怕独自踏上这段旅程。

承认这一点对我来说并不容易。我一直为自己善于独处感到骄傲,觉得自己是少数几个能在独处中感到深切的喜悦(却又不存在社交障碍)的人之一。在一个人环游世界的过程中,我以为我已经掌握了独处的艺术,如今却得求助于这些独自旅行的记忆,才能平息一个人踏上这段全新的旅程时内心的恐惧。

未满 31 岁时,我的足迹就已遍及七大洲。这也许是作弊,因为我其实还未去过澳大利亚,但我去过新西兰,我认为新西兰肯定是大洋洲的一部分。新西兰和澳大利亚排在我旅行清单的最后。2006 年 11 月,我花了两个星期的时间徒步穿过南岛,从一座小屋到下一座小屋(新西兰拥有一套精细而质朴的小木屋体系,避免了不必要的野营——对我而言是件好事),背上一直背着自己的装备(除了途中别人出于同情替我背过几磅东西）。那时我和乔希已经交往六个月了，三个月内就订了婚。尽管我们正处于浓情蜜意之中，乔希却并没有随我前往新西兰。我没有邀请他，他也没有要求跟着去。

乔希明白我对独自出游的欲望有多强，在守护自己的发现、体验时又有多么尽心尽力。我几乎总是一个人上路（这意味着旅途开始之前，我什么人也不认识），或是会考虑身体的情况，尽可能只身前往。我是跟随一家名为"野外调查"的非营利性机构前往新西兰的。这家机构一直致力于让各种各样的残疾人都能到户外，接近大自然。2004年，我还跟随同一家机构去南非进行长途旅行，2005年则跟随总部位于康涅狄格州的某组织去了南极洲。该组织专攻不含任何炫耀成分的极地探险。从1995年到2004年，从南美洲、亚洲到欧洲，我出游时要么就是作为海外游学项目的一分子，要么就是形单影只的探险背包客，身上带着值得信赖的旅伴《孤独星球》（*Lonely Planet*）导游书，让它来告诉我该去哪里住宿，该去哪里吃饭，又该到访什么景点。我还会带上阅读地图小字时用的放大镜，以及查看路标、飞机和火车信息等所有看不清的东西时要用的双筒望远镜。

我知道，即便是撇开视力受限的问题不说，有些人也会认为我选择和喜爱独自出游简直是疯了。我知道，乔希第一次遇见我时就是这么认为的。我独自吃着用陌生食物做成的早饭、午饭和晚饭，独自游走在世界各大古迹之中，独自迷失在黑暗的陌生城市里寻找过夜的地点，独自乘坐船只、火车和飞机，不知道下一秒或未来将发生什么。你瞧，独自旅行就是我的极致的快乐。有些人会求助于致幻的物质，有些人会跳伞，有些人会玩火，有些人会制作精美的结婚蛋糕，我选择环游世界，追逐精神的愉悦。除了能够观赏地球地形、野生生物和古代人工制品那赏心悦目、令人惊叹的美，独自前往七大洲旅行还是深刻的心灵之旅。它能够安抚我的灵魂并使其强大，同时平息我的怒火，消除我的自我怀疑，以无人能及的方式为我的精神注入无比的力量与独立感。

自从到了要上大学的年纪，我就梦想着可以远走他乡，我最终进入了威廉姆斯学院——一座位于马萨诸塞州西部伯克郡的小型学院。这里以秋日落叶闻名，却也因寒冷的冬天"臭名昭著"。威廉姆斯是我所能想象的、距离阳光的加利福尼亚州最遥远的地方了。在住进宿舍的第一晚，我就在含泪与母亲、姐姐道别后哭了出来，心里还是渴望能朝新的方向发展。那天晚上，我告诉自己，纵使是想家，我也要克服，还要在大学三年级那年出国留学。最终，我在大学里学了中文，大学三年级时去了哈尔滨（中国东北的一座工业城市，曾以通往俄罗斯的西伯利亚大铁路第一站而著称），后来又去了北京。那一年，利用学习期间的几个月假期和定期的周假，我会跳上各种各样的交通工具前往遥远的省份，在乘船畅游长江时聆听鸟鸣，在和一大群当地人穿越甘肃山区时乘坐的迷你巴士车门掉落时被吓得目瞪口呆。

那一年我发现，旅行——尤其是独自旅行——能以其他任何东西都无法比拟的方式让我面对自身的视觉缺陷。我很难解释我是如何观察这个世界的，其中一部分原因在于我不知道还有其他的方法，所以只能用临床术语来解释一下。我右眼戴矫正眼镜时的视力是20/200，左眼的矫正视力是20/300。这意味着一个视力为20/20的人分别在200英尺[①]或300英尺以外的地方能够看到的东西，我需要

---

① 1英尺≈0.3048米。

在20英尺的地方才能看到。除此之外，由于我的左眼肌肉过于虚弱，以至于它从未被使用过。这两项测定结果都让我符合了"法律上认定的失明"。我猜，这意味着我可以很轻松地说出，我是个残疾人，按照法律必须得到包容。这些数字还没有考虑到我在阅读和观察近在咫尺的东西方面的缺陷。小于10磅的字体对我来说是一大挑战。即便是10磅大小的字体，没有放大镜的话，阅读对我来说也会是一个十分缓慢的过程。从4岁那年起，我就是这样观察这个世界的。这些是我每天都要面对的不便，可没有什么——绝对没有——能比独自旅行让这些不便更加真实、更加直接、更加令人沮丧，因为那时的我没有认识的人可以依靠，何况又身处一个语言不通的陌生地方。

独自旅行是我在情感、精神和身体上能让自己经受的最有效、最艰辛的测试。我是为了向自己证明，我能做到的和别人一样多。漫步穿过中国古城隐蔽的后巷、佛罗伦萨曲折的中世纪街道和自由之都布达佩斯荒凉的大道，我在寻找青年旅社、茶室或博物馆时，总是会为无法看到建筑的编号、读不懂店家的招牌而沮丧、气恼。于是，我学会了控制因身体局限造成的失意与愤怒。除了寻找解决办法，我别无选择，因为在陌生的环境里没有人能帮我。我充分利用了自身的勇气与智慧。要不是我有意识地、心甘情愿地将自己置身于如此难以应付的环境中，我都不知道它们的存在。我学会了用少量的词汇、手势和肢体语言与陌生人交流，还学会了根据太阳的位置判定四个方位，学会了保持冷静，对自己有耐心，允许自己犯错误。当我终于找到威严的西斯廷教堂，站在公共广场的遗迹上时，比起欣赏眼前的美景，我更感激自己的能力——凭借一己之力到达目的地。这种成就感总是能带来我想象中的最高境界的快感——为自身控制情绪的手段、解决问题的能力、连续数小时背着30磅重的东西上下楼梯和穿越山丘的体力深感自豪。最具讽刺意义的是，独自旅行能让我的内心感到完整，有助于治愈长期沉迷于玄学问题而痛苦不堪的灵魂。

这种完整感也有一部分来源于途中认识的所有新朋友带给我的欢乐。只有在独自旅行时，我才会真正敞开心扉、结交朋友，了解他们的世界观。邂逅那些对我一无所知的人也是一种诱人的自由。和一个人会对酒保吐露心声差不多，我发现自己也会对陌生人倾诉委屈。在这些陌生人的眼中，我不再是一直以来自以为的那个残疾人，而是可以自我改造的，变成了一个勇敢、聪慧、幽默、迷人的家伙。我永远也忘不了在巴黎与我同住一间青年旅社宿舍的陌生瑞典女孩。她的背不好，她是坐着轮椅独自出门旅行的。她告诉我，我是值得被爱的——我知道这话听起来有多虚伪，可当你一个人周游世界时，这种话是最令人愉悦的。还有那个热情洋溢的荷兰男子。他从一个摄影师的角度，花了不少工夫为我描述他见过的某处海景的种种细节。还有那个折磨人的土耳其裔美国女孩。她拽着我走遍了北京所有的现代电子乐酒吧，仿佛嘈杂的重击乐能淹没困扰在我们心头的一切。这些曾与我生命轨迹相交的人教会了我不同的生活、思考与存在方式，并在此过程中丰富了我的认知，触碰了我的灵魂。

自从新西兰之旅后，我就再没有单独旅行过。我说服乔希和我去了埃及和约旦度蜜月，还在米娅出生前拽着他去过中国。怀着伊莎贝尔时，我们去过波多黎各，在一座度假村里住了一个星期。由于有了两个孩子，年纪又有些大了，我已经不确定自己还能否像以前那样为了省下几块钱而冒险，或是踏上能让我多年后开怀大笑的疯狂探险了。在独自旅行方面，我已然生疏，习惯了让乔希做我的双眼，让他引领我在机场中穿梭，由我来应付两个孩子，毫不迟疑地跟在他的身后。我已经习惯了带着家中的两个"小核心"出游，设法让孩子们在不崩溃的情况下熬过短途旅行的航程，还要确保手头有足够的零食来安抚她们，寻找适合儿童的目的地，免得出现任何意外与差错。自2006年11月起，我的生活和事物优先级就已经发生了改变。

这些年来，我变得更加懦弱和心软了，感觉自己还没完全准备好应对人生的新阶段。这段最新的旅程将成为我生活的转折点，我需要比以往有更多的勇气、力量、智谋与毅力。和前往七大洲的旅行不同，抗癌之旅并不是用来证明自我价值的自选测试，它扑过来打了我一个措手不及。这一次，我没有感受到年轻的无敌与自由；这一次，我还要考虑丈夫和两个幼女的生活；这一次，赌注更多，风险更大。

不过，抗癌之旅带给我的幸福和昔日周游世界时的幸福并无二致。走在如今这条道路上，我遇到过许多出类拔萃的人，还有更多的人有待邂逅。我还有教训要吸取，还有智慧与自律精神要培养，还有善事要做，还有勇气、力量、风度、决心与骄傲要去获得。我知道这是真的。第一次独自去做PET扫描、从医生的口中聆听结果时，我就是这样提醒自己的。在未来即将到来的癌胚抗原检测和化疗过程中，我也将这样告诉自己。乔希不来陪我化疗真的没有什么，因为他的缺席提醒了我独处的重要性，也让我意识到了尊重孤独的重要性。这一切都是我孤独之旅的一部分，是一段我要全心全意、尽可能排除恐惧去接受的旅程。因为我知道，历经漂泊，我将再次找到同样的幸福。

秘密

◇

所有的家庭都有秘密。这就是我们家的秘密。

这话可能听起来很怪,虽然我 28 岁那年才得知祖母曾下令杀了襁褓中的我,但年幼时的我就一直有所察觉。早在还没有记事时,我灵魂的某个部分就记下了所有的创伤。这个秘密以常人难以想象的方式伤害了我。自从被确诊以来,我一直在加倍努力地寻找能与这个秘密永远和解的方式,以为这样就能在生存之战中找到助我一臂之力的隐秘真相。

母亲是哭着告诉我事情的真相的。不过在她的忏悔中,我觉察到她背负了许久的一份重担被卸了下来。

母亲那天之所以会为我穿上肮脏的衣服,是因为"给她穿别的都是浪费",我的祖母就是这么咄咄逼人地告诉她的。

母亲没有回应 —— 没有人要求或期待她回应 —— 在把我从床上抱起、紧紧裹好的过程中,她努力掩藏着满是泪痕的脸。为我穿戴整齐之后,除了动身出发她就没有别的事情可做了。她一手抓起钱包,从婆婆面前溜走,嘴里嘟囔了一句"再见,妈",看都没有看向她的眼睛便沿着狭窄的水泥台阶奔向了一楼。

屋外，父亲正紧盯着鞋子，胡乱踢着泥土，等待和我们一起上路。这本和其他前往岘港探访亲友的家庭旅行没什么两样，只不过姐姐莉娜和哥哥茂没有到场，而我却醒目地出现了。这是我有生以来第一次出门。父亲刚刚把年龄稍大的两个孩子送去了岳父岳母家，让他们去和外祖父母、舅舅们玩上一天。结婚七年以来，我的父母已经开车去过岘港许多回，这一次却要坐公共大巴去。因为这样做能让我们不露身份地消失在人群之中，降低亲友们看到熟悉的车辆、心生怀疑的风险。这趟旅途中，我的父母不打算走亲访友，像期待中那样自然地介绍我是叶家新添的人丁。毕竟，定期会从岘港打来电话的曾祖母两周前就要求见见我了。我父母总是假装信号不好。这比说出他们永远也不打算向她介绍新出生的曾孙女要容易得多。

我们在一扇开口只容得下一个人通过的金属栅栏门前与父亲碰了面。从11个月前，南方被北方部队解放以来，这扇门就没有再被打开过。祖母站在二楼的窗户旁紧盯着我们。在她沉重的目光的注视下，我的父母默默地离开了房子，途中看都没看蹲在路边的那个女人。她正在售卖用米做的煎饼和裹着虾肉与猪肉、沾了辣味发酵鱼露的薄饼。两人转入一条小巷，经过了一座两居室的小屋，屋里的那个女人曾为叶家两代人接生，让我的父亲、他的兄弟以及我的哥哥、姐姐降生在了这个世界。两个月前，母亲也在这座房子里生下了我。紧接着，他们右转来到了镇子外围的一条街道上。前往岘港的大巴车正在那里空转着发动机等待，乘客也已经纷纷上车。

"去岘港每人100盾。"我们出现在铰链眼看就有可能松脱的车门口时，大巴车司机告诉父亲："小孩50盾。"他在父亲递出两张纸币时又说。

"可她不占座位。"父亲抗议道。

"无所谓。这趟车上很多人都没有座位,还是要买全价票。我能让她半价坐车,你应该高兴才对。"司机回答。

我的父亲没有心情与这个男人据理力争,又递过一张纸币,登上了大巴。母亲紧紧跟在他的身后。他们幸运地在车厢后部找到了座位,因为乘客很快就把车过道站满了,甚至连车后座的位置都站满了人。直到车里无法再塞下一个人,某个男人的腿还顶着我父亲的手臂时,大巴才终于动了起来。

母亲很高兴自己能够坐着。她知道,在这段走走停停的旅途中,抱着一个婴儿站上两个小时是很困难的。连接三岐市与岘港市的道路只有一条,双向的车道还总是被川流不息的卡车、大巴车、轿车、摩托车、马车和驴车堵得水泄不通,尤其是在中午。她不在乎这一路要花多长时间。要是大巴车坏了,他们永远都到达不了目的地,那才好呢。

坐在我们前面的两个男人各点了一支烟,继续聊起了一天的计划。窗外的微风把烟径直吹到了母亲的脸上。她让我的脸贴在她的胸口上,身子靠着车窗。大巴驶过一个路边市场。人们正在为高声尖叫的待宰小鸡、火龙果、葡萄柚、嫩青椰和其他如彩虹般颜色多样的水果和蔬菜而纠结。集市过后是一大片郁郁葱葱的田野。集市里琳琅满目的货物就是从那里来的。头顶上,热带的艳阳洒下了耀眼的光芒,使得被雨水淋湿的地方色彩更加鲜活起来,处处生机盎然。人们聊着天,抽着烟,砍着价,有买有卖,世界还在像以往一样继续运转。这只不过是另一个平凡的日子。可对母亲而言,世界已经变成了一个梦。梦中的她和眼前的一切都不真实。她觉得自己若是试图抓住香烟把它们丢出窗外,那只手会像幽灵一样直接从那两人的身上穿过。或者若是她走下大巴,去感受椰青果皮的嫩滑,它便会消失在雾气之中,而整座集市也会随之消失。最近这一个月,自从祖母发现我不太对劲以来,母亲一直都处在梦一般的状态中。

唯一让她感觉真实的是脑海里争执的声音,一天比一天刺耳,在此刻的大巴上更是震耳欲聋。

"我不能这么做!"

"你必须这么做。没有别的办法!"

"肯定还有什么别的办法。她是这么美丽,这么可爱。看看她的皮肤,是多么光滑,多么健康啊。还有她的头发——那么浓密,那么有光泽。摸摸看!她在其他方面都是完美的,其他每一个方面!"

"我们对她已经无能为力了。就连你自己的父母也认为必须这么做,你说你爱这孩子,那就不能让她一辈子忍受这样的折磨。"

"她的人生就这么糟糕吗?我会在那里照顾她的。我发誓,一辈子。"

"你不可能永远都在。之后她会遭遇什么?你已经有一个弱视的孩子了,要应付的已经够多的了。"

"我宁愿死,也不愿这么做。"

自从祖母说出她的愿望以来,这段对话就一直搅得母亲心烦意乱。

为了我的到来,母亲已经等待了良久。她的梦想就是拥有四个孩子,组成一个完整的家庭——而我就是这个梦想中的一部分。"四"是个吉利的偶数,不多也不少。母亲总是觉得自己父母生育六个子女太多了,虽然她很享受一大家人的吵闹与喧嚣。莉娜是老大,是婚礼后不到一年出生的。她甜美可人，拥有和父亲一样白白的皮肤。作为家中的长女、双方家庭的第一个孙辈，她是个被新毛衣和芭比娃娃宠坏了的姑娘，还赢得了许多乐于接受新一代诞生的亲戚的关注。两年后，茂出生了。作为家中的第一个新添的男丁，也是双方家庭的长孙，他受到了特别的欢迎。所有人都在评论他土豆形状的脑袋，相信那是绝顶聪明的象征。

我出生四周后，祖母把我抱到了她卧室的窗旁。那是我第一次离开父母的卧室，离开母亲的视线。遵循民间的传统，在那之前，母亲与我都要被隔离在我父母的房间里，不能洗澡，必须呼吸被煮开的酸橙和柠檬叶湿润过的空气，还不得不遵循代代相传的其他仪式，就为了确保我们身体里的"气"（生命力）能从生产的创伤中好好恢复，降低将来遭遇器官衰竭和其他疾病的风险。

由于我父母的卧室是一间内室，从祖母的窗口涌进来的明亮阳光就成了照在我身上的第一道自然光——自我出生几个小时后被从接生婆家抱回来，就再没有见过光。照顾过许多小孩的祖母驾轻就熟地用一只手臂抱住我，低头凝视着我的脸。她在阳光下仔细端详，试图判定我的五官遗传自谁。我显然遗传了母亲黝黑的肤色，但一双大大的眼睛却是叶家的特征。她对我十分满意。我不是一个男孩，长相更像母亲家而非父亲家，但是看上去十分健康，骨头上的肉很多。事实上，在迄今为止的孙辈中，我无疑是出生时体重最重的。我是战争结束后家里出生的第一个孩子，这在她看来是个好兆头。她希望我的健康是个预兆，预示着在统一后的越南，事情不会像有人担心的那么糟糕。

突然之间，祖母的眉头皱成了一团，双眼眯成了一条缝。她朝着窗边挪了挪。

"阿爹！"她呼喊楼下的丈夫。在养育了五个儿子之后，祖母也喜欢用儿子们的口吻来称呼自己的丈夫。在我家主要使用的海南方言中，"阿爹"就是"爸爸"的意思。

习惯了妻子的频频召唤，祖父来了，却没有她希望得那么快。他也站在了我的身旁。

"她的眼睛有问题。你看！"祖母对他耳语。她的窃窃私语只会留给最严重的事情——那些她不想被别人偷听到的事情。

祖父闻言看了看，的确在我的瞳孔中央看到了奇怪的乳白色东西，那很有可能被误认为是反光或者光线造成的错觉。于是祖父举起一只手，在我的面前摇了摇。我的双眼并没有随着他的手移动，表情也没有发生变化。即便他的手挥得那么近，那么用力，我也没有看见他的手的迹象。

"她看不见。她看不见！"祖母的私语声已经几近尖叫。此时此刻，她也在我的面前愤怒地摇摆着一只手。

"她和她姐姐的病一样。没有别的可能。"祖父用实事求是的低沉嗓音宣布。莉娜出生时也患有白内障，尽管没有我的严重。

"可莉娜这个年纪时看上去可不是这样的。她很完美……"祖母的声音越来越弱。她正试图去理解眼前的这一幕，试图与她和她的家庭即将面对的新事实作斗争，试着想清该如何是好。"我们该怎么办？"她询问丈夫，绝望地注视着他的眼睛。祖父可不是一个会屈服于恐惧与惶恐的人。他相信自己的理性与清醒的头脑。在殖民主义与战争并存这数十年，他经商的成功之道正是源于这一点。

"莉娜做完手术就好了。我们会努力给她找个大夫的。"他通情达理地表示。

"什么大夫？三岐又没有大夫。莉娜是在西贡做的手术。西贡距离这里有好几天的路程呢。即使我们能赶到西贡，在那里还能不能找到好大夫呢？"祖母的语气既痛苦又愤怒，还很绝望。

"我们可以试试看。"祖父充满希望地说，心里却不那么乐观。

"就算我们能找到好大夫，也不会有什么用。莉娜的视力并没有因为西贡的那次手术恢复。当然，她术后是有了点儿起色，可即便戴着厚厚的眼镜，现在还是恶化了。从她走起路来小心翼翼、努力摸索东西的样子就能看出，她失明只是时间问题。那些大夫都是江湖骗子，假装自己知道些什么，好从我们的手里骗钱。你有没有想过，在一个婴儿的身上做手术有多危险？到那个时候，她必死无疑。"祖母恶狠狠地说道，仿佛这事全都要怪她的丈夫。

祖父恼怒地叹了口气。他的妻子是个悲观主义者，老是忧心忡忡的，觉得最坏的事情随时都有可能发生。不过他倾向于扭转她这个念头。"我们别无选择，必须做点儿什么。"他回答道。

祖父不知道的是，母亲正靠在隔壁卧室的门口，似乎是害怕打破一个月的隔离生活。她听到的私语声甚至盖过了正在楼下玩耍的茂与莉娜的尖叫声。她已经知道祖父母在谈论什么了。早在几天之前，她就看到了我眼中的白色物体。她一直在搜寻它，担心它。她很清楚它看上去会是什么样子。因为就在几年前，她曾经看到过同样的白色的东西偷偷爬进我姐姐的双眸中。

住在西贡时，莉娜的视力开始出现了问题。她试图把玩具放在桌上，却总是够不着，还会找不到房门，会撞到东西。他们在当地医院找到的大夫诊断她患上了白内障，两只眼睛里都有遮蔽视线的白色蛋白质生长物。他先为她的右眼进行了手术，计划几个月之后跟进左眼的手术。可在此之前，由于战争，哪里都找不到大夫了。医生对那次手术的预后①十分谨慎。他说手术很有帮助，但右眼的白内障还是存在复发的可能。她的左眼依旧没有接受治疗，白内障清晰可见，在母亲看来它一个月比一个月白，也一个月比一个月大。

我有可能患上白内障的事，母亲没有告诉任何人，连她的丈夫也没有。这又有什么关系呢？大家很快就会发现，而且全都会怪罪于她，我的失明都是她的错。她怀疑这都是怀孕期间按照草药医生的吩咐吃下的那些绿色药丸造成的。在此之前，她在帮厨时曾不小心把一大锅滚烫的水洒在了大腿上。她试过不吃药，但双腿已经发炎红肿，像火一样炙热。可她现在满心后悔自己吃了药，她应该忍住疼痛的；或许这是因为她孕期吃了太多辛热特质的食物——太多的橙子、葡萄柚、杧果——却没有摄入足够的寒凉食物，比如西瓜和莴苣；或许这是因为她的基因组成存在缺陷，害得两个女儿都不幸遗传。无论是何种原因，她不仅没有保护好我，也没有保护好莉娜，没能履行好作为母亲最基本的责任。伴随隔壁的耳语声，母亲爬回床上，努力不发出任何声音，好让自己能再多躲上一阵子。

第二天晚上，待仆人和家里的其他人都睡下后，祖父母把我的父母召唤到了他们的卧室。母亲坐在父亲旁边的床铺上，努力哄我入睡。我的祖父母站在窗边。祖母几乎没有看我。当她看向我时，却是在怒视。我降生在这世上曾给她带来的所有喜悦全都化作了另外一种东西——怨恨，甚至是憎恶。母亲感受到她的敌意，把我抱得更

---

① 预后：对于某种疾病发展过程和最后结果的预测。

紧了。

"出了什么事？"父亲天真地问。可怜的父亲，发际线都已经开始微微后退了，他真的永远都是最后一个知道真相的人。他是个孝顺的儿子，体贴的丈夫，仁爱的哥哥，甚至是个慈祥的父亲——虽然这个角色他扮演得有些笨拙。他一直都遵循父母的要求，16岁就开始从事家族产业，装卸沉重的盒子与板条箱，开车前往全国各地为客户送货。他喜欢上学，曾经很想去西贡读高中，之后可能还想过去台湾上大学，好去多看看这个世界。可是他的父母坚称资金不够，何况他们认为超过某个特定的限度之后，教育就是在浪费时间与金钱，他还是多学学家里的生意更好。他感受到了作为长子的压力，可能也因为这条路更安全、更轻松，他放弃了学习和去看世界的梦想。后来，他的母亲说他年纪大了，必须要结婚成家了。他的祖母——我的曾祖母——也促使他朝那个方向努力，认为婚姻和曾长孙能为她带来财富，为她抵抗小病小灾增添运气。于是他做了自己该做的事情，娶了母亲为他选择的姑娘。他永远都是那个尽职尽责的儿子，完全不知道即将发生什么。

"你的女儿是个瞎子。"祖母用响亮的声音对我的父母宣布。这可不是一个说话会矫揉造作的家庭。

父亲仅仅沉默了一秒，便恢复了声音："你说她是个瞎子，这是什么意思？她怎么了？"父亲转过头来紧盯着我，不肯接受现实。在仅有一只裸露灯泡照明的昏暗房间中，他什么问题也看不出来。

"她得了白内障，和莉娜一样，不过似乎更严重。莉娜至少戴上眼镜还能看见。这家伙连大的东西都看不到。"祖母说起话来完全是令她鄙视的江湖医生的口吻。

母亲知道父亲作何感想，甚至还能感受到他的恐惧——这是遗传的吗？是她的错还是他的错？一个孩子患上白内障可能是意外，但两个孩子呢？茂会不会也失明？她无法直视他。

祖母用手指了指已经把视线转向窗外、正背对着我们的祖父："阿爹和我已经考虑好该怎么做了。这里已经没剩什么大夫了，他们也没有能力帮助她。我们觉得，她的眼睛是没机会治好了。我们觉得最好让她服下点儿东西睡去，永远也不要醒来，让她摆脱痛苦，不用受不必要的折磨。"

我的父母同时倒抽了一口冷气，差点儿被祖母的话吓昏。两人对着她睁大了眼睛，在她身上搜寻着精神错乱的迹象。然而她那双深色的眼睛沉着而冷静，她还绷紧了下巴，用最理智的声音说道："我知道这话听上去很极端，不过你们必须考虑一下，对她而言、对这个家族而言，什么才是最好的打算。"

身陷自责、愧疚与悲痛中的母亲只不过以为自己要继续照顾我，就像照顾莉娜那样，希望现在或以后会有某个大夫或草药医师能够帮得上忙。她第一次开了口，前所未有地壮着胆子顶撞了婆婆："我不能这么对待自己的孩子。她是我的骨肉，是我的责任。我会自己照顾她的。"

祖母是有能力且肯定会惩罚任何一个敢于质疑她的人的，尤其是住在自己家里的儿媳妇。"你一个人是照顾不了她的，你还没有意识到这个问题？你忘了自己还有别的孩子，其中一个已经存在视力问题了吗？你有没有想过她的人生会是什么样子？有没有？我想过！你有没有想过看不见是什么感觉？这样活着是可悲且可怕的。我宁愿做个聋子也不愿是个瞎子。她将无法独自在街上行走，就连在屋里四处走动都不可能不撞上什么东西。她开始来例假了怎么办？她会像个野丫头一样把血滴得到处都是。而且谁会想娶一个瞎姑娘呢？谁会爱上一个瞎姑娘呢？谁会自愿照顾她？没有人。要是你死后没有任何人来照顾她，她最终就会像你见过的那些没手没脚的人一样，在街上要饭。你希望自己的女儿落得如此下场吗？是吗？"

母亲紧紧抱住我的脑袋，下意识地捂住了我的耳朵。在一连串问题的攻击下，她能感觉到泪水正在积聚。那些话如同小刀般戳着她的心。她紧紧抿住嘴唇，强忍住了泪水，因为她知道那会被视为软弱的象征。

就在这时，父亲开了口。"我们当然不希望她有这样的命运，可你们不知道，也许某个地方会有大夫可以帮她。她是我们的骨血，这么对待她似乎是不对的。"他用绝望的声音哀求道。

祖母转向了他："大夫？哪有什么大夫啊。别傻了！你和我一样清楚，明天就可能有警察来逮捕你。那时候对这个失明的孩子能有什么好处？谁知道你还能不能活着出来？或者，会不会有人明天就到家里来，偷走我们身上的衣服。更别提，他们能设法找到家里的金子，就像其他身无分文的家庭遭遇的那样，这些人很快就会找上门来的。等我们一贫如洗的时候，又怎么照顾一个失明的孩子呢？她连缝补或打扫房子都做不了。你有没有想过，要是人们发现咱们的家族里有这么个东西，会怎么说我们？我来告诉你们，这些人会怎么说。他们会说我们倒霉，被诅咒了；他们会看不起我们，看不起你和你的儿子。这就是你想要的吗？"祖母气得浑身发抖，自以为知道得最清楚，不相信竟会有人怀疑她的判断。

屋子里一片沉寂。终于，她再次开口时语气平和了许多："你们俩还需要点儿时间考虑这件事。我坚信你们会明白我的提议有多明智。好了，去睡觉吧。"

我的父母最终还是照做了。接下来的三个星期，祖母一直用同样慷慨激昂的言辞抨击他们，直到两人的意志被瓦解，同意带我去看她找的那个草药医师——岘港那个能够调制药水、让我永远沉睡的男人。

等到父母带着我站到草药医师居住的灰色水泥建筑前时，母亲脑海中的声音已经平静了下来，取而代之的是起保护作用的麻木。它如同一副盔甲，抵挡着即将到来的疼痛。我的父亲骨子里和他的母亲一样，是个思虑很重的悲观主义者。自从下定决心到岘港来，他就已经穿上了盔甲。母亲跟在他的身后，迈上陡峭的台阶，来到了草药医师位于四层的公寓。两人谁也没对彼此说些什么，各自沉浸在悲哀之中。

父亲敲了敲门。门开了，出来一个身材瘦削的男人。一头泛白的头发暗示他的中年岁月已经渐进尾声。父亲开门见山地称他为叔叔。在越南语中，这是对父辈一代男性的尊称。"叔叔，是您的妻子叫我们到这里来的。她说您能帮得上我们。"

草药医师把门开得大了一些，后撤了几步，好让我们进去。这是一间一居室的公寓，仅靠一扇敞着的窗户透进来的光和木桌上的一盏煤油灯照明。角落摆着一张简易小床，另一处的墙角里则放着一台双炉头的炉子，下面连着一个煤气罐。靠墙的架子上陈列着各式各样已经晒干或正在晾晒的香草，还有一些其他植物、香料和多节的根。架子顶摆放着一根象牙尖已经钝了的长象牙，也许是被草药医师磨平后倒入了煮沸的浓茶壶中，可以释放象牙的神奇药力。屋里散发着自然万物的气味。那是树枝和树叶的味道,是埋在土里的根的味道,是死去动物尸骨的味道。已经腐烂和正在腐烂的东西发出的气味中却也掺杂着生命的味道,因为这些都是草药医师用来拯救生命、有时还能赋予生命的神秘配方。

草药医师的妻子是个在三岐市街道上售卖烟草和手卷香烟的女人。这位草药医师就是她推荐给祖母的。祖母与她相识多年,却不是因为抽过她的烟。卖烟女长着一口被腐蚀坏的牙齿,头发油油腻腻的。大家都听她说过她和超自然世界存在着某种紧密的联系。卖烟女说她过世的祖父时常会来"探望和指引"她,让她为社区里那些有幸蒙受她恩惠的活人提供咨询意见。祖母允许卖烟女在我家的店门口卖货。作为交换,卖烟女或是她的子女之一会在"祖父"回来时尽快提醒我的祖母。卖烟女就这样赢得了祖母的信任。

如今,祖母未曾解释为什么,便向卖烟女开口询问关于医术高超的草药医师的事情,还要远离三岐市那些好奇的眼睛和耳朵。卖烟女说出了自己丈夫的名字。她已经不再和他住在一起了,却仍旧相信他的医术既高超又实用。

"我能帮上你们什么忙?"待我的父母在桌旁坐下,三人每人捧上一只茶杯后,草药医师开口问道。

父亲心不在焉地摩挲着褪色的红色茶杯说:"我们希望您能帮忙看看我们的新生儿。她看不见东西。"

草药医师在母亲和我的身旁弯下腰,俯身仔细看着我的眼睛,随手把灯拉了过来:"嗯。看上去像是白内障。这么小的人儿就得了这种病,真是让人吃惊。我可以给你们抓些能够强健她眼部肌肉的药。不过老实说,我不知道有什么药能让白内障消失。我们有时会在染病的眼睛里挤些柠檬汁。不过我觉得她的眼睛不是在这里染上病的，虽然这么做也没什么坏处。"

"其实……嗯……我们不想让您给她抓什么可以祛病的药，因为我们知道没有这种东西。我们想让您拿些能让她不再痛苦的药，让她去个永远视力清晰的地方。"隔着摩托车的引擎声和楼下街道嘟嘟作响的喇叭声，父亲用几乎听不清楚的声音澄清道。

草药医师谨慎地从母亲和我身边躲开，回到自己那边的桌旁，坐在了椅子上："这真的是你们想做的事情吗？"他问。

我的父母没有回应，只是低头看着散落着香料与香草碎渣的水泥地。

草药医师再次开口时，声音低沉却坚定："你们知道吗，人们之所以会来找我，是因为害怕死于癌症；或是血压太高，担心自己随时都有可能跪倒在地；有些女人来找我，是因为她们怀不上孩子。我会运用父亲的父亲传给父亲、我的父亲传给我的知识尽全力帮助所有人。我不能参与你们要求我做的那种肮脏的事。我相信还有别人可以帮助你们，但是我不行。我明白你们的心里肯定非常难过，真的，可是我不相信这种东西。抱歉。"

听了这些话，包裹在母亲身体周围的麻木盔甲开始分崩离析。泪水从她的脸上滚落了下来。她下意识地紧紧抱住我，对草药医师说："谢谢您，叔叔！太谢谢您了！"那是如释重负的眼泪，是令人难以置信的、喜悦的眼泪。她感觉轻松了很多，那是身体在庆祝罪责得到了赦免。草药医师就是证据，他证明了这个世上还有正常人存在，证明了还有人认为她和丈夫打算做的事情是错的，证明了还有人认为她的婆婆疯了。要是看到他们回去时我还活着，祖母肯定会火冒三丈的，但至少我的父母可以诚实地说，他们已经尽力了，是草药医师拒绝配合。

父亲一把夺过我,第一次抱了刚刚出生不久的我。他飞快地站起身,朝着门口走去,还暗示母亲跟上来,想要赶在草药医师还有机会反悔之前离开。父亲对他能够留出缓冲的余地表示了感谢,带着紧随其后的母亲冲出了房门。我们离开之后,草药医师肯定注视了那扇门很久,不知道这对口是心非的奇怪夫妇身上到底发生了什么。

返回三岐市的家时,太阳早已下山。祖母就站在门口迎接我们回来。"发生了什么?"她质问道。

"草药医师不愿这么做。"父亲怀抱着我,从她的身边挤了过去。

"为什么不愿意呢?你有没有把我交给你的所有金子全都给他?"她的语气充满了质疑。那天早上,祖母给了父亲好几盎司的金条,都是她从房后水沟里的隐蔽之处取出来的珍贵黄金。她相信,它们足以让一个穷困潦倒的草药医师做任何事情。

"没有,我都没有机会把金子拿出来。反正这都无所谓了。他非常坚定。"

"每个人心里都有自己的价格。要是我,一定能够猜得出来!"祖母坚称。

"那你就该自己去!"父亲转身怒视着他的母亲,厉声顶了一句嘴。如此漫长的一天令人筋疲力尽,他只想尽快把事情了结。

父亲话音中的锐气已经足以让我的祖母让步——至少是暂时让步。她了解自己的孩子,知道何时能对他们施加多少压力,可尽管如此,她还是没忍住,必须把最后一句话说出口:"没关系。我会再找法子的。"

我的父母没有理会她,而是走上楼梯,丢下祖母和她的威胁,打算改日再说。

她本可以再想一个方法要了我的命，可那个时候，曾祖母已经听说了儿媳的阴谋诡计，要求谁也不许再打我的主意："她生下来是什么样的，就是什么样的。"曾祖母宣称。由于曾祖母是家中最重要的大家长，她的话就是法律，因而也就再没有人进一步图谋结束我的生命了。当然，这并没有阻止祖母禁止母亲给我喂奶（母亲试图偷偷喂我吃奶，不过很快就没奶了），或是禁止我食用除了大米粥之外的东西。与此同时，我的哥哥、姐姐吃的却是货真价实的食物。由于双目失明，我被视为家族的诅咒，注定要依赖别人度过一生，无法结婚，也不会有子嗣——因此，是毫无价值的。难怪祖母认为她是在帮我的忙。

正如秘密有时会担负着耻辱的重量，这个秘密也变得越来越重。它成了母亲再也无法承受的负担，她终于不得不向我倾诉了。我人生中的前二十八年，有人曾试图把我扼杀在襁褓之中的事只有参与其中的人才知道。可就在我回家探亲的最后一天晚上，当我坐在那里录制母亲讲述家族故事的音频时，我有一种感觉：她就要告诉我了。我已经知道了。听着她的话，一个个画面浮现在我的脑海中。这就是我为何相信，在大脑可以储存真实的记忆前，灵魂就能记住创伤。

午夜已过，其余所有人都早已入睡。我第二天一早就要飞回纽约了。母亲讲述的故事临近末尾时，她已经筋疲力尽，说她之所以会把事情的真相告诉我，只不过是因为祖母那时已经去世了。她还要求我不要告诉任何人我已经知道这件事了，尤其是祖父、父亲、哥哥和姐姐。在接下来的几年中，我违背了母亲的要求，最近把它告诉了我的哥哥和姐姐，当然还告诉了乔希。我也告诉过几个亲密的朋友，如今还要告诉全世界。

总有一天,我希望我能有勇气向父亲询问答案,不再满腔怒火,而是心怀宽容,能够更好地理解参与者的动机,告诉他我原谅他与母亲同谋了。只不过,我还没有做好准备。那晚以后,我就没有和母亲谈起过这个秘密,除了昨晚,在部分结肠切除手术之后,我们谈起过一次。五天前,我刚刚得知自己患了癌症,心知她的反应不太好——愤怒、恐惧,深感愧疚。我是在病房里私下和她谈起此事的。姐姐也在那里,从精神上给予我支持。"妈妈,你必须告诉大家,我得了癌症。你必须告诉大家,好让他们能够帮你熬过这一关。"她没有回应,没有惊讶。母亲是个在情绪方面十分压抑的人。"妈妈,你比其他任何人都清楚我有多坚强。你比其他任何人都清楚我能走到今天有多难。想想我出生时的'那件事'吧。你知道对我来说,就连活着都不太可能,更不用说过上如今的生活了。"

"没错。"这就是我母亲的回应。她笔直地坐在那里,脸上带着令人难以理解的伪装。在这段简短的对话中,这就是她说出的唯一的词。

幸福的瞬间

◇

第一次听到确诊的消息时,我以为自己再也不会感受到最真实、最纯粹的幸福了。看着米娅掌握了太阳系之类的概念,或是注视着伊莎贝尔第一天上学时无所畏惧地迈开步子,我觉得我每一秒钟感受到的哪怕一点点幸福,都会因为癌症黯然失色。我以为不祥的癌症一定会入侵我未来生活的每个瞬间。在许多时候,我猜想会发生的事情都发生了。在另一个孩子的生日派对上,看着两个年幼的女儿在聚光灯下恣意舞蹈,我心头涌起的幸福却被脑海中的另外一些念头侵蚀:未来还有多少个这样的瞬间是我无法见证的?在各种音乐与刺耳的尖叫声中,我为自己也许无法看到的一切哭了起来。

即使没有癌症阴云的笼罩,幸福的降临在我看来也是不容易的。一种难以捉摸的感觉会掠过你的意识,然后消失。任何养育过年幼子女的人都会明白,日常生活的千篇一律时常会令人精神崩溃——你得熬过每日早起的疲惫,忙着送孩子去上学;为了薪水忍受不可少的工作压力;做很有可能会被挑食的孩子剩下的健康晚餐;还要针对何时刷牙、第二天穿什么、明天午饭可以吃什么零食等问题,无休止地与孩子展开谈判。患上癌症之前，我偶尔还能找到大家口中说的孩子所能带来的短暂纯粹的快乐。当米娅说出某些机灵又逗趣的话时，当伊莎贝尔用瘦小的双臂环绕住我、仿佛我是她在世界上最重要的人似的时，幸福感都会降临。跟随乔希出门度长假，或是少有地不带孩子去和朋友们吃晚餐时，幸福感也会降临。可在大多数情况下，患上癌症之前我的生活多半是由工作和育儿组成的，分外艰辛，吃力不讨好。

别误会——我一直十分感激我所拥有的一切，感激孩子们的健康与我们的平安喜乐。我不需要癌症来让我对生命中的一切感恩戴德。说真的，作为贫苦的移民和法定意义上的盲人，我的成长经历已经教会了有关我需要知道的，要感恩和珍惜生活的一切。患上癌症之前，我的生活已经安于程序化的满足和对现状的接受，不被幸福的瞬间支配，不被快乐、愉悦和兴奋感定义。确诊癌症之后，我只是简单地以为，无论我拥有多少纯粹的幸福瞬间都会被玷污，所以带着纯粹的快乐前进是完全不可能的。

然而我的假设是错误的。

初秋的一个星期四，在曼哈顿阴暗下城区的一家名不见经传的餐馆中，我与自己曾经的产科医生 C 隔着桌子面对面坐着，分享了一顿很晚才吃的午餐。菠菜、糙米、烤蔬菜——顺便说一句，这些食物完全符合抗癌与抗糖尿病的要求。从 C 医生与我在健身房的大厅里相遇开始，我们已经聊了两个小时。在步行穿越唐人街时，这段对话又持续了两个小时。我们什么都聊，先是谈到了我的癌症诊断，事情是怎么发生的，潜在的医学原因，我的癌胚抗原水平，未来可能进行的手术，离开纽约接受额外治疗的利弊，等等。她相信我有能力战胜癌症，因为用她的话来说，我可不是什么寻常之辈。我们还聊到了 C 医生近期的乌干达旅程、她所经历的文化冲击以及未来的计划。

正是在这段对话中，我完全发自内心地脱口而出："你知道吗？我现在真的真的感到非常幸福。"

这样的宣言连我都有些吃惊。罹患结肠癌四期，我怎会有一秒感受得到无忧无虑的快乐——更别提那天下午的许多个瞬间了——还能促使自己说出这样的宣言呢？

我们的对话多半与C医生有关。事实上，C医生也不是寻常之辈。两天前，她刚刚结束六个月的乌干达之旅归来，在那里一家拥有550个床位的医院做志愿者。人们会跋涉数日去医院看病，还会为了做台手术卖掉一头牛。她向我展示了几张医院的育儿室的照片。除了一张可躺的桌子，育儿室里的婴儿什么都没有，身上裹着的母亲的毯子就是母子关系的唯一证明（因为医院里没有身份手环）。她还给我讲述了许多疯狂的故事：一名孕妇被公牛顶伤后，是如何切除其生坏疽的手臂的；某孕妇在家生产失败后，又是如何在没有麻醉、缺乏电力与物力且专业技能短缺的恶劣环境下，移除死胎和破裂的子宫的。她就是为了前往乌干达，才关闭了营业二十五年的诊所。在诊所工作期间，她感觉特里贝克地区的每一个孩子几乎都是她接生的。服务国内外缺医少药的地区——这是她从医学院毕业时就曾许下的承诺。

她关闭诊所动身前往乌干达时，我一度怀疑自己再也见不到她了，因为她显然没有返回纽约的意图。几个星期以前，我给她写过一封邮件，把确诊的事情告诉了她，不过完全没有指望她会回复。直到返回美国她才看到我的信息，并立即与我取得联系，表达了她的震惊。于是我要求与她见面，说我真的需要见见她。

自从我认识C医生的那天起，她就一直让我十分有安全感。我两次怀孕期间,她都诊断出我患有孕期糖尿病,于是强迫我每日写饮食日志(并通过电子邮件发送给她),记录自己吃下的一切,还有每天几个特定时间点的血糖水平。就像对待其他病人那样,我赶到医院的那一刻,她就出现了(不像其他许多产科医生那样,直到生产的最后一刻才来)。麻醉医师为我进行硬脊膜外麻醉时,抱着我的人是她,而不是护士。她还指导我承受住了分娩与生产的痛苦,是米娅与伊莎贝尔健康降生过程中必不可少的人。作为个体执业医生,她在关闭诊所前的二十五年里都没有休过一个假期,她对病人的奉献精神也得到了他们毫不动摇的信任作为回报。

我知道,那些曾经也是 C 医生病人的朋友会很高兴能有机会和她共度一个下午。事实上,在 C 医生身在纽约的这段有限的时光里,她之所以能够令人难以置信地抽出一个下午与我聊天,唯一的原因就是我的癌症。要是她还经营着诊所,要是我没有患上癌症,我们永远都不会如此开诚布公地谈起各自的生活,进入我希望能够持续多年的友谊领域。能受到 C 医生照料是一种荣幸。能够结识如此优秀、勇敢的人并从她的身上获得启迪,更是一种荣幸。毕竟她是真心想要影响自己触碰到的每一段人生,并且切实可行地做到了。与 C 医生共度的这段时间里,我之所以会感到幸福,是因为这幸福是意料之外的;是因为我从癌症中得到了一段新的关系,对一个已经对我和我的家庭无比重要的人有了新的认识;是因为通过了解和与她交谈的那些瞬间,我感觉人生与灵魂都得到了丰富。

骤然命不久矣,即将死到临头似乎是有可能实现人际关系的发展的——熟人一个下午就能成为密友,因为没有时间可以浪费。还有什么比亲近更重要的呢?

我经常会回想此生经历过的那些最幸福的瞬间。你可能以为我会说，是嫁给乔希的一刻，或是第一次抱住还在我怀中打滚的两个女儿时。不，不是的——抱歉，乔希、米娅和伊莎贝尔。诚实如我，我必须承认，婚姻与创造生命在充满乐趣的同时也充满了焦虑，因为它们过于真实、纯粹。总之，当我穿着漂亮的白裙站在乔希身边时，我曾下意识地好奇我们的关系将如何延续。当将大女儿搂在自己怀中时，我不知道我是否会捏断她脆弱的身体，或者是否有可能变成一个会令她失望的母亲。如果我当时没有这些想法，那就太天真，太自大了。

当我想起人生中最幸福、最无忧无虑的时刻时，脑海中浮现的是遥远的中国甘肃省，19岁的我和三个藏族僧侣坐在山坡的地上，聆听脚下的寺庙中萦绕的圣歌。我也会想起2005年感恩节的那一天，我坐上黄道号，穿越白、绿、蓝相间的海水，头顶着此生见过的最晴朗的天空和艳阳，朝着南极海岸进发，去看成百上千的野生企鹅。我还会想起自己坐着人力三轮车，沿着孟加拉国狭窄得开不进汽车的乡道前进，布满星星的夜空下萦绕的数百只萤火虫照亮了脚下的路。这些就是我一生中情绪最为高涨的时刻，虽然短暂，但内心是平静的，不必担心过去或是未来。在这样的时刻，我独自踏上漫长且时常充满艰辛的遥远旅途，到达了目的地；在这样的时刻，我为自己三生有幸才能看到的惊艳美景心怀感恩；在这样的时刻，我感觉灵魂仿佛正在舒展，覆盖了某种罕见甚至神圣的人类体验，见识、感受到了肯定被"上帝之手"触碰过的非凡的自然景观。

尽管这些话听起来似乎有些令人震惊，但癌症也曾为我带来过幸福的瞬间。和C医生共度的幸福瞬间与我患癌之前在旅途中的体验并无二致。癌症既有能力破坏我与孩子们的快乐时刻，用我对未来的怀疑将这些时刻玷污，也有令人难以置信的能力可以剥去丑陋，剔除那些无关紧要的事情，将一切都放在如同南极的天空般晴朗得令人振奋的视角上。和C医生在一起，我忘却了那家餐厅的沉寂，忘却了未来的不确定性。相反，癌症赋予了我专注当下的能力，让我能真正去聆听C医生告诉我的一切，惊叹并沉浸于她的故事、人品和我们之间的人情纽带。因为癌症会逼迫我和其他人重新去关注那些重要的事情。我发现，就像C医生那样，大家都会主动前来和我巩固过去的关系，或是建立新的关系。这其中既有曾经的医生、高中同学、其他家长、不太亲近的朋友，也有与我未曾谋面的一些人。在这段无论好坏、已然被癌症定义的人生中，人际关系如今已经成为我的重中之重，是能让我真正感到快乐的。正是在这些关系中，我找到了曾经以为只能在独自流浪的途中才能找到的令人窒息的美丽、平和与神圣。

一次草药经历

◇

我一位朋友的母亲曾患上致命的乳腺癌。10月初,这位朋友强烈推荐我去看 G.W. 医生。他是一位医学专家,擅长配制草药,使用传统医学的方法来治疗癌症及其他疾病。一开始,我是持怀疑态度的,其中一部分原因在于我非常信任的内科医生坚决反对我使用草药补品,他还曾在某医学教科书中撰写过一整章,讲述服用草药补品的无尽风险。而且我觉得我的肿瘤医生也是反对将自配草药作为替代或补充治疗形式的(大部分肿瘤医生似乎都是如此),尽管我们从未具体讨论过这个话题。人们担心的地方无疑在于,在缺乏临床研究、无法得出相关结论的情况下,草药可能会干扰化疗,并带来其他负面影响,从而导致促进肿瘤增长等不良结果。

不过我的朋友十分坚持,推荐起来慷慨激昂。于是我查了查 G.W. 医生的信息。他的资历令人印象深刻:三十多年前就获得了哈佛大学的博士学位,在各种久负盛名的机构中担任过教授,还曾在 MSK 癌症治疗中心进行过多年的癌症研究,针对草药研究撰写过无数篇听上去合情合理的论文,还办过讲座。不仅如此,网上的乳腺癌团体对G.W.医生也是赞不绝口。治疗乳腺癌是他的专长，不过据其网站说，他在其他癌症方面也颇有经验，其中就包括结肠癌。不过最关键的是，我朋友母亲的医生对他一直赞不绝口，而我自己的肿瘤医生尽管不认识G.W.医生，却十分放心我服用草药补品，只要使用的草药经过他的事先批准就行。我一直在接受血液测试的事实也为他（和我）提供了安慰，要是草药带来了什么负面影响，一定会在血液中有所体现。

更荒谬的是，我还受到了悉多达·穆克吉《众病之王》一书的鼓舞。这部杰出的作品记录了癌症的历史，描绘了勇敢的医生、研究人员冒着断送职业生涯与让病人生命垂危的风险，英勇地（当时也有不少人说是愚蠢地）研制革命性药物，与人类自诞生之初就一直遭癌症荼毒的祸患进行抗争。如果那些英勇的人能够冒险尝试未经测试的强效药，我就可以孤注一掷地试一试草药，毕竟这类草药已经存在了数千年，属于我身上宝贵的传统的一部分。

于是，我给G.W.医生发了一封电子邮件。他给我打来电话，让我在皇后区的阿斯托利亚与他见面，地点位于第四十七大道与百老汇街的交会处，就在来爱德药店的前面。这很奇怪，但没有关系。对于那些并非出生于纽约的人来说，皇后区是一片没人敢去的地方，除非你家就住在那里。想想《明星伙伴》中的著名人物文斯、艾瑞克、德拉玛吧，为了洛杉矶的魅力与繁华，他们纷纷逃离了皇后区的阴暗；再想想《欲望都市》中的凯莉、萨曼莎和夏洛特吧，她们一想到要去布鲁克林探望米兰达，就会惊恐地畏缩成一团（还要倒抽一口凉气）；对于久经世故的曼哈顿人来说，布鲁克林就已经够糟糕了，更别提皇后区了；凯莉·布拉德肖珍视的莫诺罗·伯拉尼克的高跟鞋是绝不会踏上皇后区的人行道的。布鲁克林能够奉上优雅的19世纪赤褐色砂石建筑与壮观的展望公园（外区版本的曼哈顿中央公园），而皇后区在美学方面就没有什么可以奉上的了。那里的街道以低矮的方形红砖楼为特征。因为姐姐就住在阿斯托利亚，所以我去过皇后区几次，能去品尝只有那里才有的民族风味美食的机会就更少了。

问题在于，去皇后区某个陌生的街角与这位医生见面就是一场冒险。我的父母（从洛杉矶赶来看我）坚持要随我同去，还拽上了姐姐。我们四人来到第四十七大道与百老汇街的交会处，站在了来爱德药房所在的单层建筑门口——哥哥是唯一没有来的家人。我给G.W.医生打了个电话，说我已经到达了约定的会面地点，他说自己五分钟内就到。我的父母不停地问我："我们难道不该去他的办公室吗？为什么要站在这里？"我无法回答他们的问题，因为我也在扪心自问，这家伙是不是好人。我看起来就像带着一小波随从站在那里等待，忍不住为眼下的滑稽情形咯咯笑个不停——我竟会站在街角，此刻体内游走着癌细胞，等待某个所谓的医生给我带来神奇的草药。我感觉自己应该戴上深色的眼镜，披着一件风衣。我的父母似乎并不觉得这样的情形有趣。我让他们放松一些。

我喜欢刺激！冒险、未知与陌生令我的心怦怦直跳。我的血液里流淌着兴奋、快乐与对生活的真正喜悦之情。

我猜，等待G.W.医生的过程也会很刺激。为何就不能在来爱德药店门口的街上找到灵丹妙药呢？我既好奇又快乐，满怀兴奋，还有几分谨慎。看到一个形单影只、身穿花朵衬衫的矮小男人背着黑色背包沿第四十七大街慢步而来时，我的父亲用充满讽刺的语气说道："那个人肯定就是他吧。看上去还真像是哈佛毕业的医生。"没错，那就是G.W.医生。"这些人是谁？"与我互相确认过身份之后，G.W.医生一脸狐疑地问道，然后听了我的回答后爽快地允许随行人员跟在我们的身后。

我们沿着百老汇大街步行来到了一家小型咖啡馆。我为自己和家人点了三明治，这样就有权使用咖啡馆进行医疗咨询了。我们一行人爬上了空无一人的二楼。我和G.W.医生坐在一张桌旁，我的父母和姐姐坐在另一张桌旁，公然偷听我们持续了一个多小时的对话。

尽管这一切十分古怪，但我很喜欢G.W.医生，也确实认为他是个好人。他表示，他可以与我在曼哈顿某家著名医院的办公室里见面，不过那就需要将我的信息录入电脑系统，大大限制了他可以给予我的建议。据G.W.医生说，医疗机构并不信任传统草药医生。虽然有些人十分支持这种做法（比如他所在医院的人），但是他们因为害怕承担责任，所以只能默默支持。由于草药有成千上万个品种，其组合又是无穷无尽的，测试它们在治疗癌症和其他疾病方面应用的投入资金很少，所以医生和医院在传统中医方面都处于瘫痪状态。G.W.医生指出，无所不能、资金雄厚的MSK癌症治疗中心是所有持保守观点的医院中最糟糕的。

回顾完我最近的血液测试结果，G.W.医生为我诊了脉、看了舌苔，大体观察了一下，认为我的癌症被归为四期只不过是一种"术语"。他认为我的身体十分强壮，表现出的化疗副作用极小。毫无疑问，他充满希望、令人安心的态度着实令我心存感激，也是我那天迫切需要的。我就诊的目的就是尽可能地减少化疗的副作用，为身体排毒，增强免疫力（也就是将血液和血小板计数维持在正常水平，避免令人痛苦的注射)。一旦停止治疗（如果我们能够走到那一步），治疗的重点就会转移到防止复发上。

我差点儿以为他会从黑色的背包中掏出一捆草药，就像玛丽·波平斯从手提袋里掏出一盏灯[①]那样。不过可惜的是，这样的事情并没有发生。他吩咐我去一家草药店（那是他唯一信任的药店，因为他们已经经营了四十多年，以采购高品质草药而闻名）。我小的时候，母亲就会把神秘的棕色草药裹在粉红色的包肉纸里带回家，把它们丢进罐子里，熬煮好几个小时，然后强迫自己喝下煮出来的褐色苦茶。幸运的是，三十年后的今天，草药店里已经有了能够熬药的机器，还能将成品包进方便的真空袋中。我很感激自己不必像母亲那样熬上好几个小时的药，因为如果我不得不这么做，就很有可能不会展开这次小小的冒险了。

那天见面之后，G.W.医生给我发来了处方，草药清单如下：

茯苓

山药

苍术

党参

黄芪

桂枝

桑枝

[①] 英国著名作家帕梅拉·林登·特拉弗斯创造了一系列以玛丽·波平斯为主角的系列童话。此句是童话中的情节。

紫苏叶

麦冬

五味子

芍药

女贞子

牛膝

杜仲

山茱萸

枸杞子

枳壳

厚朴

罗汉果

陈皮

我把清单转发给肿瘤医生，得到了他的批准。于是我让G.W.医生向草药店下单，我自己去取货。不算拥挤的草药店位于一个售卖水果、蔬菜和臭鱼的露天市场中。那里的几家餐厅橱窗里悬挂着烤鸭与烤鸡。在纽约唐人街的店铺中，这家药店的声誉和干净程度已经很好了，日光灯照射下的玻璃橱窗展示柜里摆满了乳霜、软膏和油，架子上排列的数百只巨大玻璃罐中存放着黑色果胶软糖、蜜枣、罗汉果，以及其他各种水果、树皮、树叶、菌类、根系和它们在这世上的各种衍生物。其中一个在柜台后忙碌的少年走进后面的屋子，为我取来了刚刚煮好的药汤。药汤已经全都被整整齐齐地装进了四盎司的透明塑料袋中，刚刚煮好，还热得烫手。我用信用卡支付了150美元，购买了十六天的药，走出了店门。这个疗程结束时，G.W.医生会重新评估药方，决定是否要进行必要的调整。我的任务就是每天喝两次这种药，并通过电子邮件告诉他我的身体反应如何。

  干杯！

2014 年

大地粗暴的束缚

◇

患病带来的另一件有趣的怪事就是,你在确诊过程中认识的大部分朋友都患有同样的疾病。这意味着过不了多久,你的朋友就会相继死去。

2014年的第一个星期,这段经历就生动地展现在我的眼前。庆祝完自己38岁生日和确诊6个月纪念日,我就得知两名癌症病友已经去世了,还有一个行将就木。其中一位逝者是结肠癌界名副其实的名人,另一位则是我被确诊前不久认识并共过事的人。

约翰是我律所的合伙人,年龄55岁左右,是位英俊帅气的男士。尽管他在世界各地都当过律师,却还是没能改掉中西部的口音。和公司的其他合伙人相比,我对他的了解不多,不过去年6月曾被短暂指派与他共同处理一笔交易。那时的我刚刚开始出现病症。他是那种会时时刻刻全心投入的合伙人之一,会认真阅读文件,打电话确认交易各方面的情况。当时,我6月初要去洛杉矶休假,所以约翰决定让另一位同事来代替我。

当时我们谁也不知道,致命的肿瘤正在我们两人的体内滋长。12

月初,我听说约翰刚刚被确诊为脑癌,预后十分糟糕。两个月之后,他便去世了。我花了两个月的时间才逐渐接受自己患癌这一事实,但他连奋起反抗的机会都没有。

约翰去世的前一天,格洛丽亚就因结肠癌相关的并发症离开了人世。我并不认识格洛丽亚本人,但在她刚刚确诊时我曾经完整地读过她的博客,里面记录了她三年半的抗癌史。由于创立了自己的非营利性机构,为寻找抗癌对策集资,所以她在结肠癌界颇有发言权。28岁那年,她被诊断为第四阶段侵袭性癌症,并伴有广泛转移。医生说她还有一年的寿命,顶多两年。她因勇士般的态度、令人难以想象的积极性、与病魔抗争的热情而闻名——她看起来无所畏惧、积极热情,从未真正写过内心的恐惧或悲哀,反倒似乎是为癌症给她的人生提供的"机会"感到幸福。对我来说,这近乎是一种妄想。

在我们这些随时都会关注她进展的人的眼里,直到她去世的那一天,她似乎一直是发自内心地相信自己能够战胜癌症,相信癌症找错了人。用她的话来说:"癌症,你的气数已尽。"

在公众面前,她对自己的衰弱绝口不提,其中一部分原因在于有人相信,凭借面对致命疾病时不屈不挠的干劲,她肯定能以某种方式赢得这场战役。她的肉体已经屈服的事实震惊了许多曾从她的身上汲取过力量的人,感觉若是连坚强的 WunderGlo(她的昵称)都胜利不了,他们怎么能胜利呢?

还有可爱的凯瑟琳,是个50多岁、身材高挑的明尼苏达人。她的寿命已经远远超过了最初的预期。作为结肠癌群体的虔诚组织者,她一直致力于为他人提供支持与信息。正是她找到我,引领我加入了"结肠镇"(脸书上的一个互助小组)。我见过凯瑟琳,却对她一点儿也不了解,除非把她在"结肠镇"里写过的私密内容也算进去。我十分佩服她几个月前停止一切化疗的勇敢决定,也很佩服她在这世上度过人生最后几天的方式。她是一点点被饿死的,因为肿瘤阻碍了食物通往胃部的路径。即便如此,她还是在亲朋好友的陪伴下留在家里接受了临终关怀。即便连喝下的一点点水也会被不停地呕吐出来,她还是会努力像往常那样,把自己的身体状况和精神状态的细节告诉所有人,平静而优雅地接受迫近的死亡。通过这种方式,她阐明了死亡的过程,帮助所有终有一死的人不再那么害怕。

通过这种方式,她给了我们这些爱她的人一个道别的机会,一个畅所欲言的机会。

面对癌症(不管是何种类型的癌症),我们这些人都倾向于用战争的隐喻语言来描述自己应对疾病的方式。我本人就把化疗形容为军火库中最强大的武器,收到一次坏消息就是多场战争中的一场失败,所有支持我的人都是我的军队。在许多方面,这都是一个恰当且实用的隐喻,因为它赋予了一个漫长艰辛、结果无法确定的过程某种视觉形象,而这样的过程还会让人身心都惨遭折磨;但它点燃了激情,令肾上腺素流动,迫使你坚持下去。可当身体再也无法经受进一步的治疗时,会发生什么呢?当这场战争的结果是死亡而非存活时,又会发生什么呢?人们不愿去想凯瑟琳、格洛丽亚和约翰最终输掉了抗癌的斗争,却无法否认现实;约翰与格洛丽亚已经走了,凯瑟琳也紧随其后走了。

正如我之前说过的那样,抗癌不仅发生在肉体的领域,也发生在非肉体的领域。思想与精神都要面对挑战,寻找继续战斗的意志,抛开悲伤去感受快乐,在黑暗中寻找光明,笑对恐惧;在死亡的阴影下放弃该放弃的东西、快乐生活。我希望，无论肉体方面的战争对我来说有多困难，无论非肉体方面的战争对我来说有多煎熬，我永远都能和凯瑟琳表现得一样，用勇气、诚实、优雅与包容来面对自身的疾病。她对自己的疾病和疗法知之甚多——这其中既有已经使用过的，也有试验性的；没有人能像她那样与人分享这些知识。她意识到了化疗影响到了她的生活质量，让她的日子所剩无几，但她选择了体面地接受体内癌症压倒性的力量。

癌症是在人体内部起作用的一种自然之力，就像飓风带来的海啸是自然在地球上为所欲为的行为一样。纵使有现代医学奇迹的庇护，面对这些不羁的力量，我们还是如此微乎其微、无足轻重、力不从心。总有一天，你必须承认自己的无力，在致命的飓风到来之前撤退，而非徘徊逗留或象征性地摆出某种"去死吧"的姿态。同理，总有一天，当化疗不再是理想的选项，当你将要开始道别，理解死亡并非敌人而仅仅是人生的下一个阶段时，你必须承认单枪匹马持续抗癌的无益，时间是我们每个人都必须全心全意来深思熟虑的。这就是凯瑟琳所做的事情——她尊重自然之力在她身上的所作所为，不曾幻想自己可以克服它；在飓风来临之前，她就坚定不移地决定了撤退。对我来说，她能在精神的领域中如此英勇地战斗，就已经在抗癌的斗争中取得了胜利。

还有一位垂死的朋友C，她也按照家庭治疗师的建议在"四角"（结肠镇的一个子群，仅属于我们这些患结肠癌四期的人，可以任凭我们自由、踏实地分享那些会令早期癌症患者惊恐的内容）上发表文章，讲述自己的遭遇——她坐在那里，让丈夫和小姑子在隔壁房间里告诉几个孩子，治疗已经不起作用了，他们的母亲即将因病离世。听到孩子们的哭声却无法安慰他们,因为她不得不将这个令人心碎的任务留给未来照顾他们的人,那会是什么感觉呢?

生活中,正是因为有这些时刻,我们才能体会到更多平时体会不到的。最接近死亡的时刻,才是我们最痛苦也最淋漓尽致地活着的时刻。

世界的交叉路口

◇

交叉路口是众多条道路交会的地方,是一个人在继续前进时,需要决定该何去何从的地方。该走哪条路呢?1月13日,当我接受化疗的最后一天到来时,那种感觉就像是站在一个交叉路口——一个我即将接受扫描,让乔希、医生和我不得不决定下一步该何去何从的决策点。因此,不知怎么回事,我感觉自己最终来到时代广场是对的,因为众所周知,这里被人们(夸张地)称为世界的交叉路口。

1月13日似乎是个重要的日子。一天前,与我情同亲生姐妹的表姐N从洛杉矶飞来,准备待上一周的时间,陪我接受这一阶段的最后一次化疗;和我同样亲如手足的表妹C也提前24个小时丢下年幼的孩子(她已经四年没有离开过孩子了),赶来过了一夜,陪我去做化疗;我(住在纽约)的亲姐姐莉娜也来过了一夜——莉娜和表姐N睡在尺寸已经是最大的气垫上,表妹C则睡在了沙发上。

我们喜欢半开玩笑地提醒对方(尤其是在某个人似乎已经被舒适的生活宠坏时),无论我们有多"美国化",永远都不能忘记自己是坐着一条快要沉没的小船从越南来到这个国度的,因此睡在沙发、气垫和地板上都不成问题。小时候，我们时常在铺着地毯的地板上盖个棉床单就睡，连像睡袋的垫料都没有——一群越南难民哪里知道什么是睡袋呀！

那晚，乔希陪着米娅和伊莎贝尔留在家里，好让我们叶家四姐妹能去南坡上那家华丽的亚洲融合菜餐厅吃顿晚饭。坐在"顶级大厨"的获胜者开设的这家餐厅里，我们像小时候那样欢笑着聊起了八卦，只不过如今闲聊和抱怨的都是年迈的华裔父母、丈夫、子女、金钱、事业（或是骤然失业）以及即将到来的中年生活。那种感觉是如此轻松愉快却又令人心酸。能让我们抛下男友、丈夫和孩子而再次团聚的原因竟是我晚期结肠癌这一阶段的最后一次化疗——我们已经二十多年没有这样聚过了——这是多么可悲啊！

坐上出租车，在前往餐厅的路上，我们紧盯着那些几乎衣不蔽体、屁股都冻僵了还要赶去JAY-Z演唱会的女孩咯咯笑个不停。我心中有种感觉一闪而过，仿佛我已经灵魂脱壳，像观看舞台剧那样注视着自己当前人生中的这个场景，推测我这个角色是否会在演出收场时遭遇什么悲剧性的结局。我想知道，也许就在不久的将来，姐妹们某天是否会在没有我的情况下重聚，又是否会想起这充满欢声笑语的一刻？那时我会在哪里呢？

癌症让我把生命中这些珍贵的画面像自己的孩子一样捧在了手心，我就是如此珍惜它们。这些画面让我感受到了一种从未有过的渴望，同时也感受到了无与伦比的喜悦与激动。

晚饭期间，表姐N漫不经心地提起，她第二天早上十点半要在时代广场会见她的一个"销售代表"。表姐N从事的是广告业，为一家大型电影制片厂做媒体购买和媒体设计。这意味着她可以决定去哪里购买及如何利用广告空间（例如电视和广播广告、杂志广告、地铁站海报等），来宣传这家制片厂制作的大片和所有其他影片。她已经成了一个有权有势的大人物，手下管理着一大批唯她马首是瞻的年轻助理。"没问题，"我说，"工作需要你做什么就做什么。"化疗安排在12点半，所以我们的时间十分充裕。

第二天早上，在表姐 N 和表妹 C 陪我送米娅去上学之后——我的姐姐一早就去上班了——我们去了第四十七街与百老汇大街的交会处，站在了著名的打折票亭南侧的红色台阶前。游客们会在这里排上几个小时的队，购买半价的百老汇演出门票。时代广场通常是我避之不及的地方，那里到处都是走路太慢的游客，周围还充斥着过多的闪光灯，是个转瞬间就能堵得水泄不通的地方。不过此时是星期一的早晨，所以广场上还相对清净，没有平日里成群的民众，没有超大的艾摩和朵拉①叫嚣着五块钱一张的合影，也没有"赤裸牛仔"之类的疯子（即便是在隆冬，这个人也会只穿着牛仔靴、内裤，戴着牛仔帽，背着吉他四处走动）。几英尺之外，表姐 N 正和她的销售代表乔尔攀谈，我则热火朝天地与表妹 C 聊起了如何才能确保她的孩子适当接受中国传统文化的影响。

突然间，我最好的朋友 S.J. 出现了。真是太巧了！我不停地对她说："尽管纽约拥有八百万居民，实际上却小得很。"就在这时，我看到乔希朝我走了过来，于是我露出了同样吃惊的表情。"哦，上帝！"我喊道，"时代广场真的是世界的交叉路口！"紧接着，我看到姐姐

---

① 艾摩是美国儿童电视教育节目《芝麻街》的主角之一，朵拉是美国动画片《朵拉历险记》的主角。

也来了。在我还没来得及开口询问到底发生了什么时，表姐N叫我转过身去。"快看！"她说。

请注意，当你告诉一个法定的盲人——或者至少是我这个法定的盲人"快看"时，是会引发某种恐慌的。加之身处时代广场的环境中，可看的东西实在是数不胜数，这就更令我诚惶诚恐了，我会担心自己看不到所有人都想让我去看的东西。可我转身时却看到了眼前的大屏幕上那张巨幅的自己的特写照片。

伴随照片出现的还有和我一样大的一行字：朱莉，祝贺你今天即将接受最后一次化疗！我们爱你！这张照片挂了很长时间，也许有四分钟之久。紧接着，表姐N宣布："等等，还有呢！"还有？我不确定自己还能承受更多了！乔尔朝着正从楼上某个我们看不见的地方俯视我们的人举起了大拇指——图片消失了，换成了现场摄像机拍摄的画面。我出现在了数码广告版上，身旁是乔希、N表姐、C表妹、姐姐莉娜、S.J.，当然还有乔尔。很快，禁不住诱惑想要在时代广场的大屏幕上看到自己的人蜂拥而至，如同飞蛾扑火一般。摄像头放大到了我与乔希的身上。我尴尬地捂住了脸庞。虽然留着一头卷曲波浪头的乔希在镜头前看起来像个政客，但我可不像什么政客的老婆，我在众人关注的目光下感觉很不自在。

原来整件事都是表姐N和乔尔精心安排的。乔尔和他的公司是负责销售时代广场数码广告牌的使用时间的。表姐N把我的遭遇告诉了他，他十分动容，因此他坚持要为我做些特别的事情。为了给最后一次接受化疗的癌症患者播放一则广告，乔尔的公司牺牲了多少广告收入已经超乎了我的想象。我张开双臂拥抱了他。令我吃惊的是，我竟然失控地靠在他的羊毛外套上哭了起来。

你看，我还没有老到会忘记那种根深蒂固的、不受欢迎的感觉，所以我不知道该如何应对人们的善良之举。表姐和她的朋友能够这样善良地对待我已经够令我感动的了，而且还是这种大张旗鼓、看得见的表态，吓得我膝盖都软了。

母亲会让哥哥、姐姐在正规学校下课后去中文学校学习汉语普通话，却从没有让我去过。"你是读不了汉字的。"她告诉我。五叔会带我的哥哥、姐姐及表兄弟姐妹去看《星球大战：绝地归来》，却没有带过我。"为什么我不能去？"我问姐姐。"因为你有可能看不见屏幕。"她回答。（翻译过来意思就是：没有人想在你的身上浪费钱。）我9岁那年，N表姐、C表妹和我的姐姐都能去旧金山探望四叔，我却去不了。为什么？我问母亲。她的回应是："因为你不像别人那样看得见，没有人会照顾你的。"从很小的时候起，我就感觉自己被边缘化了，仿佛自己是个有缺陷的人，因为大家都在通过行动和言语告诉我：你是有缺陷的。

为此，我花了许多年的时间来证明，我是能看电影、能独自环游世界、能学习中文的（大三时，我住在中国，中文变得十分流利）。我这么做有很多原因，但主要是为了向自己和家人证明我的价值。我觉得我必须每天都证明自己的存在感，因为这个命题在很早之前就备受质疑了。某个时刻，当我完成了梦想中所有的事情，还结婚生子、做到了所有人都说我无法做到的事情时，我才能由内而外地感受到自我价值与爱。但在很大程度上，我永远也无法摆脱这种没人要、没人爱的感觉，因为它们从我很小的时候起就已根植在了我的心里。

我十分肯定，缺乏安全感几乎是人人都有的普遍现象。虽然老师的培养和（我认为的）家长的养育让我们的两个孩子成长得很好，但她们身上还是表现出了缺乏安全感的特点。那些既美丽又聪明的人永远都觉得自己不够美丽、不够聪明，还时常为自身不够苗条、缺乏魅力而大伤脑筋，这总是令我大为惊奇。美貌、智慧、体重和人们用来评判自我的其他成百上千种标准——这些特质都很重要，因为它们是被人们用来判断自己是否是真的令人向往、讨人喜欢的。

归根结底，我们在这世上都有被人接受与被爱的需求，需要感觉自己与以亲朋好友、同事、教会和周围其他组织为代表的群体存在联系。我们需要有归属感，需要被某人认可我的存在是有意义的，需要被安慰。害怕没人爱似乎是我们基因中的一部分，或者更深刻地说，这是出生在无垠宇宙中漂浮的这个小星球上的人类特有的。一旦意识到这一点，就连最没有自知之明的人，都会对这一切意味着什么、我们在这场悲剧中可能扮演什么角色感到有些缺乏安全感。讽刺的是，事实出人意料地证明，癌症有效地消除了我的不安全感，让我几乎完全摆脱了过去那种不被爱的痛苦感觉。

真是有趣，我人生中最大的两个挑战之一——视力残疾——令我感觉不被爱，另一大挑战癌症却成功扭转了这一局面。

我受宠若惊。这些充满爱意的举动令那个不受欢迎、感到没有价值的小姑娘彻底困惑了。

希望

◇

3月份,在接受 HIPEC 手术的前一天,我想写些有关"希望"的内容。当一个人得了癌症,这个词就会被频繁地提起。"你不能放弃希望。"乔希已经告诉过我许多次了。"希望总是会有的。"不止一个癌症幸存者这样对我说过。还有人向我推荐了一本书,名叫《希望的解剖》(我已经读过了)。书中那位肿瘤学家讲述了保持实事求是的希望有多重要,其中还穿插着病人排除万难、战胜癌症的故事。在癌症的世界里,"希望"是个模糊的概念,它让人以为向往的事情都能实现。它在癌症的世界里是如此盛行,以至于拥有了一种人们纯粹基于信仰就能被欣然接受的特质:就好像,只要你心怀希望,就能度过最黑暗的时光,甚至有可能被治愈。这个词常被提起,以至于让人觉得它就像一个谎言。毕竟,当某个时刻,死亡已经近在咫尺时,你又怎么能说希望总是会有的呢——那个时候,希望在哪里?

在过去的八个月时间里,在审视希望的价值时,我常常会求助于母亲讲述的越南生活以及我们逃亡的故事。她的故事揭示了希望善变的本质,正如我们灵魂中的一团火,时而像黑夜中燃烧的一丝烛火在微弱地闪烁；时而又猛烈地燃烧，散发出无限可能——发出温暖而灿烂的光芒。

30岁那年的母亲，是众多经历过越战的人之一。和许多人一样，她羡慕地看着少数在美国有亲戚或有胆量、有运气、有财力，抑或是有其中几样的人，设法逃离了这个国家。待在南方的最后那段日子里，母亲坐在父亲的电动车后面，穿梭在西贡熙熙攘攘的街道中，目睹了某些人有多幸运。

在她记忆中，有这样一个让她印象深刻的画面：一个美国士兵拽住了某个美丽越南女孩的手臂，显然是在催促她跟随自己离开；一个无疑是女孩母亲的女人拽着她的另一只手臂，显然是在恳求她留下。最终，厌倦了游戏的士兵轻而易举地一把抱起了两个女人，把她们丢进吉普车，在夕阳下把车开走了。

母亲渴望追随他们的脚步，和玛丽莲·梦露、杰奎琳·肯尼迪一样，去那个迷人而又富有的国家定居，就像她偶尔在美国电影中瞥到的那样。更重要的是，她想要离开越南，为我和视力同样受损的姐姐寻找更好的医疗护理。她完全不知道该如何是好。逃离越南——更别提逃去美国——简直就是一个梦，一种幻想，一个不可能实现的愿望，倒不如专注于思考如何在新政权下生存。然而，就在士兵用"你们都得跟我走"的方式把那两个女人丢上车的那一天，母亲的心里却萌发了去追求不同的、更好的生活的愿望，尽管这愿望是如此黯淡。

显而易见，母亲遥不可及的愿望实现了。极度贫穷迫使成千上万人准备冒着生命危险出海，趁夜深人静之时逃亡。随着逃亡者越来越多，从法国、澳大利亚和美国寄来的信件与照片纷至沓来，证明开始一段新的人生确实是有可能的。母亲对周围环境的不耐烦与日俱增。可未经批准就离开的几乎只有单身者和年轻人。他们灵活机动,能够趁着夜色走动,好抢夺一时冲动离开的渔船上剩下的一两个位置。尽管母亲的希望与日俱增,却还是无法带上全家撤离——这其中还包括79岁的曾祖母。最终,随着与周边关系的变化,地缘政治的力量为我们提供了有利条件,于是,1979年2月,我的家族至少有五十人登上了不同的渔船,出发前往香港和澳门。

我所乘坐的那艘颠簸的渔船尺寸约为长54英尺、宽12英尺,船上摩肩接踵地挤了三百个人。前往香港的旅程持续了一个月的时间,包括行驶在公海上那缺食少水的十一天。我们是幸运的,因为我们的船并没有像其他的船那样沉没。到达香港近一年之后,美国天主教会资助我的直系亲属移民前往美国,提供了泛美航空公司自香港飞往旧金山的购票资金。1979年11月30日,我们终于踏上了美国的领土,母亲的愿望实现了。那时候我3岁。

我曾经问过母亲,当她坐上那艘危险的渔船,任凭海神和无数其他神明操控她和家人的命运时,心里是否害怕过。我不知道连续数日坐在那里眺望广阔无垠的大海时,她的脑海中有过怎样的展望。当她和其他所有人都晕船晕得厉害、心中满是恐惧时,当她和孩子们饥肠辘辘,不知道何时才能找到避难所时,她又有过哪些希望?她梦想过杰奎琳·肯尼迪吗?她想象过美国铺满金子的街道吗?难道就是这些画面中蕴含的希望让她挨过了旅途中最黑暗的时刻?

"我并不害怕,因为那时的我没有任何期许。"她答道,"我其实什么也没有想过。想到未来,不管是明天、下个月还是明年,我脑子里都是一片空白。除了当下的那一刻,甚至是那一秒,就没有想别的了。"为了熬过这场磨难,母亲基本从意识中摒除了希望,这样就不会因为恐惧而丧失行动能力。她停止了思考,而是凭借本能行动,活在当下。我觉得这就是人们所说的"生存模式"。

在这场与癌症的战争中,我也发现了进入这种生存模式的必要性,要去想象一个空白的未来。每一次我在这场战争中绝望时,都会出于原始的自我保护意识,发誓再也不会让自己感受那种令人脆弱的失望、痛苦与毁灭。

我告诉自己,我无法忍受。在罹患癌症最黑暗的时刻,在从最近的失败中恢复过来时,我说出了"去他的希望",禁止思想与心灵去为完全不可能的遥远未来创造什么快乐的愿景。我害怕希望。在那些时刻,我不会像许多人说的那样抱着希望去维系生命。我拒绝这么做。

不过,希望是件有趣的事。它似乎拥有属于自己的生命与意志,是难以抑制的,其存在与我们的精神密不可分,其火焰无论多么微弱都不会熄灭。在拿到令人失望的癌胚抗原结果之后,在感觉这场战争又是徒劳后的一周时,我又开始全力以赴地应对最新的挫败,开始能够看得更远,超越那一天、那一周、那一个月。很快,我判断自己实际上还剩八年的时间,得专注于把大部分的生活安排挤进这八年的时间里。此外,我还能得到的东西,都只是甜蜜的糖衣。

可我再也不能梦想与乔希一起退休了,再也不能想象怀抱着孙子、孙女的情景了。从现在开始,我要制订一个实在、具体且完全可以实现的目标。要是能够达成这个目标,我就可以考虑下一个可以实现的目标了。

我要避开希望,不让它再来捉弄我。

乔希和其他人都觉得我反应过度了,因为一次癌胚抗原的结果就放弃了希望。事实上,这才是我的应对机制。我需要坚强起来;如果我打算熬过未来不可避免的挫折,就得改变内心的期许,否则就会在情感上被摧毁。

这就是我——选择转身面对内心那股杀戮的力量。我想清清楚楚地看到它。这段人生太过残酷,但现在我还不能让自己陷入否认的境地。否认是希望的表亲,但一切美好的事物——比如乔希与我创造的美好得不真实的生活——只有通过有意识地面对残酷的事实才能存在。这样的现实主义态度对我颇有助益。尽管这些想法是如此诱人,但现在还不是向它的诱惑让步、选择直面痛苦的时候。

后来,我们去看了 HIPEC 化疗的外科医生 D.L.。乔希问了一个我永远不会去问的问题:"HIPEC 化疗可以治愈这个病吗?"

伴随大家的你一言我一语,我还是感觉心中希望的火焰渐渐燃得更亮一些了。从那时起,我的脑海中偶尔会不由自主地浮现出有关八年后的生活的念头与梦想。人们告诉我,他们知道 HIPEC 化疗能够治愈我,我将是幸运儿之一。我不想相信他们,因为我已经无法忍受更多的心碎了,可内心却有一小部分希望他们是对的。

直到罹患癌症,我才明白希望不是一成不变的,才理解它所能带来的欢乐、恐惧与绝望,才懂得它令人难以置信的韧性。对于那些不曾得过癌症的人来说,我能想到最好的类比,就是对永恒浪漫的爱情不朽地追寻,毕竟这是人类普遍拥有的愿望。在乔希之前,我的生命中曾经出现过几个男人,但其中一两个着实伤透了我的心,害我如今一想起他们曾让我陷入哭哭啼啼、一蹶不振的丑态,就很不快乐。

没有什么能比年轻时的爱情更令人神伤的了。当我把所有的自我价值感都与那些粗鲁地拒绝我的男人联系在一起时，我就感觉自己一点儿都不可爱。每一次，我都发誓要与男人恩断义绝，再也不想让一颗心陷入险境，不需要一个男人来让我幸福。每一次，时间都会令我忘记痛苦，并与我的经历一同让我拥有新的力量与勇气，赋予我一次又一次将心置于危险之中的坚韧与愚蠢——直到我最终遇见了乔希。

对于希望，我想我总是在接受与拒绝之间摇摆不定，我将永远活在今天和八年、四十年之间的某个地方。但我知道，希望是我精神中永远不可磨灭的一部分。即便是在我绝望的时候，它仍在那里，如同一团永不熄灭的火焰。即便是在最黑暗的时刻，即便在我试图粉碎它时，我还是能感受到它微弱的温暖。我知道，只要活着，那团火焰就会燃烧，无论燃烧得多么微弱。在生命即将结束之际，当我明白生命不可能再继续时，希望将演变成某种别的东西，化作我对孩子们的期许，对人类的期许，对自身灵魂的期许。

我迷失了

◇

我真的很会做饭。

2014年春末,我喜欢上了在脸书上展示自己的烹饪成就——小排千层面卷、鸡肉馅饼、火鸡汤配羽衣甘蓝和其他大量蔬菜。这些照片表面上象征着我的"正常生活"的回归,因为我在得癌之前就特别喜欢做饭,买了太多的厨房用品。有些人买衣服、鞋子成瘾,我则沉迷于购买高端厨具、厨房用品和烹饪书籍。乔希给我买过的最棒的圣诞礼物就是一台7.25夸脱①的酷彩牌荷兰炖锅和一只价值95美元的即时数码温度计。确诊后的几个月里,我不再做饭了。第一次化疗引起的神经病变使做饭变成令人讨厌甚至痛苦的事情。但更重要的是,我对食物已经完全失去了兴趣。违背内心所有的理性,我相信自己吃下去的所有东西都会令肿瘤滋长。讽刺的是,最近一次住院期间,为了解决小肠梗阻的问题,我曾绝食四天半,在平板电脑上痴迷地看着美国公共广播公司的烹饪节目,任由大卫·张的美味拉面让饿得卧床

---

① 夸脱分英制和美制两种,美制1夸脱等于0.946升。

不起的自己口水直流。从那时起，我便发誓再也不绝食了。

我还在脸书上发布了家里买来的新车的照片。那是一辆小型的SUV（运动型多用途汽车），是我们回归正常生活的又一次尝试。对于这种每个月只能用上两三次的东西，这是一笔相当大的开销，但我们认为它是生活向前迈进必不可少的一部分。这样我们就可以去远足，在秋天去摘苹果，利用周末去探索可爱的城镇。

然而，在这些照片与匆忙行事的背后，在微笑的背后，在看似乐观地宣称我很高兴自己没有住院、还能毫无痛苦地直立行走的背后，在装模作样的背后，我的感情已然破碎，而且记忆中我的感情从未如此破碎过。选择面料、研究汽车、烹饪新菜肴，这些表面上看起来积极向上的行为让我感觉自己正在汪洋大海中紧紧抓着一块木头。我患有癌症，而且不可避免终有一死——这些绝望之举让我无法回避真相及其必然性，只能将它推迟一阵子。

5月的某个温暖的周末，我带着两个女儿参加了两场生日派对。第一场属于伊莎贝尔在学校里的一个朋友。伊莎贝尔班上的家长都不知道我已被确诊。所以，当我站在那里和寿星的母亲——一位住在展望公园边美丽的玻璃建筑中、又高又漂亮的女性寒暄时，望着春日湛蓝的天空下愈发美丽的万物，我想要对着她尖叫："我得了该死的结肠癌四期！你看得出来吗？"第二场联合生日派对是米娅的三个同学在布鲁克林桥公园的旋转木马处举办的，背景是曼哈顿下城区鳞次栉比的摩天大楼组成的壮观景象。米娅班上的家长知道我被确诊的事，于是我被留了下来，回复那些可能真的在乎也可能不在乎的人的尴尬的问候。他们都快乐地隐藏在自己完美无瑕的生活中。或者即便他们在乎，也害怕去刺探别人的私事。"哦，挺好的。就那样。"我模棱两可地答道。我想要朝着他们尖叫:"该死,这不公平!我不应该拥有这样的生活。我的孩子们不应该过这样的生活!"但我把数以百万计的其他痛苦、愤怒和不友善的念头都留给了自己,没有破坏社交礼仪,而是把假笑牢牢地黏在了脸上。

不知不觉中,我用这些念头在自己的周围筑起了一道墙,一道将我在这世上最爱的人——楚楚可怜、饱经风霜、遍体鳞伤、筋疲力尽、惊恐万分的乔希——拦在外面的墙。我会愤怒地痛斥他,将他推开,不告诉他我真实的想法,因为这些想法太复杂、太压抑、太悲哀,充满了太多的罪恶感。我为嫁给乔希并因此毁了他的一生而感到愧疚。不管是乔希10岁、15岁、18岁甚至25岁时,他和家人最不希望迎娶的就是我这种女孩。我就实话实说吧。他生长在真正的南方,南卡罗来纳的山区。联邦旗帜仍旧飘扬在那个州的首府。从幼儿园到十二年级,他读的都是新教圣公会教区学校,本科读的是南卡罗来纳大学。谁也不曾想到,他会娶一个生在越南、长在洛杉矶、在法律意义上是个盲人的华裔美国女孩,何况她偶尔还会遵循佛教传统,并且是在东北部令人讨厌的自由主义北方学校里接受的教育。我忍不住心想,如果和他结婚的是某位金发的基督教南方名媛,那么我和我的疾病就永远不可能毁掉他的一生。我知道,要是我没有遇见乔希,伊莎贝尔与米娅就不会存在,而她们是我俩最大的快乐。

乔希也很愤怒,比我还要愤怒。他也会朝我发脾气,但他的怒火针对的是这一切有多不公,针对的是塑造我们人生的那些无形的力量。他想知道,这种事情为什么会发生在我们身上?他也感到了一种莫名其妙的愧疚,觉得自己应该做些什么来拯救我,觉得他本该知道癌症正在我的体内滋长。愧疚之情如同寄生虫般侵蚀着他。他的生活还在继续，好像一切都很正常：长时间地工作，思考符合国内税收法规的复杂投资结构，衣冠楚楚地去见客户、完成交易，通过病态而扭曲的方式在工作的压力下寻找解脱的方法。对他来说，最艰难的是想起我们在癌症到来之前的那些生活，尤其是现在，在我被确诊将近一周年之际。今年的NBA季后赛让我想起了去年的季后赛。那时的我们一无所知，是多么愚蠢。我回归厨房的举动让乔希想起了所谓的"宁静时光"，即癌症之前那些无忧无虑、幸福快乐的纯真的日子。但在我看来，对他而言，最艰难的是在努力维持一切正常的压力下工作。

他同意买辆车是个好主意。和汽车销售员莱尼坐在一起闲聊时，他不知道自己若是大喊"见鬼，我的妻子就快死了"会发生什么。后来，我们愉快地带着微笑，开车驶离了经销店，而莱尼还是一无所知……

一场噩梦

◇

今天——2014年7月7日,是我被确诊癌症的一周年纪念日。我不会在半夜尖叫着惊醒,但回忆的确会不请自来,有时是被某个特殊的点所触发,有时是因为听到了某人口中说的话,抑或是平白无故便涌入我的脑海;有时,它们就像是不眠的梦魇,在我的脑海中上演着一场希腊式悲剧。我满怀惊恐地注视着剧中的自己,心知作为主人公,我将遭遇可怕的命运,即便我是那样无辜而愚蠢地相信,痛苦只是因为肠易激综合征或某种其他模糊不清的肠道疾病,肯定不是癌症。在这部自导自演的悲剧中,我这个主角将被自身的致命缺点——狂妄自大——所打倒。它让我相信我还年轻力壮(一周锻炼五次),能对癌症免疫。但是作为观众之一,我知道接下来会发生什么,想要对着另外一个自我放声尖叫,警告她命运可能会与当前有所不同。

我还记得6月的第一个星期五,喝完最喜欢的酸奶之后,我就觉得有些不舒服,开始了长达四周的腹胀、打嗝、痉挛、恶心。我的肚子咕咕作响,精神与生理上的倦怠感发生频率升高、强度不断增强。

接下来的一周，我还记得我曾让乔希在下班回家的路上凭医嘱取些缓解胀气的药来，因为那有可能只是肠易激综合征。我还记得有好几次，保姆下班后我都昏昏沉沉地躺在床上。乔希很晚下班后回家，发现孩子们还在疯狂地跑来跑去，因为我根本无法哄她们上床睡觉。

那会儿刚刚读完《法国孩子什么都吃》（*French Kids Eat Everything*）时，我曾决心让自己的孩子也不挑食，方法之一就是每晚都和她们一起坐下来吃饭。我还记得我是如何瘫坐在沙发上吃不下饭的，记得前往洛杉矶参加婚礼和家庭聚会前一周的那个周二的晚上，我躺在浴缸里，希望热水能够缓解疼痛，却吐到没有精力为特拉华州那场至关重要的法院判决撰写备忘录。后来，我的内科医生说我本该当时就给他打电话，到急诊室去。总是有许许多多的"本该"。我还记得两天后去见他；记得由于我的症状比两周半前第一次去看病时有所恶化，他十分担忧；记得他让我立即去看消化科医生，因为我本该第二晚出发去度假，但考虑到我的病情，他认为这不是个好主意；记得消化科医生对我进行血液检测后，还安排我第二天早上做了超声波。当天下午，他说我的血液检测结果似乎没有问题，超声波检查看似也一切正常，所以准许我去旅行。但若是我回来时还有问题，就必须进行一次内窥镜和结肠镜检查。

我记得那天晚上，我们开车去了哈德逊河谷，为即将到来的周末找住处。伴随严重的便秘，我整个周末都在与身体不适作斗争。接下来的那个星期二，7月2日，我记得自己如同僵尸般坐上了飞往洛杉矶的飞机，不知我是如何带着两个年幼的孩子挨过了航程的。下午3点前后，我在前往蒙特利公园市（洛杉矶东部郊区）父母家的途中还挨过了可怕的堵车，并吃下了爸爸做的腌肋排（我最喜欢的菜之一）——虽然天知道我已经多少天没有大便了，过后我一直筋疲力尽、痛苦不堪地卧床不起。我还记得妈妈那晚下班回家，大惊失色地看到我的脸色竟然如此苍白——她用越南语说我是"绿色的"。从她不到两个月前最后一次看到我以来，我竟然瘦了这么多。不知母亲是否对自己的孩子都有第六感，我还记得……我还记得……

第二天，7月3日星期三，我与乔希去了邻镇斯台普斯，给房地产经纪人传真了几份文件——我们为一所房子出了价，并接受了卖方的还价，准备签署合同。在乔希试图搞懂传真机怎么用时，我向收银员要了一只塑料袋，找了个希望没人看得到的角落，往袋子里吐了一种温热的黄褐色物质。到了晚上，我就吐水了，便给替我的内科和肠胃科医生值班的纽约医生打了电话（毕竟那是个节假日周末）。他们都让我去看急诊。乔希载着我赶去了距离我父母家几个街区的加菲尔德医疗中心。在那里，我发现一大堆上了年纪的人正在等着看病。"我不要等了，"我告诉乔希，"会过去的。"于是，我们绕着街区散了散步，希望能够有所缓解。还有不到一个星期的时间，我就能返回纽约了，想坚持到那时再说。那天晚上我本该等一等的，但我心里清楚，若是自己去急诊室报到，就有好一阵子无法离开了。我可不想错过第二天在哥哥家举办的盛大的家庭聚会。

7月4日，我们全都聚集在了哥哥位于帕洛斯·弗德斯庄园山区的地中海风格的住宅中。在那里我们从后院就可以眺望太平洋。我心满意足地看着两个女儿和堂兄弟姐妹、远方表亲们在充气泳池里嬉戏奔跑。这正是我想要的。能够见到父母、兄弟姐妹、表亲、叔叔阿姨们，和大家欢聚一堂，用伴我成长的多种语言谈笑风生，我是如此幸福。就在那一瞬间，我重温了童年最快乐的时光。

婚礼当天凌晨4点，我再也无法忍受，叫醒了70岁的父亲，让他开车送我去医院。我之所以没有叫醒乔希，是因为想让他多歇一会儿，让他再睡几个小时，凭借直觉，我知道他需要能睡多久就睡多久，这样才能应对那一天和今后等待我们的一切。

这一次，加菲尔德医疗中心的急诊室里空无一人。这是好事，因为在分诊护士为我评估病情、办理入院手续的过程中，我痛到身子已经坐不直了。我永远无法忘记吗啡被注入我的身体时，那种难以置信的释然。急救室的主治医生告诉我，他在我的CT扫描中似乎看到了一处梗阻，打算让我入院治疗。我还记得当时自己心想，好吧，至少这是个可以确定的生理问题。即便是在那个时候，癌症的念头都不曾出现在我的脑海之中。

要是知道那有可能是癌症，我就不会去加菲尔德医疗中心的急诊室了。毕竟这家医院服务的是大量贫困潦倒、保额不足的移民，里面都是缺乏良好教育、未曾受过严格培训的医生。我分配到的那名外科医生是个白痴，英语口音重得让人难以理解——你们懂的，连我都无法理解的口音肯定是相当糟糕的——说话的模式和动作都会让我想起酒鬼。他复核了我的X光片，说什么也没有看出，因此我只要等肠道得到休息、自行排出梗阻便可。我分配到的肠道科医生特兰是那里唯一一位有能力的医生。他并不同意这样的做法，打算认真探究一下这块梗阻的性质，于是安排了当晚9点进行CT扫描比对，以获得质量更好的图像。他还计划于第二天一早，即7月7日9点为我进行结肠镜检查。

做完CT扫描，探视时间已经过了很久，乔希和我的姐姐却穿着华丽的盛装偷偷溜进来，为我讲述了婚礼的事情，他们还展示了女儿们跳舞的照片，说所有人都很担心我。乔希说他爱我，叫我好好休息。他一早便会在结肠镜检查之前赶来看我。我天真的旧日时光就这样结束了。

第二天一早，我被送进了一个房间。特兰医生正在那里等待为我进行结肠镜检查。和大多数接受结肠镜检查的人一样，我陷入了麻醉状态，看着特兰医生那张越来越模糊的脸，还听到他说："我在CT扫描时看到你的结肠里有个肿块。"我当下便心知肚明了。

被推回病房的途中，我从麻醉中苏醒了过来。乔希正在等我，脸上崩溃的表情证实了我已经猜到的事情。他竭力装出一副平静的样子，不让自己哭出来，震惊之情却表露无遗。紧接着，他把话说出了口，并向我展示了一份结肠镜检查报告。"他们发现了一处疑似癌症的肿块……横结肠的阻塞率为75%到99%。"当然，特兰医生表示，在活检结果出来之前，我们还无法确定。可我与乔希知道，已经没有必要等待活检结果了。医学的世界里充斥着"疑似"这样的字眼。我们在困惑、震惊、恐惧与害怕中一起抱头痛哭。

突然，我的父亲和姐姐出现了。他们什么话也没有说，脸上的表情却反映了我的感受。母亲正在家中照顾我的两个女儿——哦，上帝，我那两个甜美可人的小女儿可怎么办啊？后来，哥哥听到消息也丢下手头的一切，驾车四十五分钟从蒙特利公园市赶了过来，在我的床边抱着我痛哭。他把脑袋枕在我身上时，我能够看到他满头粗糙而挺直的白发。那时，我握着他的手，已经停止了哭泣——我不记得我以前曾经握过他的手。他是什么时候长成了一个男人，还当上了爸爸的？我又是什么时候长成了一个女人，还当上了妈妈的？我们怎么已经到了要应对生死问题的地步——准确地说，是我的生死。正是这个人教会了我如何手握棒球棒，试图把我变成他从未拥有过的弟弟。还有一直照顾我的姐姐——无论是年少时开车载着我去买衣服，还是一起出国旅行时带着我们走街串巷。还有我的父亲——他总是恬不知耻地承认我是他最年幼、最珍爱的孩子。他也是唯一能够合理地与乔希竞争谁是最爱我的那个人。当然，还有乔希，我的爱人、挚友、灵魂伴侣，我孩子的父亲。

在这间病房里，加上没来的母亲和两个女儿，都是我在这世上最爱的人。如此超现实的场景只会在我最糟糕的梦境中出现，只不过噩梦中还从未出现过此生最亲的人都在为我哭泣，仿佛我已经死了。我想掐醒自己，想证实我已经回到了纽约，回到了熟悉且深爱的生活中。然而，坚硬肿胀的腹部带来的剧痛却在不断提醒我，眼前太过真实的一切就是场活生生的、看不到结局的噩梦。

上帝之手

◇

我不信仰任何约定俗成的宗教,也没有耐心皈依任何信仰,但我相信某种至高无上的力量——反正大部分时间里是这样的。在那些难以捉摸、令人心存信仰的时刻,当我形单影只、没有人要求我用言语来表达或证明自身信仰时,我确信自己永远也无法解释,上帝之手曾经触碰过我的人生。

尽管被确诊时的记忆仍令我痛苦万分,但是回想起那段时光,我还是能够带着某种喜悦之情。这段神奇的时光充满了美和无与伦比的爱,正是那种令人惊叹的神奇感觉让我对上帝产生了共鸣。

7月7日星期天的那个早上,在狭小的半间病房里,虽然我和几位直系亲属都在努力消化我罹患癌症的事实,与使人麻痹的震惊竭力抗争,但我还是觉得大家并没有想清楚接下来会发生什么。就在乔希把结肠镜检查的报告交给我几分钟之后,就在哥哥还坐在我的床边时,我的手机响了。那是一个从纽约打来的电话,号码似曾相识。我下意识地应了一句:"喂?"

"我是F医生。那天我们通话时,我曾劝你去急诊室看看,所以打电话来问问情况怎么样了。"电话另一头的声音说道。原来是国庆假期替我的内科医生 N.L. 值班的医生。他竟然会在星期天给我打来电话,而且还是在我听说了这个令人悲伤的消息几分钟之后。难道他有第六感,知道会有什么事情发生吗?

能够听到"家乡"的医生打来电话,我简直欣喜若狂——至少我认为,那里是我成年后的家乡,有我的生活,还有我信任的医生。虽然有些惶恐与哽咽,我还是立马做出了回应。"很高兴接到你的电话,F 医生。我刚刚拿到结肠镜检查的结果,横结肠的 75% 到 99% 都被阻塞了,而且怀疑是癌症!"

沉默片刻之后,F 医生答道:"稍等会儿,我尽快给你回电话。"没过多久,我的电话再次响了起来。"我刚刚和 N.L. 医生商量过了。我们都认为你需要尽快离开那家医院,去洛杉矶找家值得信赖的机构,然后马上寻找一位结直肠外科医生。"

结直肠外科医生?结直肠外科医生是什么?我这辈子还没有听说过"结直肠"这个词呢,怎么才能找到这样一位医生,还要找一家值得信赖的机构?我的身上还插着为我供应养料、虽然痛苦但也提供了止吐药物的静脉点滴,胃里难受得像是怀了四个月的身孕似的,不是说走就能走的。这些想法一股脑地涌入了我的脑海。不过,即便处于震惊之中,有一件事我还是可以确定的——加菲尔德医疗中心那个口齿不清的外科医生是绝不可能再碰我一下的,因为他说他在 X 光片上什么也没看到,阻塞还会自行消失。我讨厌他,讨厌这家医院,现在就想离开,但不是去洛杉矶另找一家医院,我要回纽约,去找我熟悉的医生。"回纽约做手术可不是一个好主意。"听说我要回家,F 医生态度坚决地表示。他和 N.L. 医生在洛杉矶都不认识什么结直肠外科医生。我不得不自己去寻找。

没错，我是在洛杉矶长大的，但在二十年前就离开了。我知道这里的大医院包括西达斯-西奈医院和 UCLA 医疗中心——似乎所有的名人都会去那里看病，但我在这两个地方是肯定不认识什么外科医生的。于是，乔希和哥哥、姐姐开始着手让表兄弟姐妹们做好应对准备，先是告诉他们发生了什么，然后询问大家在结直肠外科医生方面有没有任何头绪。毫无疑问，固守传统的母亲为我们竟会公开如此令人羞耻的诊断细节大惊失色，不过这是件好事，因为不出一个小时，C 表姐就给我打来了电话。她也是回洛杉矶来参加婚礼的。

C 表姐与我一同长大，情同亲姐妹。她没有在多愁善感的事情上浪费任何时间——这种事情以后有的是机会。和我一样，她在电话中也是有一说一。我们是华裔，我们血液里流淌的是务实的思想。C 表姐如今住在康涅狄格州的韦斯特波特，但之前曾在新泽西州的梅普尔伍德住过许多年，隔壁邻居就是曼哈顿一家诊所的知名消化科医生。她已经多年不曾与他联络了，但是可以发封电子邮件，看看他有何建议。他的名字叫保罗。我一直不知道他姓什么。虽然已经失去联系许久，保罗还是当即回复了 C 表姐的邮件。那天是 7 月 4 号，是个周末。

是的，他在电子邮件里写道，他的一个演员病人去年曾在 UCLA 医疗中心接受过詹姆斯·Y 医生的手术，对结果十分满意。C 表姐问能否把乔希的手机号码告诉他，好让他联络 Y 医生？

几小时之后，乔希和哥哥乘车去取午餐，脑袋里还思索着寻找外科医生方面几条不太乐观的线索。就在这时，乔希的电话响了。"嗨，乔希。我是吉姆。保罗把你的情况告诉我了。有什么我可以帮到你的吗?"假日的一个星期天,UCLA 医疗中心的顶级外科医生竟然拨通了乔希的手机,而且友好热情得令人难以置信,完全颠覆了我们认为外科医生可能会傲慢冷漠等诸如此类的所有先入为主的猜想。Y 医生告诉乔希,即使没看到任何活检结果,他都会先立即进行手术,因为这种病例几乎无一例外都是癌症。他还告诉乔希,自己很乐意接收我做病人,在转院过程中将担任接收医生的角色。我和乔希都欣喜若狂地松了一口气。这将是我离开这家可恶医院的第一步。

恶化的梗阻、愈发严重的疼痛与恶心,再加上那种知道体内长了恶性肿瘤而令人疯狂的绝望,能让飞逝的几个小时仿佛变成了几天、几个星期。我们很快(或者至少是努力尽快)进入了治疗癌症的下一个步骤——熬过医院与保险公司的烦琐手续,达到转院的目的。至于"我们",我指的其实是乔希,因为当时能够处理此事的人只有他一个。乔希不是那种喜欢应对生活细节的人(比如支付账单、购买肥皂、筹划假期、安排维修损坏的电器等)。他也讨厌打电话,不管是订外卖还是解决有线电视故障。出现任何一种问题时,都是我去打电话投诉、提要求并解决问题。在转院的一天多时间里,我的丈夫竭尽全力地做着那些他做起来不太自然的事,让我看到了他的另一面。在我们等啊、等啊、等啊的过程中,他会给有关各方——加菲尔德医疗中心、UCLA 医疗中心及保险公司的员工——不断地打电话,因为医疗中心试图查明我的保险公司是否会支付这笔费用(西岸的医疗机构对这家公司并不熟悉)。

星期天下午晚些时候,孤零零地躺在那里的我开始意识到,鉴于保险公司的回复并不积极,当天转院的事似乎已经越来越不可能了。就在这时,病房的电话响了,是 UCLA 医疗中心的某个人打来找我的。电话另一头的那人想要核实我的身份。"叶-威廉姆斯太太，我们的记录显示，与你的社会保险号码关联的姓名是李坦狄……你的地址是加州洛杉矶学院西街911号……你的电话是（213）250-0580。"的确，我曾一度叫李坦狄，三十年前的地址和电话也正是那个男人所说的。三十年前，我曾在这家医院接受过眼科手术，拥有了一点儿视力。这可能就是那个男人能够找到我昔日信息的原因。然后，意识到我将回到有生以来第一次做手术的地方——从某个方面来说，那里挽救了我的生命——我感觉自己仿佛多年之后又回到了原地，好像已经发生和即将发生的事情中，存在着某种令人欣慰的合理性。

第二天，当地时间凌晨5点，乔希与保险公司通了电话，勇敢地试图推动烦琐手续的进展。随着正常营业时间的到来和全体员工的回归，保险公司的动作快了不少。到了上午晚些时候，我们收到消息称，UCLA医疗中心终于在财务上批准我转院了——最难的一个坎已经跨了过去，却还有另一个要跨。

UCLA医疗中心已经没有可用的床位了。我们得知，床位可能要到星期三或星期四才能空得出来。我大惊失色——星期三或星期四？在肚子越来越痛的情况下，我觉得自己到那时就已经一命呜呼了。转瞬间，我们考虑过把手臂上的静脉注射针拔掉，好让乔希能够载着我奔赴UCLA医疗中心的急诊室——这样一来，我们肯定能够弄到一张床位。然而理智还是占了上风，因为这样的策略存在一定的医疗风险和不确定性，更不用说让我失控的疼痛与恶心了。绝望中，乔希用手机给Y医生打了个电话求助。Y医生又打了几通电话后告诉我们，UCLA医疗中心的里根医疗中心其实已经有二十八人排在我前面等待床位了。尽管我的身体情况令人绝望，他也无法把我调到队伍的前面去。不过，UCLA 医疗中心的分支机构圣塔莫妮卡分院床位情况更加"有利"。Y 医生本人无法在圣塔莫妮卡分院进行手术，但可以为我找到那里最好的外科医生。我的财务状况对于 UCLA 医疗中心的任何一家机构都是够用的，因此，在这一方面不会造成进一步的延迟。乔希和我已经绝望了——好的，不管怎样，我们都得离开这里！

留在加菲尔德医疗中心的每一分钟都让我觉得距离死亡更近了一步。眼下，我们只有这位从未谋面、身份不明的医生提供的希望（我们真的没有见过面），虽然对他知之甚少（除了谷歌网站上能够发现的有限信息）。

一个小时之后，在乔希的陪伴下，我拖着沉重的步伐迈过沉闷的走廊，试图逃离病房带给我的恐惧。就在这时，有人过来告诉我，救护车已经在赶来的路上了。不出几分钟的工夫，两名急救医生就推着轮床来到了我的病房。我兴高采烈、笨手笨脚地爬上了床。他们在我的腰上系了一根皮带。我小心翼翼地将皮带从膨胀的肚子上拿开，以免加重疼痛与不适。两人推着我穿过走廊，步入电梯，走出双开门，钻进了等候的救护车。我还从未坐过轮床或是救护车。也许是因为终于要离开那个地方了，我感到血管里涌动的肾上腺素在上升。躺在轮床上，我从一个令人兴奋的全新视角看着世界，竟然感觉到了一丝激动。

1999 年，在进入法学院之前的那个夏天，我花了五个星期的时间去塞维利亚学习西班牙语，又用了五个星期的时间独自背包游历了欧洲大部分地区。和大部分人一样，独自旅行令我有些紧张，再加上视力受限的问题，我就更紧张了。但这是我要向世界（但主要是向自己）证明我可以做到的几件事情之一。我从不会提前预订住宿，因为只要在一座新的城市跳下火车，读一读值得信赖的旅游指南上有关那座城市的篇章，然后就可以用手头的任何一张地图去寻找青年旅社了。某个温暖的夏夜，在旅途还有好几个星期之际，我躺在法国南部某个地方的火车站台上，用最心爱的紫色背包当枕头，等待下一班火车送我前往罗马。虽然我的身边围绕着另外好几个背包客，我却还是孤身一人。我永远不会忘记，在仰望星光灿烂的天空时，我心里想的却是自己明天晚上、后天晚上或者是大后天的晚上都不知道要睡在哪里。虽然一想到这些，我的心中就会出现一丝恐惧，但对即将到来的一切我还是感到无比兴奋。那份未知的感觉中掺杂着某种无忧无虑的快乐，一种不必去任何地方或与任何人在一起的自由，这预示着无限的可能。我还感觉到了能够压倒一切的平和，它可以驱散我内心所有的恐惧，因为我知道，一切都会好起来的，我会找到自己的路。

躺在被升起来的轮床上，我低头注视着乔希走在自己身旁，感觉也是如此——没错，我反而要低头才能看到六英尺三英寸高的乔希。我不知道明天、后天或是大后天会发生什么。令人诧异的是，那一刻，我竟然充满期待、兴奋与平和地笑了，启程踏上了人生的一段冒险。我连珠炮似的向急救医生提问，比如他们是从哪里来的，会不会为我打开警报器，还问起了他们执行过的最令人难过的救援。

当救护车在十号高速公路上飞驰、向西行驶时，我睁开双眼，从噩梦中醒来，从黑暗步入了光明。就这样，我被确诊的故事中所谓美好而神奇的部分拉开了帷幕。

爱的故事

◇

穿越洛杉矶的车程过得飞快。既幸运又怪异的是,傍晚的高速公路竟然没有堵车。不到25分钟,我就闻到了大海的气息,然后抬头凝视着湛蓝的天空(对于洛杉矶来说,这也十分罕见)。急救人员推着我穿过了我此生见过的最美的医院。焕然一新的建筑里,宽敞闪亮的走廊似乎没有尽头;路过的护理员、护士和医生都会亲切地朝我微笑。一切人和事物都沐浴在柔和的金色光芒之中。

我以为自己会停在某张办公桌前,按要求填写某些繁复的文件,然而并没有。急救医生直接把我推进了坐拥圣塔莫妮卡山区美景的私人病房。这间病房可以俯瞰宁静的绿色庭园(今后,我的两个女儿经常会在那里玩耍),房间里还有平板电视和实木装饰,以及三名身穿深蓝色制服、等待关心我的护士。我已经从"地狱"医院进入了"天堂"医院。

这一小群护士为我称了体重,换了袍子,扎上了新的静脉注射针,抽了血,还在我乞求止吐药时给了我一个可以把头埋进去的脸盆。抵达后不到半小时,单独开车过去的乔希从门口走了进来。又过了不到

20分钟，下午5点刚过，我的结直肠外科医生D.C.就赶来了，身旁还站着他的住院总医师O。身穿洁白外套的两人都看起来很有权威、自信满满，一副十分可靠的样子。他们向我准确地讲述了即将发生的事情。当晚8点半，一名消化科医生会来将一根支架插入我的身体，在阻塞的结肠中制造一处开口，让堵在其中的粪便能够流出——这是为手术做好准备的重要一步，能够提高可见性，防止术后感染。如果消化科医生无法放置支架，那么D.C.医生和他的团队就会做好立即手术的准备；若是支架奏效了，我就要在接下来的一天半时间里上厕所，清空肠道，然后接受手术。我一边聆听，一边注视着D.C.医生在我的床边用一张白纸画着结肠的图，心想这才是行医该有的方式：专心致志的外科医生直接登场，为与他们相识仅四小时的病人准备手术，直至深夜。

不适与恶心已经将我吞噬。我会尽力不让自己呕吐，因为有人告诉我，如果我吐了，鼻子里就会被插上一支通向胃部的管子，把胃里的东西吸出来。我可不想让这样的事情发生，于是只能专注于对话中涉及支架和手术的部分，只有这些能让我的身体放松。

不过，我的丈夫心里所想的已经不止这些了，他思考的是有关癌症本身和未来的事情。我几乎不记得乔希还问过D.C.医生，我们从加菲尔德医疗中心带来的CT图像中有没有癌症转移到其他器官的任何迹象。"没有。"D.C.医生回答。他们在手术之前还无法得知，不过他猜我此时的病情可能处于第二或第三阶段。这段对话的内容让我很不耐烦，因为我只想做手术。那意味着这几个男人必须停止讨论癌症扩散、癌症阶段以及未来的治疗方法，以及如果这样、如果那样的问题。这些眼下都不重要。此时此刻，我需要做些什么来缓解恶心与疼痛。

终于，D.C. 医生离开了。O 医生给我出示了几份同意书，并向我告知了手术风险——包括我的肠子有可能无法被放回体内。在这种情况下，我就要接受结肠造口术或其他以"术"字结尾的手术。尽管不知道他在说些什么，我还是似懂非懂地点了点头，然后飞快填好了表格。如今，这些词的意思我已经全都弄懂了，却还不如不知道时好。很快，一个身穿绿色衬衫、兴高采烈的俄罗斯男人把我推进了手术室。和医院里的所有人一样，他是如此快乐，以至于让我认为 UCLA 医疗中心员工的待遇肯定非常不错。

那天晚上，支架被成功放置了进去。从持续一个小时的手术中醒来时，我立马就感觉到了差异。压力与疼痛得到疏解简直令人享受。由于不时就要欢快地跳下床、身后拖着静脉注射支架奔向厕所，我一晚都很难入睡。乔希那晚也没怎么睡着，其中一部分原因在于我频繁地去厕所，另一部分原因在于他那几晚睡觉用的躺椅让他太难受了。他告诉我，六年前与我结婚时，他怎么也想不到自己会这么高兴听到我在离他不到五英尺的地方拉出屎来。我忍不住笑了。

到了早上，我的胃已经恢复了往日的大小与柔软度。我感觉自己又完全正常了，伸展手脚摆着瑜伽的姿势，像是能够跑上一两英里[①]或是三英里似的——毕竟直到一个月前出现症状为止，我正处于此生状态最好的时候。乔希注意到我的皮肤又恢复了往日的光泽，不过，直到恢复旧日的容光，我们才意识到我的脸色在过去的几个星期里有多苍白、黯淡。这是我的身体正遭有毒废物毒害的明显迹象，我

[①] 1 英里 ≈ 1609 米。

却不曾察觉。伴随肠道功能的恢复和随之而来的正常状态的回归，很难想象一颗失控的致命肿瘤正在我的体内疯狂滋长，可它就在那里。那天早晨，在结肠镜检查的正式活检结果还没有出来之际，D.C.医生告诉我们，我的癌胚抗原为53，而正常的指数应该不到5。如果我们中间还有谁希望我没有患上癌症，那么这样的希望已经被这个消息完全抹除了。

第二天下午，7月10日星期三，我接受了手术。手术本该花两个半小时，最终却花了四个小时。D.C.医生发现，我的结肠长到了一个足球那么大，并且已经开始破裂。事实上，为了保持自身的完整，我的结肠异常肿胀的部分已经与胃贴到了一起。他很惊讶，我的身体竟能适应这一情况。结肠连在一起，往往是灾难性的，身体里会到处都是粪便、结肠和癌细胞。手术非常成功，移除了整颗肿瘤（3.5×3.9厘米）、68个淋巴结（其中12个是癌性）以及腹膜上的一处扩散转移。由于手术是通过腹腔镜实施的，康复措施就是在公园里散散步，肠道功能三十六个小时之后就能恢复正常，痛感微乎其微。

手术一结束，迫在眉睫的紧急情况得到了解决，我便有了很多时间躺着、坐着，偶尔还能漫无目的地四处走走，想看看、听听自己周围的世界。但我却什么也看不见，什么也听不见，一心一意地想要展开漫长的学习过程，认真对待已经发生、正在发生和将来有可能发生在我身上的事情。

7月9日，手术前一天，这么多天以来我们第一次感觉"安定"了下来，知道了下一步该做些什么。乔希这才有精力、有时间以"朱莉"为标题给亲朋好友写了封电子邮件——其中某些人已经多年不曾与我们联系了。邮件一下子引发了所有亲友的震惊，大家纷纷打来电话，发来短信和电子邮件。我病态地满心好奇，想要知道人们在读到这些文字时作何反应。但我并没有去问。他们有没有跌坐在椅子上开始放声大哭？他们是怎么想的？会为我和乔希感到难过吗？他们会不会为事情没有发生在自己身上悄悄松了一口气？会不会害怕遭遇这样的情形？

的确，除了与自身的情绪妥协，接受身患癌症的过程的一部分正是要去承受和应对身边亲友的反应。有的时候，你要允许——但更多的时候是阻止他们的质疑、恐惧、担心、悲伤和希望。有的时候，你要允许他们成为你的力量与安慰，有的时候你还要成为他们的力量与安慰。

我最关心的人是乔希。很多时候我总觉得乔希在应对生活的挑战时不如我坚强，不如我熟练。我是个女人，坚信女性在感情方面通常更有能力、更有弹性。不过平心而论，我觉得这个病对乔希来说比对我更加残酷，因为在我结束这段人生、进入下一段冒险时，他要在没有我的情况下，面对独自抚养女儿、收拾残局的未来。留下的那个人总是更加艰难。在术后的那些日子里，我无法成为他的力量，肯定远远达不到他所需要的程度。他苦苦思索，在针对结肠癌四期的研究发人深省的数据中努力寻找漏洞，试图从最有利的角度解释已经板上钉钉的事实——每当看着他这样的时候，我感觉他快把我逼疯了。我会把他赶出病房，让他在热闹时髦的圣塔莫妮卡众多饭馆中找一家去买早餐。我会恳求他给纽约和南卡罗来纳州的亲友打电话，因为他们才是他的后盾。我会强迫他和我哥哥出去喝杯啤酒，或是带上两个女儿去沙滩。我还会命令他晚上出门，一个人散散步，锻炼是非常重要的。

某天晚上，他一路走去了码头，在一家游乐场里找到了他童年最喜欢的游戏之一——吃豆人。他没完没了地玩了起来，直到身上只剩下两角五分钱。那一刻，他与自己、与上帝、与宇宙中的各种力量达成了一笔交易，试图窥探未来。他告诉自己，如果他用这最后的两角五分钱打破了（别人创造的）纪录，那么朱莉就能战胜癌症。他打破了纪录，回到我身边时兴奋得晕头转向。他对统计学的坚定信念就是如此……

术后那一天——在她们全都得知我患上了结肠癌四期之后的那一天——同样从纽约赶来参加家族婚礼与团聚的姐姐来探望我了，她说她前一晚没怎么睡，但坐在黑暗中时，心里突然觉得我肯定是可以战胜癌症的。她告诉我，她就是知道我能做到。我希望自己也能拥有她那样盲目的自信。第二天，她又来看我，这一次一迈进房门她就突然泪崩。从未掉过眼泪的姐姐紧紧抱住我，说我是如何坚强，不该得病，说她在两个外甥女和我们的父母面前又是如何一直在努力保持冷静。鉴于他们现在全都在外面某个地方，她再也抑制不住了。早期那段时间，姐姐替代我充当起了妈妈的角色。在我父母的家里，母亲负责确保两个女孩吃过饭、洗过澡，当乔希在医院里陪床时，米娅和伊莎贝尔就会转向我的姐姐寻求安慰，每晚都依偎在她的身旁，因为她就是她们周围最类似于我的那个人了。我可怜的姐姐背负着沉重的负担。我回应了她的拥抱，告诉她我真的非常坚强，一直如此，也永远都会如此。

N 表妹下班后也来看我了。她是家里有名的爱哭鬼，什么东西都能惹得她掉眼泪。说来也怪，自从我被确诊以来，她一直十分坚强。我告诉她这件事情，她竟然没有为我掉过一滴眼泪，我很吃惊，心里暗自怀疑她是否像我以为的那样在乎我。"哦，不！"她答道，她那天就哭了好多次：和 C 表姐通话时在哭，事后坐在办公桌旁在哭，对着同事在哭，坐在车里还在哭，一路哭到了医院。不过现在她已经彻底哭干了眼泪，暂时不用再哭了。为了掩饰眼角闪烁的泪光，她的脸上闪现出了一抹过于灿烂的微笑。那一刻，我觉得我从未这么爱过 N 表妹。

虽然常有客人到访，还要接听无数的来电、接收汹涌的爱意，但当其他人全都在工作或玩耍时，我还是得孤独地在病房里待上好几个小时，与内心的思绪、悲哀、恐惧、震惊独处。幸运的是，UCLA 医疗中心就是我的医院天堂，里面充满了天使。生产时、接受 HIPEC 化疗手术之后，我也曾住过别的医院，但对照顾过我的护士并没有特别难忘的记忆。对我而言，UCLA 医疗中心的某些特殊之处是我以前不曾知道、之后也不曾察觉的。

卡伦、诺林、雷、罗克珊、科斯塔、曼努埃尔、金杰、阿妮塔、达米安——这些名字对你们来说毫无意义，却能给我带来慰藉，他们让我想起在此生最黑暗的时刻，那些为我带来过安慰的双手、拥抱与言语。在爱我的人似乎谁也无法承受我混乱情绪的重量时，这些名字所代表的人就是我真正的精神支柱。所以大部分时间里，我都会对自己认识和深爱的人隐藏这些情绪，反倒是在这些天使身上发泄。他们聆听、安抚、微笑的能力以及日日面对恐惧时的乐观精神，都令我备感震惊与鼓舞。

一天下午，科斯塔看到我的两个女儿离开病房后，紧紧握住了我的手，用我听不懂的语言默默为我向上帝祈祷。她祷告的热情令我湿了眼眶。祷告完，她便动手为我更换床单去了。

26岁的美籍华裔女子卡伦——其实就是个小丫头——会让我想起自己的好友V。卡伦经常陪我在这一层四处散步,为我讲述她看到我的名字时有多惊讶,因为她的母亲也姓叶。两岁那年,她38岁的母亲因结肠癌去世,丢下了她手足无措的父亲、三个悲痛欲绝的哥哥和一个姐姐。我能感觉得到,她在我身上获得的安慰与我从她身上所获得的一样。望着她熟悉得出奇的脸,我再次感觉到了上帝之手的存在。

还有我一直不知道姓名的那个男人。他一句英文都不会说,有着深棕色的头发,在后脖颈上梳着一条马尾辫。他前臂上起伏的肌肉表明,只要他愿意,轻易就能动手把谁打上一顿。考虑到这些,若是换成别的环境,我可能会将他误认为某个年轻的黑帮分子。某天晚上,在一场尴尬的意外发生后,他沉默不语地用温和的手法帮我清洗干净,脸上没有半分恶心与品头论足的表情。我大吃一惊,羞愧难当,丢掉了预想中有关他为人如何的一切刻薄看法。我怀疑自己对陌生人是做不到他为我做的那些事情的,可是在他的面前,我想要这么做了。通过他,我见证了同情的力量,目睹了一个人通过行动能向另一个人表达的善意。何况这并非是因为他们彼此认识,而仅仅是因为他们同是人类种族的一员。

还有我的结直肠外科医生戴维。他用敏捷的双手为我移除了68个淋巴结,用这个不同寻常的数字证明了他超群的技艺与不屈不挠的品质。我还从未见过有谁能用腹腔镜移除68个淋巴结。正如我经常听说的那样,病人生存最大的胜算始于一位技术娴熟的外科医生。他就是我所能拥有的、最优秀的外科医生。他与我同龄,他和妻子都是美籍华人,也有两个与米娅、伊莎贝尔差不多大的孩子。戴维会花上好几个小时回答我们的问题,会与乔希和我重温手术中那些难懂的彩色照片,复审病理学与扫描报告的结果,在令人心烦的研究中寻找漏洞;还会告诉乔希不要"固执",并向我讲了许多病人排除万难、战胜病魔的故事。

我相信戴维肯定会为我们感到遗憾——一个与他家相似的年轻家庭,来到洛杉矶度假,却意外遭到了癌症晚期诊断的打击。我也会为自己感到遗憾。不过,他的所作所为已经超出了一位富有同情心的医生会做的事情。他与我们成了朋友(换句话说,考虑到我们之间的医患关系,他已经尽力了)。听说我们正在附近寻找短租房,好让我能够康复,他竟然主动提出把自家房子里没使用的那一部分让给我们。我们觉得他其实不是认真的,于是忽略了这个提议。

戴维的家高踞峡谷一侧,格局不太规则。在洛杉矶待了一个月,就在我们准备飞回纽约前的那个晚上,他邀请我们前往他家吃顿晚餐,让孩子们能够一起玩耍。这时我们才意识到,他是真心想要为我们提供一处住所。孩子玩着瓢虫和聚焦人体不同部位的拼图,大人们则喝喝酒,吃吃奶酪、贻贝、意大利面和冰激凌。那是一个美好的夜晚,让我更加坚信即使在不同的情境下,我们也会成为真正的朋友。当晚结束时,到了道别的时刻,我站在那里面对着不确定且可怕的未来,面对着戴维——这个见过并移除了在我体内肆虐的肿瘤的男人。我试图找些言语来表达内心的感激之情。你该如何感谢一个看过你的五脏六腑、又救过你命的人呢?我词穷了,只能用手无助地比画了一个意为"谢谢"的手势。那一刻,我泪如雨下,与他拥抱在了一起。他也哭了,望着我说:"你会没事的,会没事的。"

我的中文姓氏的意思是"叶子"。中国人喜欢成语,用四个音节就能承载深刻的含义。有一个词尤其会令我联想起身在洛杉矶的时光——无论是在 UCLA 医疗中心，还是之后的那几个星期——那就是"落叶归根"。不可否认，当时的我就是一片落叶，回到了自己成长的地方，一个仍旧居住着我众多亲友的地方。在那里，新老朋友欢聚一堂，用爱与关怀将我、乔希及两个女儿包围。在那里，我开始了迈进新生命的重生过程。我的父母会往来于自己家、医院和出租屋之间，带上食物和洗好的衣服、充电器、洗漱用品，以及我们需要的其他任何东西。N 表妹和她的丈夫主动让出了公寓里的一张床和淋浴间，好让乔希能在一个比医院浴室更舒服的地方梳洗一番。

亲朋好友们会主动邀请我的两个女儿去玩，或是参加其他能够分散她们注意力的有趣活动。三婶和三叔来医院探病，进入病房之前还要戴上防护口罩、穿上防护服（因为那时的我还在接受艰难梭菌检测，必须采取预防措施防止一切细菌的传播）。五姨和五姨父下班后也会从城东驾车远道而来探望我。与我多年未曾联系的其他叔伯婶婶也都赶来告诉我，他们爱我。是的。为了真真切切地表达爱意，他们为我做了一顿顿大餐，试图把我喂胖。亲朋好友们还举办了一场盛大的派对，庆祝伊莎贝尔的两岁生日，也为我的生命庆贺。我这一生中形形色色的亲友全都来了，其中一些还是跋涉了数千英里赶来的。

虽然从某些方面来说，我被确诊的事是场噩梦，但我认为它最终会是我与所有赶来支持我的人之间一则爱的故事。在难以捉摸的时刻，我相信是命运把我带来了洛杉矶，让我能够体会到神奇而又非比寻常的爱。这是我以前从未体验过的一种爱。我敢说，就连许多比我还要年长的人都从未体验过，也永远无法体验到。可悲的是，这种爱只有在生命遭到威胁时才会出现——在那几分钟、几小时、几天或是几个星期的时间里,所有人都理解了什么才是真正重要的。然而,尽管这种爱可能是短暂的,只要允许自己停留在其记忆的光辉之中,它的魔力、强度和力量就能够支撑我们当中最愤世嫉俗的人。疾病可能会带我走向活在世界最后的时光,但癌症是如何走进我生活的故事却日日都在提醒我,它尽管从我手中夺走了昔日的纯真与快乐,却也赋予了我人类之爱这份礼物。如今,它已经成为我灵魂的一部分,将永远与我在一起。

命运与财富

◇

得知父母和祖父母曾经试图结束我的生命时，我心中五味杂陈、情绪激动，想起了数千年来神学家与哲学家们一直都在思考的内容和他们提出的伟大思想，以及那些令人麻木的问题。但幸运的是，不同于我身体里涌动的原始情感，对我来说，这些想法与问题从理智的本质上多半熟悉得令人欣慰，因为我从小就在以同样的方式沉思并提出同样的想法与问题。

从我有能力进行高层次的思考并意识到自己与众不同的那一刻起，我便开始编写一份问题清单，虽然用的不一定是什么好方法。随着我日渐长大，这份清单也越来越长、越来越复杂，提问的对象既有佛教神明，也有我童年时知道的当地的中国圣人，还有可能是已经成仙的祖先，以及所有美国人似乎都信奉的基督教上帝——这至少都是以我从电视中学到的内容为基础的，还有其他可能存在的生物。着手整理这份清单时，我肯定已经有六七岁了。这些年来，每逢令人沮丧的无眠之夜，我都会仰望着天花板，陈述我的清单。

佛祖、海之女神、高曾祖父、上帝、所有强大而全知的存在，如果你们谁有时间听我讲话，能否回答我几个问题？我需要弄明白。

我为何天生双目失明？

我为何不能出生在这个国家——一个这里的医生轻轻松松就能治好我的病的国家？

我们为何不能早点儿到美国来——因为早点儿过来意味着我可能拥有更好的视力。

这世上有那么多的肉体可以托生，我为何就要托生到这个瞎子的躯壳里？

有没有什么更恰当的理由、什么更加宏伟的目标存在，才会让我托生在这副躯壳里？才会让我在一个动荡的年代出生于一个贫穷的国家？因为你们懂的，如果有的话，那我糟糕的视力和伤痛就容易应付得多了。

那个更加宏伟的目标是什么？

我未来的人生中还会发生什么？我的未来会怎样？我该怎么做？

在母亲把她的所作所为告诉我之后，我又把这些问题重新提了一遍，还在清单里加上了一个首要的问题：

我本可以如此轻易地死去，为何却还活着？

每提一个问题，我都会停下来仔细聆听答案，寻找可能是答案的迹象，但答案从不曾出现，我8岁的时候没有，18岁的时候没有，28岁的时候也没有。没有任何答案，这些问题就成了我内心沉思的对象，多年来逐渐演化成了完全发生在我脑海中的玄学讨论，非但不曾得出过答案，反倒引出了更多的问题。

好吧，这也许全都是一场意外，并没有任何理由。我应该开开心心地感恩一切都是按计划进行的。

然而，这一切——整个世界、我们纷繁复杂的人生——怎么可能就是一场大型的意外呢？人们怎么会遭受致死性疾病的折磨，平白无故就死去呢？痛苦与死亡怎么可能就是运气不好的问题呢？

不，这一切肯定都有意义。一定有什么计划正在等待着我，等待着所有人。这一切是由某一位或好几位神明、我们的祖先、某个重要的人或物付诸实施的。也许到头来，我们能做的就只有活下去，尽力做出最好的选择，一切就会迎刃而解……

但这是不可接受的！难道我、我们所有人都该胡乱挥舞拳头，期待冥冥之中存在什么计划，无论我们做些什么，最后都会安然无恙吗？我是说，我怎么知道什么样的选择才是最好的？我怎么知道计划是什么？如果这世上发生在我们身上的每一件可怕之事真的都有什么注定的计划或原因，那么做的每件事又有什么意义呢？因为自我意志与自由选择都是彻底没有意义的。我们为何还要做些什么，让可怕的事情变得不那么可怕呢？

我开始去别处寻找我的答案。大约12岁时，我的哥哥或姐姐订阅了《时代》杂志，于是我们免费得到了《未知的秘密》丛书中的一本。《未知的秘密》丛书探索的都是些无法解释的奇异现象——不明飞行物、幽魂、巫术——但我们得到的那本书讲述的是超自然力量。书中专门讲述了手相术，描绘的是长有不同纹理、形状各异的手相。从一个人的手相竟能看出他的性格与未来——我被这样的观念迷住了，并且深感慰藉，因为这就意味着一切都是安排好的，我们不必在这个充满无限可能的恐怖世界中苦苦挣扎。当《唐纳修》《杰拉尔多》《萨利·杰西·拉斐尔秀》和《拉里·金现场》中有自称灵媒的人出现时，我都会入迷地看着他们通过手相、塔罗牌或茶叶预见未来，解读活人的气场或者和拥有预见能力的死者灵魂对话。眼下，这些人也许能够回答我所有的问题，或是将我与那些能够做到这一点的生命联系在一起。

虽然我知道会引发怀疑论者争论的骗子不少，但相信真的有人能够预见未来对我而言并不牵强，因为我的家庭文化既接纳了一点儿佛教，也融入了许多流行宗教，它们本身就是由祖先崇拜和古老迷信组成的。我在南加州时，认为算命先生、鬼怪和以超自然维度移动的无形事物世界都是真实存在的。我的一部分体会就来自母亲讲述的故土故事和日常生活中的各种仪式。在三岐市的街上售卖烟草的女人（就是嫁给岘港草药医师的那个）和她的已故祖父就是我们家族传说中有名的角色。他可以通过占据某个少年的身体回到这个世界，为生者提供帮助。毕竟告诉我们必须离开越南的人正是她的"祖父"。"你们的船离开之后，就没有一艘船能离开这里了。如果你们错过了这艘船，很长一段时间内都会失去机会，也许永远都不会再有机会了。"他警告我的祖父和祖母。那个少年边说身体还边异常地微微颤抖。我母亲的父母和她所有的兄弟姐妹本该乘坐下一班船离开，计划在我们之后几个星期就出发，但那艘船再也没有开动过。当时，我的外祖母曾询问"祖父"，他们什么时候才能离开。他的回复是"十年后"。整整十年之后，我才在洛杉矶国际机场见到了母亲的父母和她所有的兄弟姐妹。

我的家庭就没那么有福气了，无法让仁慈的祖先以人类的形态复活。不过我们还是会寻求他们的帮助，时常举办家庭仪式，向去世多年的曾祖父母、高曾祖父母献祭、祈祷。死亡使他们变得和神一样无所不知、无所不能。每个月农历初一和十五、春节和纪念亡者的清明节，母亲都会在家门前的走廊支起摆满水果、鱼肉、鸡肉、猪肉、米饭、茶水和酒的桌子,并点上蜡烛。桌面上焚着一捆捆的香,芬芳的袅袅烟丝会邀请佛教众神和祖先的灵魂前来赴宴,聆听我们的祈祷。我们还会试着满足祖先在世时不曾实现的对财富的欲望。每逢与我们最为亲近的祖先——比如曾祖母以及后来去世的祖母的忌日以及清明节,我们还会往喷涌着火光的铁桶里投掷一沓沓闪光的金纸(即冥币)、全部用纸做成的红色大楼、蓝色的奔驰汽车、外表强健的仆人和定做的衣服。不出几秒钟的工夫,我们的供品就会在火苗中化为灰烬,释放出飘向天堂的团团黑烟,把财富带给我们所爱的人。

"你想要什么就要什么。只要你对待神明和祖先满怀敬意与尊崇,他们就会满足你的愿望。"母亲教我。在她的带领下,我会站在供桌的背后,手举一根、三根或五根(绝不可以是偶数,因为那会带来厄运)飘着烟的焚香,紧闭双眼,感谢神明与祖先善待我们,然后开口索要各种大大小小的东西——保佑所有家人健康,新的一年发大财,下一张成绩单上全都是 A,视力正常……我多半都能得偿所愿。

我家时刻都有神明与祖先的存在。在佛像和祖先的注视下,我们才能感到放松,得到安慰。祖先的样子会被永远封存在黑白照片相框里,被人永远铭记,不少照片还是我们从故土带来的。它们离开了家族祭坛的顶端高位,被放置在壁炉架或裱好的平台上,旁边仿真蜡烛的红色尖灯泡一直亮着,总在燃烧的焚香把头顶的天花板都熏成了棕色。祖母死后,每当房子在夜里发出嘎吱的声响,房门在无人触碰的情况下移动,灯光闪烁不定时,我们就想象她的存在。"是奶奶来了。"我们会说。祖母去世之后六个月里,我们在晚饭桌旁为她留出一个空座,好让她能和我们一起吃饭。空无一人的座椅前摆着满满一碗盛得满满的米饭,白米饭中间还直直地插着一双筷子。在她刚刚去世、大家还沉浸在悲痛中时，我们还会记得不要坐在她的座位上。然而几个月过去了，随着另一个世界对她的召唤越来越频繁，大家都开始遗忘了。我、莉娜、茂或其中一个表兄弟姐妹会在吃晚饭时坐在她的座位上。"别坐在奶奶身上！"有人会大喊大叫，让冒犯者内疚地从她的椅子上跳下去。

尽管我感觉我们已经在如此努力地取悦祖先、和他们说话，好让自己的声音能被听到，但他们却似乎从未与我们交流过，或是按照我们想要的方式指引过我们。能帮助我们的祖先在哪里？我的问题也需要解答。

随着年龄的增长，尤其是在离开家去上大学之后，我对童年时代的神明、圣人的困惑与失望与日俱增。尽管如此，刚上大学那会儿，我还是会想念他们，想念那些陪伴我生活了十七年、无形且没有反应的人。我在新的白人新教徒环境中时常感到失落，距离永远温暖的南加州三千英里，渴望家的抚慰，想念一直被我视为理所当然的、再熟悉不过的供奉与祈祷仪式。我所在的大学城坐落在麻省西部恬静怡人的山区中，这里的基督教公理教会位于一座两百年的白色殖民建筑中，新教圣公会则位于大学中央一座更加古老的哥特式大楼中。在它的背后，我第一次见到了秋日里壮观的红色、橙色和黄色的树叶，也目睹了自己在新英格兰遇到的第一场耀眼的白雪。身处其中，我感到有些不适应。这里找不到一双筷子或是一尊佛像——不过，拥有一千万册藏书的大学图书馆东亚馆中，应该会在某本书里隐藏着一张佛像的照片。

起初，我会尝试在宿舍里举行家乡的各种仪式，不过规模要小得多，也不太显眼。我在窗台边能够俯瞰一座墙上爬满常青藤的砖石建筑，于是我在上面放了一只装满生米颗粒的小罐子。罐子旁立着一张公历－农历台历，上面的中国字能够提醒我与神明和祖先沟通的日子。那些日子，趁室友不在时，我就会点上一根、三根或五根焚香，祈祷后将香插在米罐里，就像我们在家里会做的那样。那时我才意识到，母亲从未教过我如何自行举行仪式，如何在没有她在场的情况下建立沟通的渠道。我该说些什么才能召唤那些人来到我的身边呢？我该怎么称呼他们？我觉得自己就像个骗子，可悲地扮演着佛教徒、祭祖者、流行宗教修行者和其他任何我应该成为的角色。

我从未想过要问母亲这一切背后的哲学原理。我们为何要费心准备祭祀和祈祷呢？她对这些无形神明的信仰源自哪里？这可能是因为我觉得她也不知道那些问题的答案。她对佛教教义的了解还不及我多，之所以会去举行这些仪式，是因为她看到她的母亲这样做过，而她的母亲又看到自己的母亲做过同样的事。这些毋庸置疑的家庭传统在古老的国家里代代相传，家家如此。在这所起初陌生却日渐熟悉的文理学院校园中，我对传统的追随似乎是徒劳的，即便阵仗不大。这座校园鼓励我去思考、去质疑，如果我动摇了，还可以去摒弃。第一学期过后，我就不再定期进行祈祷仪式了，但还是会向那些有可能在倾听的神灵列出没有答案的问题清单。

有了大学生活赋予我的全新自由感与可能性——更别提辛苦赚工读学费和要还信用卡的钱了——大二的某个秋夜，我开始下意识地寻找与"祖父的灵魂"一样的东西。星期六晚上，我和朋友苏在大学城里无聊得除了喝酒无所事事。多年来，我们一直深受某档被称为"灵媒热线"的深夜商业广告蛊惑。"来吧，苏。这肯定很有意思。"我力劝那位谨慎的朋友。苏与我都清楚，那很有可能是假的，但我还是违背理性地偷偷抱着一线希望，妄想也许真的能够遇到什么真实的事情。苏表示同意，我猜她也是这么想的。

我拿起浅蓝色的塑料电话，用力按下小小的白色按键，拨通了号码976。这部电话看上去更像是我年幼的表弟、表妹会玩的玩具，无法充当连接宇宙超自然力量的桥梁。答录机要求我输入信用卡号码。我输入了。紧接着是"咔哒"一声响。

"感谢致电灵媒热线。你未来所有的秘密都将被揭晓。"电话另一头的那个家伙说道。他听上去要么就正处于半睡半醒之间，要么就已经喝得酩酊大醉。我当下就明白，事情的进展不会顺利。他说根据我的气场来判断，如果我还没有身孕，那么就将在一年之内怀孕。听到这里，我翻了个白眼，无语地把电话递给了苏。听到对方说她子宫后屈，所以每个月都会严重痛经时，苏挂掉了电话。时至今日，我们还会为自己愚蠢地白白浪费了20美元捧腹大笑。

然而，拨打灵媒热线的经历并没有阻止我们继续探寻。春假期间，我和苏在洛杉矶被引诱到了梅尔罗斯大道上的一家小店。橱窗里装饰的闪光粉色霓虹灯上写着"看手相，5美元"。屋里的吉卜赛女子——至少她是这样打扮的——操着特兰西瓦尼亚口音对着水晶球进行预言，说我六个月内就能找到真爱（并没有），而苏会在某个说不清、道不明的领域取得事业上的成功。自那次经历之后，苏就不再和我一起去看所谓的"灵媒"了。我走上了独自搜寻的道路。

继灵媒热线与梅尔罗斯大道手相占卜师之后，我又遇到了一位会看手相的藏传佛教僧侣。他是我大三那年在中国西部留学期间遇到的，他声称我是个聪明绝顶的人；继他之后，我在长江边遇到的那个会看手相的渔夫预言，我将拥有长寿且成功的一生；接下来是台北的那位占星师，其预言没有什么值得被记住的；加利福尼亚州马德雷山脉的土耳其茶叶占卜师说，我下次度假会玩得十分尽兴；当然，还有纽约城的"千里眼马克"。在彩虹厅那场人人都喝得酩酊大醉的公司假日派对上，那位会看手相的占卜师也说过我十分聪明。

不过，在这一大堆平淡无奇甚至可以说是糟糕透顶的占卜与评论中，有一个女人令我相当难以忘怀。这倒不是因为她预言了我的未来，而是因为她能够看透我的过去。

她是位手相占卜师。我遇到她五年后，母亲才向我坦白她和其他人曾经试图对我做些什么。知道那件事情之后，回想起这个女人的话，我受到的打击就更大了，好像她在我之前就知道了什么似的。

我与她见面的地方位于曼哈顿中城区东部，是在她的高层公寓里。阳光透过可以俯瞰第三大道的巨型玻璃照射进来。这间公寓并不是我所期待的那样。没有蜡烛，没有盖着红色丝绒的椅子或沙发，客厅与内室之间的出入口没有挂上塑料珠子，没有缀着金色流苏的桌布和坐垫，也没有水晶球。相反，公寓被装饰成了柔和的棕褐色，沙发抱枕和豪华地毯上的几抹颜色还是精心搭配过的。这样的空间让我住下我都不会介意。那个女人本身就是这间公寓风格的延伸，身穿奶油色的裤子与白色的毛衣，干干净净的脸庞上几乎未施粉黛。对我而言，这个中年女子不像能够看出我们其他人看不到的东西的那种人。

其实我之所以会到她的公寓里来，是为了雇她为我与室友下周末举办的盛大聚会服务。为了实现毕业后在纽约无忧无虑地度过"此生绝无仅有"的几年时光的愿望，我们决定邀请所有能够想到的人，到上东区一间七百平方英尺的三居公寓参加一场难忘的派对。我提议，找个算命师能让派对变得令人更加难忘。室友们热情地采纳了我的提议,并派我前去寻找一位算命师。最终,我因为喜欢这个女人在电话中开给我的价钱,于是到她的公寓里来和她见面,好确定她是合法的,或者至少不会把我们全都杀了。我心想,也许我可以允许自己做一回小白鼠,看看她是不是货真价实,虽然这种可能性很小。

讨论完派对的安排后,她同意以半小时25美元的价格为我看看手相。这个价钱十分合理,何况她也没有流露出一心只想做生意的女人身上那种令人讨厌的热忱。我喜欢这种态度,审慎而乐观。

我们在一张烟灰色的玻璃小桌旁面对面地坐着。她轻轻打开了身旁的那盏灯。我想它柔和的灯光已经足以揭示最黑暗的秘密。紧接着,她迅速把无框的老花镜架在了鼻子上,啪嗒一声飞快地合上镜盒,朝我伸出了双手。

"现在让我看看你的两只手掌。"她说。

我把双臂向外伸出一半,把两只手掌摊在了我们中间。无数条掌纹正仰望着我们两人。

"女性的右手手掌的掌纹显现的是她当前生活的真相,左手手掌的线索揭示的是她在另一种命运中可能拥有什么样的生活。"

这我倒是没听说过。如果这是真的,倒还挺有意思的。

在我的双手映衬下,她冰凉的手显得十分苍白,青筋凸起,指甲被整整齐齐地打磨成了清晰的椭圆形。她用指尖擦过一只手掌的掌纹,然后把我两只手的手指向后卷到了比我想象中还远的位置,脑袋进一步低下好几英寸[①],仔细审视着上面最细微的线条。在那似乎无穷无尽的几分钟里,能够打破沉默的就只有我自己的呼吸声。她抬起头

---

① 1英寸≈2.54厘米。

望向了我。

"你的手相非常有趣。"她漫不经心地说。

没错,我敢打赌,这只不过是在拖延,好留出时间给她编造什么伟大的故事。我希望她至少能够想出一些更有创意的故事来,不然我真的会因为(又)浪费了一笔钱而觉得自己是个傻瓜。

"你的左手和右手手相存在很大的差异,简直是天差地别。"她继续说道,"我从你的右手看到了美好而长寿的一生。生命线一路延伸到了这里。它有多深,你看到了吗?"她用右手食指摸索着那条掌纹。

当然,我猜是的。

不等我作答,她继续说道:"但是看看你左手的生命线。它很短,还有许多的线条嵌入其中。这样的手相告诉我们,在另外一种人生中,你会经历许多疾病、挫折、不幸,且早逝。"

好吧,这还挺新颖的。

她再次抬头望了望:"你的人生一定出现过一次重大的转折。某件事情彻底改变了你的人生轨迹。"她说着,显然她被我的掌纹告诉她的故事激起了兴趣。

我的原则是不为这些算命师提供帮助,不透露有关自己的半点儿信息。不过有些时候,他们确实需要多一点儿更加具体的内容来指引方向。

"我几年前离开了家,决定搬到离家很远的地方居住。"我主动表示。这句话无伤大雅、模棱两可,却又稍微提供了一些有用的信息。

她飞快地摇了摇头。"不,不。那也许是其中的一部分,但并不是全部。还有什么别的事情,在你小时候发生的事情。"这个女人似乎是发自内心地感到困惑与烦恼。我决定可怜可怜她,把她提到疾病时瞬间涌入我脑海的那件事向她透露些许。

"我生在越南，快满4岁时才来到这里。这肯定大大扭转了我的人生。"

她又看了看我，目光从眼镜上方转移了过来，看得我有些不安。"是的，这就更说得通了。可我觉得，还不止如此……肯定和你的眼睛有关，不是吗？"她的声音逐渐低了下去，仿佛是在自言自语，而不是在大声对我说话。

有些人以为我只是戴了副厚厚的眼镜。大多数时候，视力不佳的我也是能自如行走的，几乎和一个视力正常的人没什么两样。另外一些更善于观察的人会注意到我的瞳孔无时无刻不在颤抖，因而猜测我除了常见的眼疾还有什么别的问题。无论如何，几乎从没有人敢向我提起这件事情——或者更糟糕的，直接开口询问——以免冒犯我。这个女人的直白令我吃了一惊。不过我喜欢这样的做法，令人耳目一新。能将我的视力问题与她看到的掌纹联系在一起，我不得不承认她还挺聪明的。于是我回答了她的问题。

"我在越南出生时就双目失明，直到来了美国才通过手术解决了这个问题——当时他们能做的只有这么多，因为已经太晚了。我想，要是我没有来到这个国家，人生应该会大不一样吧。"我解释道。

"嗯，你是个幸运的女孩。"手相占卜师表示。她说起话来的自信让人觉得仿佛这是什么公认的事实，和二加二等于四一样简单。

"我想是吧。老实说，我并非总是认为我是幸运的。有的时候，不能像世界上其他人那样看得清东西是件很难应对的事情。我关注的全都是我做不到的事情。你懂的，真的很糟糕。"令人吃惊的是，我说着说着竟然哽咽了。趁这个彻头彻尾的陌生人发现之前，我必须打住。这种情况时有发生，仿佛被我憋在心里的所有情感眼看就要冒出来，将我暴露。

但有趣的是，当你把内心深处非常私密的事情告诉一个彻头彻尾的陌生人时，内心竟会感到十分舒服。有时，你需要的只是一个能够听你倾诉的人。知道我永远也不会与她单独见面，她对我又没有任何先入为主的看法，反倒让事情变得简单了。

她是个既耐心又善良的人。"你的掌纹告诉我——如果你知道如何去解读，它们也会告诉你——你该专注的是自己已经从生命的起点走了多远，并为此感到高兴。有些人不曾意识到，一个人的掌纹是可以改变的，而且确实一直都在改变。你的未来不是板上钉钉的。一开始，许多事情都是我们无法控制的——在哪里出生，父母是谁，来到这个世上时眼睛、耳朵或双腿会不会有问题，等等——不过从这里开始，如何应用自身天赋就取决于我们的决定了。选择权在我们自己的手中。"

我时常想，在另外一个我没有发言权的世界中，那些在关键时刻看来似乎重要或不重要的不同选择，会如何永远改变我的人生轨迹？如果母亲从没有吃过她怀疑导致我失明的绿色药片，会怎么样？要是我们计划乘坐几周后离开的那艘船，也就是外祖父、外祖母打算乘坐的那一班，会怎么样？要是母亲决定不嫁给我的父亲，会怎么样？要是草药医师愿意去做那件令人很难想象的事情，会怎么样？另一个世界拥有无数种可能性。但在我的想象中挥之不去的设想只有两种——后来又变成了三种。

在第一种设想中，我生下来就很健康，或者出生在美国，抑或出生不到六个月就过来了，眼疾被这里的医生彻底治好。对于世界上大多数人来说，这些医生似乎就是奇迹的创造者。我什么都看得见，也没有什么事是做不到的——打网球、开车、爬山。我既漂亮又受欢迎，因为我不是那个戴着像可乐瓶底一样厚的眼镜、要使用超大的字体书籍和许多放大镜的怪胎，可以像正常小孩一样长大。这种设想会让我为所有可能发生的事情感到伤心难过。我愤怒、失望和自怨自艾时渴望的正是这种设想中的情景。我知道，母亲和我一样渴望这个完美的世界。因为当我的平均成绩达不到 4.0，或是当她看到我艰难地走下一段楼梯时，她都会情不自禁地说："太糟糕了。想象一下，要是你能像正常人那样看东西，还能多做些什么。要是医生能把你的眼完全治好……"我对此无话可说，因为她是对的。我可以想象。

在第二种设想中，我孤身一人，被困在白内障炫目的白色背后。我总是穿着母亲补过的陈旧褪色衣裳，它们挂在我营养不良的瘦弱身体上。我会紧紧拽住母亲，因为我没有白色的拐杖。我永远不曾离开位于三岐市的家，因为家人害怕我会被车撞倒。我也从未上过学，因为没有人会去教盲人读书。这种设想令我在心怀感恩的同时也感到惭愧。每当我试图压抑心中的愤怒、沮丧与自怜时，都会想象这个情景。母亲从未提起过这种情景。她不必提起，因为我知道，这正是支持她不顾一切渴望离开越南的真实可能性。"我们离开越南是因为想把你的眼睛治好。"她会说。

遇到了这个手相占卜师五年之后，母亲把她的所作所为告诉了我。于是我产生了第三种设想：我两个月大时就死了。这种设想令我痛心、难过、受挫，它永远存在于我的灵魂深处。除了母亲向我揭示了真相，没有人提起过这种设想，也许是因为在某种程度上，它几乎就是预料之中的必然结局。

遇到这个手相占卜师之后，在我生活、学习、工作、度假时，在我与朋友吃晚饭、打电话和表兄弟姐妹八卦生活中那些平凡和特殊的事情时，在我去健身房锻炼、在南极洲划皮艇、恋爱结婚时，她的话终于开始渗透进我顽固的头脑与心灵。我之所以明白这一点，是因为在人生中的某个阶段，我不再像以前那样频繁地向神明提问了。也许我的另一个世界其实并不像第一种设想中那样出色、完美，这令我感到忧伤。确切地说，我更有可能拥有第二种设想、第三种设想中那种悲惨的命运，却被我不知怎么设法逃开了。"疾病""挫折""不幸""早逝"——手相占卜师是这样形容我的另一个世界的。在那一刻之前，她说我是"幸运的"。如何应对自身条件是我们自己决定的，她说那是我们自己的选择。长久以来，我一直过于专注地想要弄清我出生在如此可怕的境况中到底有何目的和原因，宇宙对我有何计划，接下来又会发生什么，以至于忽视了自由选择的重要性。

手相占卜师试图让我知道，如果我只会听、只会看，那么两手的掌纹就已经述说了我的人生故事，述说了我从起点走了多远。那个起点充满了超出我控制的不幸境遇，但我此生能去哪里、能走多远，多半是由我来决定的——虽然也有一少部分取决于超出我控制的历史与家族影响。如果我通过看手相回顾过去的故事，在所做的正确选择和吸取的惨痛教训中寻找安慰，那么拥有无限可能的未来就不会显得如此势不可挡。多年来，我一直在寻找外因，向那些无形的存在提问，却都无果而终，难道看看手相、扪心自问、回顾过去就能真正找到问题的答案吗？

那时的我还不太知道自己有什么别的选择要做，又有什么更加惨痛的教训要去吸取。

数字，重新评估

◇

在某个地方，万事的结果都是已知的，从最大的一切到最小的一切，包括我们渺小的人生。数字只不过是我们试图计算未来的工具。

刚刚走上癌症这条弯路时，面对令人警醒的数字，我会出于自我保护，本能地避开它们，并对自己和乔希坚称：我一直是个愿意排除万难的人，这一次也不会有所不同。我知道我不是一个数字。

从那时起，一方面，乔希在我心中是一个坚定恪守科学、相信研究和数据的人；另一方面，我则是那个忠实相信自我、信仰和一切无法被量化的事物的人。确诊十六个月后，又一年的秋天到来，我依然活着。这让我逐渐意识到，在理论上，针锋相对的两方面并非如此对立，也不是一成不变的。事实上，数字不是毫无意义的，而是有内容、有价值的，但这必须在某种微妙的语境下去理解，用"你不是一个数字"这样过于简单的话是远远无法描述的。

2014年10月的一个星期二是我们结婚七周年的纪念日。在这一天写点儿什么来纪念我们的婚姻似乎再合适不过了。我很高兴地告诉大家，我们的结合是矢志不渝、十分美好的，争吵少了，沟通更顺畅了，我们还比一年前更爱彼此了，当然也比我们结婚那天多爱对方一千倍。这听起来似乎是个关于爱情的有趣话题，但我想通过解决两人长期以来针对数字优缺点的分歧来度过这个纪念日。

做诊断性腹腔镜检查前的那一夜，我为第二天的结果和我的未来感到痛苦，一如既往地记着我战胜结肠癌四期的概率，但心中最惦记的还是我们的结婚纪念日。我问乔希："如果咱们出生时就相遇，咱俩将来会结婚的概率有多大？"

他想了一下："零。"

由于乔希与我来自截然不同的世界，将我们分割开来的不仅有物理上的距离，还有文化、战争、政治、教育，甚至还有我的失明。我常常惊叹我们是如何找到彼此并爱上彼此的。我一直在想，在各自人生中不同的决定性时刻，我们都在做些什么呢？

他出生在南卡罗来纳州相对安逸富庶的格林威尔，一个充满南方风情与礼节、思想保守、安宁古朴的地方。彼时，十个月大的我正生活在地球另一边那个拥有季风和稻田的亚热带世界里，处于极端的贫穷之中。在乔希的祖母夸耀3岁的孙子从小就拥有异于常人的阅读能力时，我还没有见过一个字，那时我们全家刚刚移民到美国。这段近一年的旅程开始于某个漆黑的夜晚，我们全家人登上了前往海港的卡车。在那里，经不住海上风浪的渔船正在等待着它的三百名乘客。

接受完第一场眼科手术的那一晚，当母亲揭开我眼睛上的绷带时，4岁的我才第一次看见了一个相对清晰的世界。那个时候，乔希肯定正在三千英里外的那张小床上舒适安逸地睡觉。他拥有与众不同的天分与潜力，而我显然是不具备这些的。每年一二月份，我都会逃课一天去庆祝中国春节，收下装满现金的红包，聆听至少三百响的鞭炮噼啪作响，前往佛寺进行一年一度的祈福。乔希则在教区学校里过着平凡的一天。我猜他会去一趟礼堂，飞快地翻看一遍当天要用到的学习材料——比我在洛杉矶这所排名靠后的公立学校里阅读的速度要快得多。在他吃着感恩节火鸡、拆着圣诞节礼物时，我则在看电视、读书或者和表亲们玩耍，和平日里放学后做的没什么两样。仔细想想自己与乔希出生的这两个大相径庭的世界，我相信他是对的：三十八年前就相识的我们，会结婚的概率就算实际上不是零，也几乎为零。

但我们还是相遇并结婚了。在这个混乱的世界里，这么多的人与无数条的路都会在瞬间漫无目地地相交，我们的人生轨迹也合在了一起。如果正如我与乔希相信的那样，孩提时的我们将来相遇、结婚的概率为零，那么我们事实上是如何相遇、结婚的呢？如此不可能之事是怎么与数据相符的呢？难道我们的结合就是数据没有任何意义的例证，有力证明了数据的无用？如果我曾经认为这是真的，那么现在就不这么认为了。

如果我不相信数据说的我走出房门或登上飞机时不会死，如果我不相信数据说的孩子们不可能被某个闯入学校的疯子射杀，那我永远都不会离开家，也肯定永远都不会让自己的孩子离开我。我们每晚睡觉时都会期待太阳明早升起，因为根据概率法则，这是必然会发生的事情。基于概率，我们会为两个孩子的大学教育及自己的退休存钱，因为我们期待她们能够健康成长、进入大学，自己则会慢慢变老、享受退休生活。我们每天所做的一切都是以某些事情可能会发生为基础的，这就叫作规划。

我们这些得了晚期癌症的人想要忽略事关生死的数据，说数据毫无意义,这是虚伪的,因为即便是带着疾病活着,我们也必须继续活下去,而活下去就需要规划。我必须仍旧相信数据,否则就什么事也不愿去做,什么事也做不成。我会不愿过马路,不愿接受数据证明的至少有点儿疗效的痛苦治疗,不愿计划生日派对或是规划假期。我之所以会做这些事情,是因为尽管我原先患病的可能性不大,却还是期待地球和宇宙会基于某些规则运转,期待被数据预言的会发生的事情带来的结果。可我不能选择依靠数据为生,因为我不喜欢预测的结果。

但概率不是预言,期待中会发生的事有时并不会发生,计划是会被破坏的。不管家长如何竭尽全力,子女长大后还是有可能对上大学这件事情没有半点儿兴趣。成年人可能连退休金都没来得及用就去世了。疯子会闯入学校,滥杀无辜。患上癌症一期的人尽管被确诊时情况十分有利,但多年后也可能病情复发并死于癌症转移。患有癌症四期的人却不知为何比任何人意料的都更加长寿。也许一颗巨大的行星某天会撞上地球,摧毁我们所知的一切生命。当那些不可能的事情发生时,其发生的概率就会变成百分之百。

乔希对飞行有种时大时小的恐惧,却对空难有种病态的迷恋,所以他(因此还有我)曾在《国家地理》和史密森频道中看过无数个小时的空难片。片中的 C 级(美国电影分级制度)演员会再现商用客机撞上山坡、宁静的社区或大海前那令人悲痛的最后几分钟,演绎事发后的种种调查的努力。圆满的结局也时有发生——飞行员奇迹般地设法挽救了乘客与机组人员的性命。但这样的情况十分罕见。

众所周知,从统计数据来看,坐飞机比驾车安全得多。考虑到全世界乘坐飞机出行的人数和很少的事故数量,飞行应该是最安全的旅行方式。当然,我与乔希观看纪录片时心里想的都是:我战胜结肠癌四期的概率可比空难时飞机上那些人能活过两分钟的概率要大得多;什么都比生存概率为零、在劫难逃的人要好。我问过乔希,既然他害怕坐飞机,为什么又喜欢看这些节目?他告诉我,这是因为它们反倒能让他感觉好受一些,让他坚信一场空难的发生必然要伴随着许多事情。从本质上来说,大量不太可能的随机事件组合在一起,是祸不单行。

乔希眼下最着迷的是法航447航班。2009年6月,这架航班从里约热内卢飞往巴黎,在大西洋上坠毁,致使机上228人全部遇难。(目前为止,他已经强迫我把这一集看过不下二十遍了——这就是你愿意为自己所爱的人去做的事情吧……)暴风雨在飞机的皮托管上形成了冰晶,从而引发飞机的空速测量仪暂时出现轻微的不一致和故障——这在平时算不上是什么大问题——导致自动驾驶仪断开,迫使两名缺乏经验的年轻副驾驶员来操控飞机。但是,碰巧,经验丰富的机长前一晚刚和女友在里约热内卢参加完派对,睡眠不足,就在事发前不久选择了按照获批的计划去小睡。错误的下降空速指数令两名副驾驶大惊失色,他们本能地向上拉升机鼻(这与本应采取的措施截然相反),导致空速真的持续下降,引擎熄火。

在某一时刻,虽然那架飞机坠毁的概率和其他飞机一样微乎其微,但发生的一系列事件却提高了这一概率。在那两名年轻的副驾驶被分配到447航班上时,这一概率便有所提高,当机长选择在前一晚出门时,概率更是进一步提高;当气候发生改变、飞机驶入风暴中时,概率已经提高到了无法改变的水平。

同样,尽管乔希与我相遇的概率在他出生的那一刻也许为零,却随着时间的推移发生了改变。在越南修改政策、允许有中国血统的种族离开那个国家时,这个概率便有所提升。在我设法进入香港的难民营时,概率也有所提升。在我踏上美国的国土、重获视力时,概率也有了大大的提升。在我取得优异的成绩,选择前往东北上大学,冒险进入未知的领域时,在我从法学院毕业后留在纽约时,在我选择佳利律师事务所开始律师生涯时,概率还在继续提升。和他周围的大多数人不同,乔希选择了成为一名税务律师,来纽约参与最激动人心、最富有挑战的税法类工作,当他选择接受佳利律师事务所的工作邀约时,概率还在增大。

数据不是静态的,而是在不断变化中逐渐上升或下降的。根据探查性手术的结果,所有人都认为我的成活概率已经有所提升。提升了多少?不好说。乔希总是告诉我,就像各种随机的力量会造成不太可能的坠机事故,或是就像让我们这样不太可能在一起的人相遇一样,为了让我战胜癌症,肯定会有一系列的事情像一串倒下的多米诺骨牌一样发生。

D.L. 医生同意乔希的观点。乔希从一开始就告诉我:"我们需要某些事情按照我们的意愿发展。"我需要对化疗有良好的反应,需要自身的癌胚抗原成为一个可靠的标记,以警示自己和医疗团队我体内可能有无法被检测到的疾病。在 HIPEC 化疗方面,我还需要尽可能地找到最好的外科医生,做出好的决定,看自己能否进行以及何时进行 HIPEC 化疗及探查性手术。我腹膜上的病症也需要对 HIPEC 化疗产生反应。这一切都需要发生。然后我还必须查明那些"灌注洗涤物"在显微镜下的检测呈阴性。

截至目前在正常发展的所有事情中,我似乎并没有太多的掌控力。总之，能否战胜癌症关乎身体状况、环境和无法控制的因素。（例如确诊时的严重程度、可用的健康保险与财政资源、理解与消化医学信息的能力、毅力以及最重要的——治疗是否对癌症有用。）

现在的关键是找到一种方式，而且是正确的方式，让更多的多米诺骨牌倒下。在几乎丧失控制权的情况下，我如何才能做到这一点呢？这才是目前困扰我的问题。这台干净利落的手术过后，我还没有多少时间沉浸在享受之中，就已经在思考下一步了。我试图弄清怎么做才能控制住这个疾病。因为只要我清醒地看待这件事情，看着时刻都在变化的数据，就能意识到转移性疾病一直都在，还会随时发生变化。我没有研究过自己病情复发的可能性，但无论如何，这种可能性肯定很大，和任何患有癌症四期的病人一样。星期五，D.L. 医生告诉乔希，接下来的三年至关重要。如果我能在这段时间内抑制住疾病（即使后来在某一时间复发），我的长期生存概率也会显著提高。

初次确诊之后，一度绝望的我曾经询问结直肠外科医生，要想战胜这个疾病，我在个人选择方面还能做些什么别的事情，比如比以前更加勤奋地锻炼（我锻炼已经很多了），或是改变自己的饮食习惯，抑或是服用补充剂。他告诉我，在面对癌症确诊之类的情况时，人们都会在这个似乎已经疯了的世界里寻找各种方法控制疾病，但他们能做的任何事情都不会起多大的作用。

在某种程度上，对于如何能让更多的多米诺骨牌倒下的问题，答案在于重新评估癌症可能带来改变的事情，无论这些改变有多微不足道。既然我无法控制能对胜算产生巨大影响的因素，那就去研究一下也许会导致关键临界点的个人选择吧。不过，没有足够的医学证据，我是不愿去改变自己的生活或是花钱的。我打算像在学校和从事法律工作时一样，专心致志地调查研究，尽管证据不足，也要自己判断低卡（卡路里）饮食、大麻油、纯素食主义、补充剂、草药、未经临床试验认可的某些用药、维护性化疗、试验用药和其他非常规疗法能否逐步提高我打赢这场战争的胜算，带来哪怕一点点的改变。

此外，我做不了能让更多的多米诺骨牌倒下的事情。我必须承认，真正能决定我是否会死于这种疾病的因素是我无法控制的；而能否有更多的多米诺骨牌倒下，则在于信仰、运气、祈祷、希望、纯粹的随机性或上述因素的某些组合。乔希的科学、研究和数据与我对某些无法量化的力量的信仰在这里交会了。如果能在这两个极端之间找到完美的平衡点，我说不定就能战胜癌症。

亲爱的，结婚纪念日快乐。

得胜之时当得意

◇

10月初,在核磁共振扫描结果显示没有肿瘤之后,我的肿瘤医师A.C.给了我四个选项。

(1)继续进行全面化疗。

(2)接受使用5-氟尿嘧啶和阿瓦斯汀的维护性化疗,抑制癌细胞的供血,但这也会引发凝血与出血。

(3)彻底停止化疗,继而采取"观望"手段,每月接受癌胚抗原测试,每个季度接受扫描检查。

(4)采取不同寻常的一步,进行"二次"探查手术,通过最准确、最可靠的检测方式对我的五脏六腑进行可视化检查(优于任何扫描)。

鉴于第四个选项所涉及的风险最小,又能获得大量信息,我决定接受二次探查手术。

手术日期定于2014年的万圣节。结果显示,不仅我的腹腔里的可见疾病已经不可见,而且就"灌注洗涤物"来看——或用术语来说就是"细胞学检查"(即将灌入腹腔的大量液体吸出来进行测试）——我已经没有显微镜可见的疾病了，至少在测试可见的程度上是没有了。我、A.C. 医生和外科医生 D.L. 都没有料到这个结果。我们全都做好了细胞学检查呈阳性的准备，所以当结果呈阴性时，即便其可靠性只有一半，我们还是激动不已。

随着感恩节到来，我去看望了 A.C. 医生和 D.L. 医生。两人都带着灿烂的微笑拥抱了我。A.C. 医生说："做得好！"仿佛结果是我能决定似的。那一刻，我感觉他为我感到自豪，就像父亲对女儿一样。医生们的拥抱与微笑中蕴含着发自内心的喜悦，他们是在为我们共同取得的胜利而高兴，为自身的技术、技能和充满同情心的人性感到满意。对我而言，这是一种略带惊讶的幸福，一种平凡且令人感激的骄傲——为我身体的恢复力而骄傲，毕竟它已经挨过了二十五轮化疗的间接伤害和两台手术。虽然我时常想象肿瘤医生、外科医生之类的职业有多可怕和压抑，但从医生们的喜悦之中，我看出了这些努力有多值得。即使身患癌症四期，也要得胜之时当得意。

D.L. 医生告诉我，我的手术中最令他吃惊的不是细胞学检测呈阴性，而是瘢痕组织的明显消失使他能够清清楚楚地看到一切。要是换成别人接受同种 HIPEC 化疗（考虑到首次结肠切除术也有同样的穿孔历史），就很有可能长出大量的瘢痕组织，导致探查困难，迫使 D.L. 医生不得不操纵腹腔镜从各个角度进行查看。

瘢痕组织也被称为粘连组织，是肠梗阻的常见原因。这些组织可以像水泥一样坚硬，也会给未来的手术造成诸多困难，尤其是腹腔镜手术。我一直以为，从人体内部暴露在空气中的那一刻起，瘢痕组织就会开始形成。D.L. 医生说，也许是术后的化疗抑制了瘢痕组织的形成。不过说实话，他也不知道。我想，要是能够解释我为何可以逃过这种屡见不鲜的事情,其中的秘诀肯定能让我们名利双收。

看着鼓鼓囊囊、畸形得再也不会有所改变的肚子上散布的丑陋疤痕,我被激怒了,因为它害我永远都穿不上以前的衣服了。我不得不深情地拍了拍它——是的,我为自己的身体感到自豪。出于某种未知的原因,这副躯壳拒绝形成体内瘢痕,尽管历经世事还能保持苗条,让我可以在大多数情况下还像个 20 多岁的小姑娘那样,在健身房里穿上时髦的背心装和包臀的瑜伽裤。我也为我的心灵和精神感到自豪,为自己取得的成就感到自豪。我还要感谢我遇到这些医生,感谢拥有乔希和两个可爱的女儿,感谢得到身边那些人不可思议的帮助。

然而,我知道这不过是个短暂的间歇,但这是我重整旗鼓、制订策略的机会。尽管手握细胞学检测的结果,我还是无法真心相信自己已经摆脱了病魔。转移性疾病不会这么容易就被治愈的。我感觉体内还存在不活跃的极小的癌细胞。

矛盾的是,鉴于我在医学上已经被判无病,重返化疗似乎不是一个可行的选择了,因为传统的化疗只会对活性癌细胞发起攻击,也就是正在成倍增长的癌细胞。我现在担心的是非活性或仍旧处于初期的癌细胞。

于是,我开始着手自行寻找新的选项。我去找了雷蒙德·张医生——一位擅长非传统治疗的著名内科医生。他是医学博士,不是什么非法宣称拥有医学博士头衔的博士或理疗医师。我遇到的好几个癌症病人都对他赞不绝口。此外,我的肿瘤医生也了解他、喜欢他,还会向那些对综合或替代疗法感兴趣的病人推荐他。我拜读过他的作品《神奇的子弹背后》(*Beyond the Magic Bullet*),认为书中的内容非常合情合理，尤其喜欢他重点强调要依赖人体研究，而不是体外或动物研究。基于以上所述，我很愿意花上（保险无法报销的）一小时875美元的费用去见见他——努力不去惦记钱的事情！（顺便提上一句，我已经很久没有去草药医生那里买过中药了，因为暂时还未看出任何明显的效果。我意识到，我还没有做过能让自己心里舒坦的研究，我已经成了那种会拼命去抓救命稻草的人。）除了维生素之类的补充剂，张医生建议我进行节律化疗（即小计量、高频率地服用传统化疗药物）、运用加热（即根据高温能够杀死癌细胞的原理，采用微波加热）等替代疗法，以及尝试各种未经FDA（食品药品监督管理局）批准但在其他国家可用的药品。他可以利用联邦法律在"体恤使用"方面的漏洞将这些药进口过来。他为我提供的每一个选项都配有相关研究，还鼓励我自行阅读。经过一些研究和深思熟虑，我判断我可以放心去采纳的唯一综合替代疗法便是（在限制条件下）使用维生素和补充剂。其实我并不相信这能带来多大的效果，但还是觉得它们无害，愿意放手一搏。我询问过A.C.与D.L.两位医生的意见，他们同意我的看法。事实上，A.C.医生还说其他的方法都是"骗人的万灵油"。

当你患上癌症时，饮食的话题是很难逃避的——不管是素食、碱性食物还是低卡食物。不可避免地会有人说，你应该榨果汁或是换成植物性饮食，抑或是戒掉所有的糖。有人曾私下里问过我在饮食方面的看法，在此我要郑重声明：第一次被确诊时，我曾尝试过植物性饮食——又是拼命抓住救命稻草的做法——虽然我对它极其厌恶。这倒不是说我喜欢吃肉——老实说，肉我吃得不多，吃的也主要是吃鱼肉、家禽和有机肉类——但我无法放弃鸡蛋、牛奶、黄油和奶酪。除非有确凿的证据证明动物制品会致癌，否则我是不愿放弃某些东西的。碳水化合物也是如此。食物是人生体验中必不可少的一部分。享受美食是人生中如此重要的一部分。如果没有确凿的证据证明这种牺牲的合理性，我才不愿对生活质量做出妥协，放弃美食呢。我认为人们应该尽可能多吃一些未经加工的食物，如大量的水果、蔬菜和全谷物，搭配一些鱼和肉，偶尔还可以吃些甜点。我一般不吃红肉和熏肉（不过偶尔会吃些猪肉）。正如他们所说，凡事都要适度。

动手术之前，我曾在网上发问，有没有人曾在没有任何疾病迹象的情况下继续接受全面化疗的（我的肿瘤医生当时是支持这种做法的）。互助小组里的一位女士 M 给我发来了一条私信。M 是个杰出的女研究员。她说我可能会愿意考虑某种被称为"ADAPT"的医疗方案。这种疗法是由华盛顿大学的爱德华·林博士发明的，目前正处于临床试验的第二阶段。一种药品在被 FDA 批准之前只需要经历三个测试阶段。第三阶段一般就是盖章批准，意味着药物治疗的大部分支持证据在前两个阶段就已经得到了证实。

M 给我发来了网上的临床试验链接，以及 2007 年至 2012 年间提及试验结果的已发表期刊文章的链接。我读了，还强迫乔希也读了。第二阶段的结果令人震惊——40% 的转移性结肠癌患者的生存时间达九十二个月；要知道，这可是一种平均存活期通常为二十四个月的疾病。该方案包括使用口服型的 5-氟尿嘧啶"希罗达"（我一直都在服用）以及西乐葆（一种用于治疗关节炎的消炎药）。根据林医生的描述，这些药物一同起作用便能唤醒并杀死癌细胞，类似将蜂巢里的蜜蜂捅出来，再向它们喷洒杀虫剂。在实施该方案前，林医生喜欢将病人的可见疾病根除或尽可能地消除，所以这似乎很适合我的情况。

我被说服了。

去 A.C. 和 D.L. 两位医生那里按约就诊之前,我把试验链接和文章通过电子邮件发了过去,让他们知道我希望听听他们的意见。两位医生都认为,这样对我来说是合理的,尤其是因为他们知道我不善于坐以待毙。如果我不接受这个方案,癌症复发,我会追悔莫及的。

在抗癌的整个过程中,我明白了一个道理:当治疗方案不那么吸引人时,必须制订新的方案。尽管我承认对自己的人生没有多大的控制力,却还是会试图尽力控制它。这样我才能放开其余的一切,做自己想做的事情。

癌症入肺

◇

癌症似乎也想活下去。

12月末,坏消息来了。

我的肺里出现了大约20个2毫米至4毫米的小点——也被称为结节。我们十分肯定那就是癌症。CT扫描也显示,我的右侧卵巢已经增大,这是转移性疾病的表现。如果这些真的是癌细胞,那我就再也无法被治愈了。假设化疗还对我有作用,预后就是"几年"。总体情况就是如此。

没有人陪我去看A.C.医生。我是一个人去的,也是一个人得到消息的。这可能是最好的,因为它让我能有时间一个人哭泣,然后茫然地迈入所有人都已为圣诞节打扮起来的城市。一想到要离开两个孩子和丈夫,我就心痛得无法忍受。没有我,他们该怎么继续活下去?谁来付账?谁能去超市买回他们每日所需的一切?谁来为他们做饭?谁来送孩子上学?谁能给他们准备学校午餐?一想到要重新回归FOLFOX治疗、忍受可怕的神经系统疾病,我的脑子里就冒出了几个类似的问题,不知道自己和家人该如何度过接下来的几天、几周、几个月和几年。还有我的父母……想到他们要看着我死去，我的心又碎了。姐姐告诉我，她觉得我们又回到了起点。不，我告诉她，这比回到起点还糟，因为癌症如今转移到了我的肺部，而我已经尝试过化疗方案，似乎不太有效。加之已经试过两种主要的结肠癌化疗疗法，我现在已然累了，厌倦了反抗，厌倦了怀揣任何希望，也厌倦了痛苦的失望。我太累了。

我的直觉告诉我要制订一个计划。我需要为乔希记录每个月的账单是如何支付的，这样他就可以一直往相应的账户里打钱；我需要想明白，谁能帮忙养育我的孩子，确保她们去学钢琴、去学游泳，确保她们学会品尝全球美食；我要在冰箱和食品储藏室里装满我丈夫和小孩喜欢的食物；我还需要为女儿们制作纪念册，需要告诉大家我有多爱她们，让她们知道她们曾如何影响过我的人生；我还需要从大家那里得到承诺：在我死后帮忙照顾我的两个女儿，请那些最了解我的人将我的故事说给她们听，让她们听到有关我人生各个阶段的事情；我还需要这些人与米娅和伊莎贝尔分享对我而言最重要的事，鼓励她们学习我希望她们学习的、植根于中国文化的价值观；我要带乔希和两个女儿去趟迪士尼乐园和加拉帕戈斯群岛，在几百岁的乌龟群中穿行；我要做一个焦糖蛋奶酥，它和我去年 2 月在巴黎和乔希吃的那个一样美味。我要用乔希喜欢的方式挠他的头，尽可能多地和两个女儿依偎在一起。我要做的事情太多了。

我知道用不了多久，我就能重新站稳脚跟，起身战斗，为了自己的身体状况展开研究、提供支持，并忍受治疗。但我也知道，为了汲取生命中所剩的精华，我眼下正为一件不可避免的事情做计划。我必须完成列出的每一件事情。乔希让我承诺我会去抗争，永不言弃；他依旧怀抱着希望。眼下我最希望拥有的就是时间。

我们一直大局在握的那种感觉如今看来似乎不过是一种嘲弄、一种残酷的幻觉。另外，我们还得到一个教训：我们什么也掌控不了。

好吧，这也不完全正确。我们可以掌控自己对别人有多好，对自己和他人有多诚实。我们还可以掌控为了生活付出多少努力，掌控如何应对令人难以承受的消息。时机成熟时，我们还能掌控投降的条件。

2015 年

从黑暗到光明

◇

收到这个可怕消息的那一天,我听说德国和英国伦敦可以实施一种最多可应对一百个肺部转移瘤的激光手术。尽管这种手术已经实施十年了,在美国却行不通,因为其设备没有得到 FDA 的批准。我询问了肿瘤医生对于手术的看法,也询问了肺部肿瘤委员会的意见。他们说我的肿瘤太小,外科医生无法看到并摧毁它们,因此不适合这个手术。若是这些致命的敌人不现身,这将是一场什么样的战争啊?癌细胞真是不择手段。

A.C. 医生的确送过一个病人去德国接受手术,但他说外科医生是能"摸到"她的肿瘤的。对此,我也许可以再找个医生看看。手术的费用是每个肺 1.1 万欧元。哎呀!

在动笔写下自己在这场灾难中的经历时,我曾发誓会尽力诚实地描述我是谁、抗癌对我意味着什么,还要努力反抗内心所有的利己主义倾向,帮助自己树立鼓舞人心、坚定强大或充满智慧的人物形象。这对我来说为何如此重要呢?在某种程度上是因为,在我死后,这本书将成为两个孩子了解我内心思想、情感的主要途径。但我还希望她们能够看到一个真实的我——除了有过许多快乐、感恩与顿悟的瞬间，也时常被恐惧、愤怒、受伤、绝望与黑暗折磨。我许下这样的承诺还有一个原因，就是我特别不喜欢那些博主在面对威胁生命的疾病时，总是摆出一副挥舞拳头、永远积极向上的模样。对我来说，这样的描述是虚伪的，是对读者智商的侮辱。总之，对我这样刚被确诊、心情黯淡多于光明的人来说，他们的行为属于误导，还会造成潜在的伤害。我想详细描述和探索这片黑暗，让认识我的其他拥有类似经历、身处孤寂之中的人知道，他们并不孤单，也不会孤单。人类对黑暗的恐惧是自然而然、出于直觉的；那些曾被黑暗支配的人都会羞于提起它，而那些终于摆脱它的人无论过了多久，还是会想远离它，仿佛它是会传染的瘟疫。如果冷酷地、坦诚地描绘黑暗要付出让自己不讨喜的代价，那就这样吧。

得知消息后的几个星期，我都仿佛置身于比之前还要糟糕一千倍的黑暗之中。我设法挨过了圣诞节，却在节后那一天遭到了抑郁的全力一击。它害我一蹶不振地瘫倒在地，满腔怒火地尖叫。我歇斯底里的模样吓得丈夫和孩子们目瞪口呆。他们以为这个本该坚强的妻子、母亲是永远不可能拥有这样一面的。

没错，乔希以前也曾见识过我的愤怒与绝望，但我绝不是这副模样；眼前的这一幕把他吓坏了，以至于他开始担心自己和孩子们的安危，因为我就像一只精神错乱的动物，失去了理智、希望与光明。我大声地叫骂，不是冲着乔希和两个孩子，而是冲着如此对我的那些无情的神明。为什么我要面对这些人生固有的、不公的令人痛苦的残忍？我质问神明。我不是已经遭遇了自己那份苦难吗？我受到的折磨还不够吗？我这一生还不够善良和端正吗？混乱的思绪中，我找不到任何完美的答案，我愈发地抓狂。就连神明都要在我面前畏缩。神明就是个懦夫。

我啜泣着恳求乔希放我走，让我永远离开他和我们的女儿，因为我只想逃走，搭上一架飞往未知地方的飞机，孤独地在夕阳下死去。处在这种状态中，我就是个完全不合格的母亲和妻子——说到这一点，我就连人都不配做。我试图说服乔希，我离开是出于好意。他年轻英俊，事业有成，很容易就能找到人来替代我，何况任何一个女人都会喜欢我的两个女儿。她们这么年幼，很容易就会爱上新的妈妈。我不想反抗，只想逃去一个能让自己死去的地方。我告诉乔希，我不想这么活着，不想拖着这副让我失望太多次的残躯、不想在死神逐渐迫近的情况下活着。这样的人生已经不值得过下去了。从现在开始无论什么样的笑声和欢乐都会被癌症毒害，我不想要被癌症毒害的人生了。我想要重新来过，找个逃跑的方式，在死亡中重生。

我越想越气，居然会有另一个女人拥有本该属于我的生活，陪伴乔希和我的女儿们。我竟然会对一个不认识的女人心生怨恨。要是她对乔希和两个孩子做什么坏事，我发誓会让她痛苦的。我会变成厉鬼回来，朝她的脑袋用力投掷书本、花瓶之类砸人会疼的物品。但我还是想要她、需要她融入他们的生活，照顾我的丈夫和孩子。我需要她爱他们——一定不如我做得那么好；因为只要乔希和两个女儿没事，我就知道自己也会没事。我需要他们为我哀悼，暂时记住我，却也需要他们继续前进，幸福而放纵地去过自己的生活。我对他们的这个愿望高于一切。

在睡梦中，我得到了暂时的解脱，因为睡着的我是感觉不到癌症的。在睡梦中，我才能过上自己想要的生活。我半信半疑地说服自己,死亡就像做梦一样。死亡以后,我的灵魂将去往另一个不同的维度,过上理想中的生活。在那里,我将不再被这副躯壳的限制与痛苦困扰,而且能拥有从此生的痛苦经历中获得的慈悲与智慧。在那里,我将知道真真切切地看待这个世界、体验驾驶一辆汽车、操控一架飞机和打网球是什么感觉。我将能够陪伴乔希度过圆满而完整的一生——这个我几生几世都会挚爱的男人。在那里,和他在一起,我能去更多的地方旅行,生育两个女儿或者更多的孩子。我会为他们烹饪大餐,让房间里充满新鲜出炉的烤面包的香气。我们的家里会传出无伤大雅的叫喊声、单调的电视剧声和温暖的笑声。爱意浓浓,永远都是爱意浓浓。

每一次从睡梦中醒来,我首先想到的都是体内不可治愈的癌症,以及还剩几年的预后(考虑到癌症似乎颇具攻击性,这个时间可能还不到几年),醒着的时候就想为失去了的梦境放声尖叫。每一次我醒来,都像是在一遍遍地为失去的梦境而哀悼。折磨、愤怒、毁灭,这足以让我想去死,好过上自己半信半疑地以为正在等待自己的生活。

乔希不允许我支离破碎地倒在地上。他猛地拉起我的双臂,尖叫着对我说:"我不会让你放弃的。你听见了吗?你不会放弃的!"话锋一转,他又祈求我就算不是为了自己,也要为了他和两个孩子努力抗争。

我是发自内心地认为乔希和女儿们尽早重新开始更好,谁也说服不了我。我不想成为一个负担,不想让我的家人看着我缓慢而痛苦地死去,不想让他们体会我的情感起伏。我绝不是在贬低乔希对我的爱。他的爱既真实又深刻,但我也知道他有能力去爱别人,他也应该、需要去爱别人。也许那份爱会和我们的一样深刻——如果不是更深刻的话。他是个了不起的好人，我能拥有他简直是太幸运了。我知道孩子们是坚强的，能够忍受失去我，而且无论如何她们都会茁壮成长的。毕竟她们是我的孩子。我认为自己身上最好的东西正流淌在她们的血液之中。

我还知道，有许多人都会帮助乔希抚养她们，把有关她们母亲的故事告诉她们。我也知道她们会被爱包围。

不，如果我选择继续抗争，并不是因为觉得乔希和女儿们真的需要我，或是与我多相处些时日能莫名地给他们最终的命运带来多大积极的影响。我也不会妄想自己还能以某种方式奇迹般地战胜病魔，或是比想象中拥有更多的时间去战斗。我与希望这个概念的关系一直起起落落，现在仍是如此。我不是希望的信徒，还是把与它有关的事情都留给你们吧。

即便如此，我还是选择继续反抗。自从圣诞节后的那一天起，我花了近两周的时间才从低潮中振作起来，把自己拽出黑暗，而且是在乔希和两个女儿的帮助下才做到的——他们就是我长期以来深爱的理疗师，还有我深爱的姐姐莉娜以及最好的朋友苏对我说过的那些话语。她们让我认识到了有关自身的重要真相，明白了我希望别人现在和我死后如何看待我的一生。

上高中时，如果在测试中考得不好——按照我的书呆子标准，"不好"意味着92分而非95分，或是97分而非100分——我都会眼泪汪汪地跑回家，觉得这个不可接受的成绩就是我年轻的生命中最大的灾难。事实的确如此。我的父母都不是那种典型的、疯狂的美籍亚裔家长，不会给我们施加太大压力。没错，爸爸会因为成绩单上的每一个A奖励我们一些钱，但从不会提出任何要求，或是发出什么威胁。面对我的哭泣，母亲会用蹩脚的英语问我："你尽力了吗？""当然。""那你能做的就这么多了。"她会这样告诉我。

这个建议是如此简单，却又如此真实。尽最大的努力就是一个人能够自我要求的一切——不多也不少。一旦你这样做了，就不会有什么遗憾。我还会继续与这个疾病斗争，虽然不会抱着和刚开始时一样的积极态度，但是会利用我对其致命性更加微妙、更加深刻、更加现实的理解继续战斗。我是个优等生，习惯凡事尽力而为。很多时候，尽力是不足以取得最好的成绩的。与之相似，我的尽力也不足以战胜癌症，可即便我会在未来不远的某一天躺在那里死去，我也心知自己此生已经尽力争取到了更多的时间，面对疾病还能尽可能去生活、因而没有任何遗憾，这就够了。它能给我的内心带来平和，因为即便面对如此劲敌，我还是会通过选择不断抗争，留给两个女儿一个重要的经验。我想让她们明白，永远都要尽心尽力的重要性。这是我的祖母教会我的，如今也是我必须教给她们的。

作为一位母亲，无论我有多希望逃离未来的生理与情感伤痛，或是出于其他自私的原因，我都不能直接从孩子们的身边一走了之。我选择成为一位母亲，就要信守随之而来的神圣承诺。其中最重要的就是教给孩子们生存的技巧，除了吃饭、洗澡、穿衣的技巧。面对这个疾病可能的结果，还能继续生存与战斗，就是信守我第一次把她们娇弱的身体抱在怀中时许下的、最神圣的承诺。

我对上帝起誓，我会快乐地生活。

听到我患癌这个坏消息之后，许多朋友和陌生人都给我发来了短信，表达他们的爱与支持。他们鼓舞了我，让我觉得自己的战斗也是他们的战斗。对我而言，我必须为他们而战的想法美得令人不可思议，进一步赋予了我战斗的意志。

正如约翰·多恩在《没有人是一座孤岛》中写的那样："任何一个人的死亡都会令我蒙受损失，因为我与人类息息相关。"是的，我猜我的死亡也会让你们蒙受损失，但我也明白，我的生存与斗争能让你们变得更加伟大。人类都是适应力惊人的小虫子。实际上，所有选择生存与反抗的人，选择去证明人类共有的精神力量、证明人类面对生活的艰难时候拥有不屈不挠决心的人，都是在用巨大潜力与毅力让我们所有人变得坚强。只有在真正接受考验时，这种潜力才能被觉察。

因此，我要为了自己而战，为了家人而战，为了抗癌斗争能给你们所有人、给全人类传递信息而战，展现我们大家都拥有的惊人力量。同样，我敦促所有面临挑战想要堕入黑暗的人也去反抗，因为你们也是人类的一分子，你们的抗争也很重要，能在我们步履蹒跚时赋予我与他人力量。

随着新年的到来，我收到了许多信息，提醒我我是多么勇敢与坚强。这就像是在告诉一只吉娃娃，它其实是只大丹犬。那几个星期，我感觉自己既不勇敢，也不坚强。一个勇敢而坚强的人会当着孩子们惊恐的目光躺在地上哭泣吗？不，那样可不是勇敢与坚强的形象。一个勇敢而坚强的人会拥抱她的女儿，给她们讲述自己童年的故事，即便她们还太年幼，无法理解。她会告诉她们未来有一天结婚意味着什么，会告诉她们在考虑爱别人之前先爱自己有多重要。在那些拥有更多力量、希望与信仰的人的帮助之下，一个勇敢而坚强的人会把自己拽出深渊，即便不想也要为生存而奔走。一个勇敢而坚强的人会回去进行更多的研究，努力弄清下一步该怎么走。明知未来还会有另一个深渊，明知自己在屈服于不可避免的事情前还会有更多黑暗的日子，她还是会这么做。

"把一切都放进肚子里"

◇

忧郁、倒霉的事情我说得已经够多的了。

谁有时间听这些啊？

我得下定决心。我想聊一聊爱，聊一聊其他说过、没说过的事情。我还想聊一聊母亲和祖母。我的祖母——就是那位祖母——一个具有传奇色彩的女人，一个被我彻底深爱、凭借聪慧与不屈的力量被我格外崇拜的女人。当她73岁那年突然死于结肠癌时，我曾以为自己会在莫大的悲痛重压下窒息，因为在我二十年的人生中，这是第一次有个我爱的也被我认为是爱我的人离开了人世。

然而后来，当母亲告诉了我祖母曾经多么厌恶我时，我学会了憎恨，因为我想用她对我表现出的那种恶意去憎恨她——这个如今对我来说形同陌路的女人——她将我所能想到的一切对她的美好感觉都付之一炬。我想把她从那个世界里用力拽回来，要她为对我犯下的罪回答，为她的背叛受到责罚。

第一次情感迸发后，无法安慰的深刻伤痛给我的心灵留下了一片焦土，我不知足地想要知道，她和其他人是否爱过我，抑或是否曾为他们试图做的事感到抱歉？如果想到自己的女儿/孙女在本有机会活下去之前就要去送死，他们当中是否有人曾不寒而栗？难道在我大学毕业前的那一天，看到我试戴黑色的帽子和试穿礼袍时，父亲就是因为这件事突然泪如雨下？在那种场合，不管他的心里有多骄傲，我都觉得顺着他粗糙的脸颊滚落下来的泪水太多、太奇怪了。难道他当时的每一滴泪水都是对我无言的道歉？7岁那年，梳着马尾辫、戴着巴迪·霍利（美国当代著名摇滚乐歌星、摇滚乐坛最早的"青春偶像"之一）那种眼镜的我曾被祖母带到亨廷顿图书馆，在精心打理的花园中拍过一张照片。当时的她心里作何感想？还有我第一次月经来潮时，她拘谨而慈爱地坐在我身边，轻拍着我的后背，那时的她又是怎么想的？她看上去是那么骄傲。她还是十年前那个担心我月经来潮就会像只野兽一样浑身是血而心生恐惧的女人吗？我很想问祖母："那时的你会不会想到，自己曾像只疯狗一样想让我睡去？"

伤痛过后，我需要清除烟雾与灰烬继续前进（我仍在继续前进），在混乱的思绪中建立秩序，为这些误入歧途却不得不被我称作家人的人寻找理由，甚至对他们心怀同情。他们全都是迷信的灵魂，试图在那个艰苦的年代里存活。何况在他们生存的文化中，谋杀女婴的念头并不少见。也许在那种情况下，就连我都会认为谋杀女婴是正当的……这是有可能的。

别自欺欺人了。你知道自己是不会那么想的。就连那个和他们生活在同一时代、同一个国家的草药医师都知道。

就算是不为别人，我也肯定会为母亲感到难过。她才是最大的受害者。是的，她是个美人，却怯懦胆小，缺乏挑战跋扈的祖母所需的坚定、自信的性格。她被教导要尊重与服从长辈，要为了家庭公共的利益压制内心自私的愿望。我不难想象母亲会在祖母的意志面前畏缩不前。因为整个童年时期，在家庭和工作的问题上，我一直在目睹母亲的逃避。为了一些鸡毛蒜皮的小事——比如，她会神经兮兮地害怕我们摄入洗涤剂而把碗冲洗两遍，或是在本应更高效地准备好煮汤的蔬菜时，反倒去看着水煮开——脾气暴躁的父亲会随时对她张口就骂，以至于我都想冲过去，用肉乎乎的弱小身体挡住瘦弱的她，不让父亲口中的利剑伤害到她。被激怒的我曾经问过她为何从不顶撞父亲，或是顶撞那个在工作中当着所有人的面中伤她的同事，而不是只在家里谴责他们。

她的回答是最好"把一切都放进肚子里"。这是一句越南谚语，意思是为了保持和平一言不发，把事情藏进心里。在她把真相告诉我时，尽管事情已经发生了近三十年，距离祖母去世也过去了近十年，她还是紧张兮兮的，害怕破坏那个将秘密尘封了多年的约定——一个祖母已经去世、有效性被严重削弱的约定。

"要是你的祖母还活着，我是不会把即将说出的这些话告诉你的。要是你的祖父和父亲发现了，直到我或他们死掉的那一天，他们都会骂我的。"她开口讲述这个故事时曾这样说过，仿佛戴上了一副坚硬的面具，要抵御不可避免的攻击。但她还是愿意冒险把事情告诉我。

她说她之所以把一切都告诉我，是因为我有权知道。她是对的，我的确有权知道。可我不相信这是唯一的理由。

坚信要"把一切都放进肚子里"的母亲十分擅长压抑内心忧郁的情绪。我记得她当着我的面只哭过两次——一次是在祖母的葬礼上突然放声大哭；一次是在我大学一年级开始之前站在我的宿舍门口，她一直眨眼，我以为她的睫毛掉进眼睛了。虽然她讲起故事来妙语连珠，但在需要遣词造句时她就暴露了自身的无助，她的词语似乎就枯竭了。

在这个方面，她可不是我家唯一如此处事的。在我家是绝不会有人说类似"对不起""我爱你"，甚至是"谢谢"这样的话的。不过，在美国长大的我们这一辈中也有例外，否则，这类词语根本就不会出现在我们会说的家庭语言中。相反，我们还要被迫去领会别人对我们说的话，掌握一门不出声的语言——行动。

为了庆祝我回家探亲，父母会做我最喜欢的菜，这就是在表示他们有多爱我。在我的印象中，这种表达爱意的方式比只是嘴上说说更扣人心弦、更具有说服力。

所以那天晚上，尽管母亲在讲述这个故事时似乎没有带上任何感情色彩，但我知道她其实还有许多的言外之意想让我知道，却又无法鼓起勇气大声说出来。事后，我把她话音中的意味、每个词背后的细微差别和微妙的肢体语言斟酌了成百上千遍，想把一切都弄清楚。她用略微高亢、几乎有些愤怒的声音讲话，很像一个任性的孩子，在拒绝为某件事情负责；微微突出的下巴则是在防备预期中的我的责备。"这不是我的主意。我真的不想这么做。"她似乎在这样说。不过，这其中多半是愧疚。要不是因为愧疚她是不会有所防备的。

根据她多年来的陈述——比如"我怀你的时候吃了那些药，真是太蠢了"——我知道她为我天生患有白内障感到自责。她就是那种女人，会用巨大的吸管把一切罪责与愧疚都吸进体内。她总是说："你小时候我找不到任何牛奶来喂你。要是我能找来，你肯定能长得更高。"我的皮肤太黑也是她的错，因为她不知道该喂我吃些什么。

我没有被耶鲁大学录取还是她的错，因为她没有给我足够的压力。

如果母亲都会为我的白内障、身高、肤色以及没有考进耶鲁的事感到内疚，那么带我去见草药医师的事她肯定也是难以忍受的。二十八年来，母亲一直在努力压抑曾经试图杀害我的内疚。那天晚上，她终于放弃了努力。她通过向我坦白，冒着让父亲与祖父勃然大怒的风险，摆脱了一贯担惊受怕的作风，鼓起勇气看着我的双眼，承认了自己的所作所为。她在乞求我宽恕她，让我赋予她摆脱愧疚的权利。

宽恕是很难的，有些时候甚至是不可能的。怜悯是一回事，原谅完全是另一回事。

那天晚上，在她讲完故事、要求我不要把刚刚听说的一切告诉任何人之后，那句不曾被说出口的"请原谅我"就一直悬在我们母女之间。她站在我的身旁，双手垂在体侧，等待着。我全程都无法看她。在她讲述故事的过程中——不知道是什么时候——我哭了起来。和家里其他成员不同，我不擅长忍住眼泪，压抑内心的情感。于是我丢下她离开了房间，感到满心愤怒、困惑和悲哀。我受到了重创，因为我知道，我再也不能用同样的方式看待我的家庭、看待生活和自己了。离开母亲之前，我对她的据实告知表示了感谢，因为我真的满怀感激。

知道总比不知道好。

我生命中的一天

◇

2002年，从法学院毕业之后，我去了佳利律师事务所工作。这是一家杰出的国际律师事务所，当时被称为"华尔街律师事务所"，是那种能够代表美国大型蓝筹公司和投资银行，参与数百万、数十亿的公司交易与诉讼的律师事务所，经常登上《华尔街日报》的头条。许多知名学府法学院的毕业生都会在大型律师事务所中工作几年来支付助学贷款，在着手从事其他行业之前——比如自雇，或是在政府、非营利机构、小公司工作，抑或是在企业担任法律顾问——积攒一些经验。很少有人拥有足够的毅力、欲望和才华，能够真正在声名显赫的传统合伙律师事务所中争得一个令人垂涎的位置。

我在佳利律师事务所工作的时间比想象中的长，被确诊癌症时仍旧在岗。由于确实缺乏成为合伙人的毅力与天赋，我并没有走上合伙人的道路。在佳利这样的地方，我经过多年的辛苦工作、通宵熬夜，顶着身为助理的巨大压力，终于得到了一个称心如意的职位。在某种程度上，它十分适合我这种养育子女的母亲。但是，紧接着，癌症就对我发起了进攻。

从被确诊之日起，我就不再工作了。对我而言，如今的生活每天都有所不同，比在律师事务所时还要丰富多彩。除了每天早上准备好送两个女儿去上学，每晚安排她们上床睡觉，我没有固定的日程安排。在此期间，我会做饭、打扫、写作、阅读、研究、与癌症患者或非癌症患者朋友们聊天、看电视，偶尔还会与人闲逛、支付账单、为结肠癌研究筹集资金，还会盯着天花板发呆。老实说，我并不知道所有的时间都去哪儿了。我的光阴是那么的有限，这个念头非常可怕。

我要赞赏那些身患癌症四期却还在工作的人，尤其是那些膝下还有年幼子女的人。我知道放弃工作通常不是一种明智的选择，但我还是非常钦佩他们的能力。在兼顾工作的同时，他们还要应对患上癌症后身心俱疲的生活。

2015年1月初的一个星期一，令人警醒的预后言犹在耳，令人心痛，我在破晓之前气鼓鼓地醒了过来。很多疑惑一直在困扰着我，我应不应该试试大麻油？应不应该添加或是删除某种补充剂？应不应该彻底改看另外一个肿瘤医生——某个研究结肠癌的专家，某个在受人尊敬的MSK癌症中心工作的医生？我是否应该不顾肿瘤医生和肺部肿瘤委员会的意见，更加激进地奔赴德国接受激光手术？那天早晨，不知什么缘故，焦虑压倒了一切。

我的小女儿、3岁的伊莎贝尔醒来时好像也心绪不佳。外面的黑暗似乎正呼应了我们内心的黑暗。冬日的星期一的早晨，送两个孩子出门是件格外痛苦的事情，明知道就快迟到了，却还得设法在学前班和幼儿园允许的迟到范围内把她们送到，那个星期一的早晨格外痛苦。伊莎贝尔拒绝配合，还格外黏人，这对我来说尤其具有挑战性。当她变得异常黏人时，我总觉得她知道什么我不知道的事情，以为她能感觉到癌细胞正在我的体内滋长。去年12月，在那份令人心烦的癌胚抗原报告和该死的扫描结果出来的前几周，她就是这个样子。

我不停地告诉乔希，伊莎贝尔能够感觉到转移性疾病正在我的体内滋长。他却说我荒谬，因为这种行为可以归因于任何事情。当然，我是对的。

我一直觉得米娅是个拥有惊人美貌与智慧的孩子，能够凭借迷人的脸庞和优雅的气质让人回头。事实的确如此。在博物馆里，当她指着中世纪画作中的动物宣称"这是独角鲸，是大海里的独角兽"时，会令人大吃一惊。虽然我担心米娅有一天会和内心与生俱来的不安作斗争，但她在美食方面是个颇具冒险精神的人。我猜她会追随我的脚步，学习多种语言，旅行的足迹会远及世界各地。

但伊莎贝尔（比骡子还倔——比方说，她宁愿饿死、饿晕也不吃自己不想吃的东西）拥有不屈的灵魂，是个拥有非凡直觉力的孩子，对人类和人生的理解拥有超越年龄的早熟。她刚满两岁半后的某个早上，我推着她的婴儿车走进电梯。她突然莫名其妙地问我："我们死后会发生什么呀，妈妈？"我不知道该如何作答，因为我从未想过这种问题会从一个两岁半孩子的嘴里说出来。

也正是在那段时间前后，米娅变得格外难以相处——难到让我以为自己已经陷入了传说中母亲和青春期女儿之间那种失控的斗争之中。我的母亲与我都不曾这样吵过架。一个星期天的晚上，我被米娅气到崩溃，气急败坏地对她大吼大叫起来，命令她回到自己的房间。她脸上挂着泪珠跑开了，尖叫声中还掺杂着用力砸门的声音。坐在沙发上，我歇斯底里地号啕大哭，谴责自己是有史以来最糟糕的母亲。乔希让我回到我们的房间去，这样伊莎贝尔就不必看到我如此难过——他觉得我哭泣的样子会吓坏她。"妈妈现在真的很累。她就哭上一小会儿，然后就没事了。"

患病期间，孩子们目睹了我的情感爆发——哭泣、尖叫、怒火。我相信许多儿童心理学家都认为，我和乔希应该向孩子隐藏自己的情感，隐瞒事情的真相，因为她们都是应该被保护的脆弱花朵。我和乔希就不同意这种看法，不认为应该对孩子有所隐瞒。她们不是在重压下就会枯萎的脆弱花朵；相反，这两个聪明过人的小姑娘具有极强的理解力。人生中等待她们的每一个艰难的现实都会让她们变得愈发坚强。坚实的亲情基础能让从小就面对困难的她们变得坚韧。基于我自己的人生，我知道这是真的。

当我躺在床上哭泣时，米娅通常都会躲得远远的，或是跑进我的房间抓起她的毛绒玩具佩奇和毯子，径直跑出去看电视——她这是在内化自己的恐惧、担忧与悲伤。而伊莎贝尔每过几分钟就会过来看我一次，轻轻地把门打开，探个脑袋，用关切的棕色大眼睛看着我。有些时候，她还会爬上床，给我一个拥抱与亲吻。"妈咪，一切都会好起来的。"她安慰着我，仿佛什么都知道似的。

然而，那个星期一的早上，伊莎贝尔并不像她偶尔表现出来的那样令人宽慰。在教室外的走廊上，她坐在我的大腿上，任我把头埋在她的脖子里哭泣。每天早上8点半到9点之间，在米娅开始上课、伊莎贝尔的课还没有开始时，我们都要消磨30分钟的时间。我坐在地板上，听着其他家长欢快地彼此打着招呼，交换着关于假期的看法，仿佛他们在这世上就没有任何痛苦似的。但我们的假期糟透了，完全被癌症给毁了。那一刻，日常的声音已经超出了我能承受的极限。在那个小小的角落里，我努力掩饰着自己在啜泣，把伊莎贝尔抱得更紧了。这一次,没有任何的问题或其他言语,没有"妈咪,你为什么要哭呀"或是"妈咪,一切都会没事的"。相反,她只是坐在那里紧盯着墙上的某个点,用眼神告诉我,她正在看着某个我无法跟着去的地方,注视着某个我无法看到的东西。她那个眼神吓坏了我,因为我知道,她明白转移性疾病正在恶化。

我们即将分开时,她要进教室了,不再沉默了。我还在哭个不停,心里惦念着未来即将错过的所有接送活动。我沉浸在势不可挡的"一切皆徒劳"的感觉中。我觉得自己无论做什么,都会因为这个病必死无疑。一切只不过是时间问题。也许过不了多久,这个小女孩就会失去最爱她的那个人。此时此刻,她正在为了让我留下而努力:"别走,妈咪!别走!"她恳求道。我需要其中一位助教强行把她从我的怀里拉走,才能跑着离开教室。我的耳边回响着她的哭声,我都不敢回头看上一眼。

离开学校时,我祈祷众神能够给我一个预兆,预示我与病魔抗争的努力不会是徒劳的,预示即将到来的痛苦不会彻底让我窒息,预示我还能从生活中获得些许不曾被玷污的快乐,预示我还能在所有扰人思绪的疑问中找到某些平和。当我开始乞求众神时,我就知道自己其实已经陷入了绝望的深渊。

我准备花上二十分钟的时间,从法院街步行前往乔氏超市,赶在下一次治疗前飞快地去一趟杂货店。就在这时,我听到有人在喊我的名字。正心烦意乱的我尴尬地转过身去,看到一个陌生女子朝我走了过来。

"我们是来帮忙的。"她说,"请告诉我,哪里需要帮忙。"

更让我尴尬的是,我竟然没能认出这个女人——由于视力不好,面部识别从来就不是我的强项。原来她是伊莎贝尔一个同学的母亲。她和其他人都知道我的情况。班上的家长想要帮忙,这让我非常感动。我告诉她,眼下并没有什么特别的事情,不过我一直都有留意所有人的提议,因为总有一天,我会需要尽可能多的帮助。我哭了,惹得她也掉了眼泪。我们站在宽敞的人行横道中间拥抱了彼此。难道这就是神明给我的预示吗?

买完菜,我拖着东西坐上了沿着大西洋大道行驶的B63路大巴。我往胸口抹了些利多卡因乳膏,盖住身上的输药口,为一个小时后将要扎入的巨大针头做好了准备,然后跳上了开往纽约大学癌症中心的地铁。我向东走在第三十四大街上,正闷闷不乐地迷失在自己的思绪中,迎面走来一个50多岁的黑发女子。她身材娇小却十分圆润,手里递过来一张纸。太好了。这又是什么?我以为她是来向我要钱的。这个女人不太会说英语,但还是设法向我表达了她需要人指路,并把那张纸条递给了我。上面写着纽约大学癌症中心的方位。多讽刺啊。

"我也要去那里。跟着我走就行了。"我答道。说来也怪,想到自己不是唯一要前往那个可怕地方的人,我竟然振作了起来。

"你得的是什么癌?"我问。你能想象吗?到了这个时候我还如此多管闲事,竟能对一个陌生人问出大部分人永远都不会问的个人问题。她指了指自己的胸部。

"我得的是结肠癌。"我告诉她,并指了指自己的下腹部。

根据她一脸困惑的表情,我不太确信她完全理解了我的话,于是又开口问:"你会说西班牙语吗?"万一我能用蹩脚的西班牙语和她更好地交流呢?

她摇了摇头。

"你来自哪里？"我问道，小心翼翼地把每个字都念得清清楚楚。

"孟加拉国。"她回答。

好吧，这就真的奇怪了。即便是在纽约这么一座多元化的城市里，你能碰到几个来自孟加拉国的人？在纽约住了这么多年，我记得自己只遇到过一个孟加拉国的人。更重要的是，孟加拉国对我有着特殊的意义。法学院大一结束后的那个夏天，我曾在孟加拉国待过十个星期，在当地一家非政府人权组织实习。那十周的体验是我此生充实、深刻的经历之一。生活在极端的高温与季风环境中，我目睹了此前无法想象的贫穷与文化错位，看着年轻的妓女居住在脏乱的环境中，妇女被恶语相向的丈夫泼硫酸后鼻子被烧，生活中充满了不适。不过在那段日子里，我也有了自知之明，为自己能够忍受这样的生活甚至是在不适中茁壮成长感到骄傲。身处郁郁葱葱、未曾被破坏的乡间，我在无与伦比的美丽与富饶、无比善良坚韧的人民身上看到了奇迹与感恩之心。

望着这个选择找我来问路的孟加拉国女人，我对孟加拉国的所有印象——丑陋与美丽、痛苦与欢愉、贫穷与慷慨并存——全都涌上了心头。我的抗癌之路和孟加拉国之旅并没有太大的分别，其中也充斥着丑陋与美丽、痛苦与欢愉、贫穷与慷慨。我怎能不去想，这个孟加拉国女人在我生命中的短暂到访并非偶然呢？

无敌

◇

每一次去看A.C.医生,为我测量生命体征的都是坦妮娅。坦妮娅是个率直的中年黑人女子,有两个孩子,喜欢穿印有不同卡通图案的外科手术服。在这个令人如此沮丧的地方,她的手术服就像光明的灯塔一样,总能让我开心,因为我十分期待看到这一次她的衣服上印的又是什么人物。我们会聊起卡通片、子女和假期,有时还会聊聊其他人甚至是A.C.医生的八卦,因为正如我所说的那样,我很爱多管闲事。与自己在纽约大学癌症中心遇到的各种人——坦妮娅、接待员、护士、A.C.医生本人——进行这样的对话能够振奋我的精神,让我感觉这些人是在乎我的,而我也是在乎他们的,仿佛他们不会仅仅把我视为癌症病人,而是一个充满活力、风趣幽默的人类成员。我想大多数人都会惊讶于我在癌症中心笑得有多开心。

在与坦妮娅的一次对话中,我不经意间说了一句:"你在这里肯定见过病入膏肓的人。"当然,在频繁到访候诊室期间,我注意到自己一直都是里面最年轻的人之一,且不管我的诊断与预后如何,我通常都是看上去最健康的那一个。

坦妮娅压低了嗓门，会意地答道："哦，是啊。有些前来问诊或寻求第二、第三、第四种意见的人看上去就像是距离死亡只有两天似的。"

我震惊了。"真的吗？"在过去的二十一个月里，我曾在候诊室和诊察室里度过许多个小时，却从未仔细观察过我的病友——或者说，我其实经常会盯着他们看，却从未见到过看上去如此病重的人。

她郑重其事地点了点头。

后来那一次，刚刚看完 A.C. 医生的我正从诊察室里走出来，便看到急诊医生推着一个重病的老人走进了我刚出来的房间。老人头上垂着几缕白发，一动不动地躺在担架上。坦妮娅冲过去测量他的生命体征，重重地甩上了门，好在我及时地躲开了。原来她并没有夸大其词！病入膏肓的癌症病人会去急诊室处理病症或并发症，除非他们需要治疗或咨询意见，否则是不会去看肿瘤医生的。

那个男人的身上有种令人不安的气质。其他那些濒临死亡而到访 A.C. 医生的办公室的病人或全国、全世界另外数千个肿瘤医生办公室的病人都是如此。

墨西哥、德国、南非甚至纽约都有假医生和公然行骗的江湖骗子。他们以绝望的病人为猎物，以成百上千美元的价格和难以形容的身体折磨实施着极其可疑的治疗。更别提这样的骗术在不可避免的失败后给病人带来的情感创伤了。为了获得身体上的救赎，人们把最后的积蓄和时光都花在了饮用沼泽里的绿色污泥上，任由自己的血管被天知道是什么的透明液体填满。绝望之人才会去寻找奇迹，而迎合他们需求的非法产业标榜的正是"奇迹"。

我曾告诉好朋友 X——或者更加确切地说，是我发誓要告诉

X——"我永远不会成为那些人中的一员；不管发生什么事情，我都绝对不会去墨西哥喝什么烂泥"。我这个优秀的朋友是个绝顶聪明的男人。他答道："我觉得我会成为那样的人。"我为他的反应感到震惊、恐惧和困惑，却也十分好奇。一个如此聪明的人为什么会做出如此愚蠢的事情？X 没有得癌症。即便如此，在癌症的世界里，我也见过不少这样的病人——为了拯救自己，他们会做些疯狂的事情。其中一些人的智力是健全的，在其他情况下甚至还很聪明。（以史蒂夫·乔布斯为例，他就是个丧失了理性的聪明人。在他的胰腺癌本来可以治愈时，他却拒绝了传统疗法，选择了替代疗法。即便他后来接受了手术和其他传统治疗，但许多人还是认为，正是他最初对传统疗法的排斥缩短了他的寿命。）

有关癌症的某些事情——能让我们生存的基本机制"细胞生殖"背叛我们——会让人类发疯。我们很容易就能看出它是如何在我们有缺陷的内心制造无理、狂热与绝望的。

绝望之人是勇敢无畏的、能突破万难、用尽千方百计的，因为直到呼出体内的最后一口气，他们还在"怒斥光明的消逝"。尽管治疗的结果并没有让衰弱的身体好一点儿，但他们面对飓风般的破坏还是岿然不动，会朝着残酷的命运象征性地说上一句"去死吧"，难道这样他们就该得到赞扬吗？难道我该像对待不打硬膜外麻醉、选择忍受疼痛的产妇那样赞美他们吗？——而在宫缩开始的那一刻，我就尖叫着要打硬膜外麻醉了。或是像对待没吃没喝、却能在海上存活的人那样赞扬他们吗？刚走上抗癌之路时，我曾发誓自己会成为那种"怒斥光明消逝"的人。那时我可能会考虑临死前的那几天再寻求化疗，甚至是喝下"烂泥"。但这样的想法现在已经不复存在了。

当然,我也有过毫无理性、狂热盲目信任和铤而走险的瞬间。如今回想这些瞬间,我的眼神里都会流露出某种程度的尴尬。我花过整整1800美元去看著名的综合医生雷蒙德·张。按照张医生的推荐,我阅读了网上的每日成功故事和某人在论坛中分享的链接;我花了上千美元购买补充剂、草药和大麻制品。除了维生素、辅酶Q10和甲氰咪胍,所有的补充剂如今都原封不动地放在我的橱柜里。(我从未认真采取张医生那些较为激进的提议,比如采取只在其他国家可用的高热疗法和类似免疫疗法的治疗方法。)最后一次注射时,我曾告诉A.C.医生(他一直同意我服用补充剂),我已经停止服用张医生推荐的所有东西了,因为我终究还是不太相信他,无法去做自己不相信的事情。A.C.医生回答:"你不相信是因为你本质上是个科学家。"我想这是A.C.医生所能给我最大的赞美了。对于替代疗法,我一直抱持着怀疑态度。在我癌症复发之后,张医生曾推荐我以600美元的价格购买一个月用量的蝎子毒液,这让我的怀疑态度变成了坚决不相信。回家后,我看了《晚间新闻》中有关蝎子毒液的报道。报道中基本上称它为骗人的万灵油。

"希望工业中心"从我这里是再也赚不到一分钱的。更确切地说,那些折磨满怀希望之人的"希望工业中心"再也得不到我的支持了。

许多替代疗法的支持者都普遍辩称,只要不会造成伤害,任何方法都值得一试。这正是我的肿瘤医生默许病人接受替代治疗的基础——只要这些治疗不会对器官功能产生负面影响,他就批准。当然,他也是持怀疑态度的。不过我猜,他承认许多病人都渴望能够控制自己的命运,感觉必须把所有的选项都探索过才行。虽然他和其他拥有科学头脑的人都明白,控制是一种幻觉,但我觉得为了让垂死的病人保持神志清醒，幻觉也是至关重要的。

但是光靠一颗跳动的心脏是无法构成生命的。所以我很好奇，担架上的那位老人在寻找什么？朋友 X 若是某天走到了那一步，又想要什么呢？一个奇迹吗？还是某种治愈的方法？还是需要更多的时间来证明自己的坚韧？是否有什么原始的本能，迫使他们不计一切代价为生存而战，就像野生动物会野蛮地抓挠自己的天敌？他们怕死吗？还是他们真的那么热爱生活？抑或是爱的义务承载的负荷决定了他们无论如何也要为依赖自己的人尽可能活得长久？是什么在激励着他们，是爱还是恐惧，是死亡还是生命？自从和坦妮娅聊过之后，我就一直在思考这些问题，试图决定是否还要度过剩下的时光。我在走过余生的同时，也在确定自己该如何作答。

我猜，和许多人一样，老人和朋友 X 对死亡的恐惧都超越了对生命本身的热爱。也就是说，兽性的恐惧本能压倒了他们拥有的一切理性的智慧。我猜他们也会害怕面对莎士比亚口中"未被发现的国度"这种未知。尽管对上帝的信仰摇摆不定，但他们却坚定不移地相信此生过后有可能是一片虚无；他们害怕生存之火就此熄灭，仿佛自己从未存在过；害怕变得渺小，变得无关紧要；害怕被人遗忘。在社交媒体上，我见过一些人在去世前几天还在向一群大多满腹狐疑的观众宣称，他们将如何战胜癌症。我在某个地方读到过，那些抱定不现实希望的人都无法理解自己将不复存在。这个现实是如此难以接受，和他们现实中遇到的任何事情都不相符、大相径庭，以至于他们的思维必须一直拒绝、拒绝、拒绝，直到事实上的客观现实已经再也无法被否认了。

我似乎就没有太多的自我（至少不是那种坚持自我必须存在的

意识）——我的精神分析治疗师比我更清楚——因为在那个"未被发现的国度"里，我对等待我的事物没有那么强烈的恐惧。这可能是因为我真的相信会有另外一个国度，而不只是一片虚无。我无法向你解释我为何会相信，这只不过是直觉与信仰的问题。对我而言，死亡就像召唤我展开一段新探险的大门。那将是我漫长探险旅程中的另一端，是我要去探索与理解的新领域。我永恒的灵魂将从中学习与进化。

我不想误导大家，说我没有自我——谁都有自我。它正是我们的自大与自负的来源。我的自我体现在我相信与生俱来的力量与勇气，喜欢天生的优雅感与尊严感，喜欢持续培养那种迫切的需要。迄今为止，正是那与生俱来的力量和勇气允许我以偶尔残忍的诚实经受住了人生的起伏，然后让我在破口大骂、潸然泪下、自我嘲讽之后奋起反抗。我从不是什么美女，也从不是学校或工作中最聪明的那个人，但是因为我的人生境遇，因为我不顾这些境遇获得的成功，我一直相信自己是坚强且有适应能力的，善于直面严酷的生活现实，对自己在精神上的不可战胜充满了信心与自豪。

我说的这些不如阿尔贝·加缪写得好：

"即使是严冬之际，我的心底仍是一片战无不胜的夏季。"

这句话让我快乐。因为它告诉我，无论这个世界如何排斥我，我的内心深处仍旧存在某种更加强大、更加美好的东西，在把我往回推。

我像只毫无理性的野兽一样大发雷霆，否认自身生命的有限，紧抓着幻觉与虚无的希望不放，以当下的生活为代价寻求治疗，为了生命的长度牺牲生活的质量——对我而言，这些都是没有风度、缺乏尊严的，而且全盘否认了我们经过深思熟虑后进化了的人性。这种行为无法培育战无不胜的精神，也无法真实证明内在的力量与勇气。对我来说，真正的内在力量在于平静地面对死亡，认同死亡并非敌人，而是人生中不可避免的一部分。

自从我得知肿瘤已经转移到了肺部，预后也不乐观，不止一个人说过我变了。我的语气也变得无可奈何，我仿佛已经接受了自己即将死于这种疾病的现实，虽然还不知道事情到底会怎样。也有不止一个人说我似乎失去了昔日的热情。就连乔希也指责我如今成了一个失败主义者，已然屈服于病魔，停止了反抗。

乔希和其他人都误解了我的行为。没错——在过去的几个月时间里，面对有限的生命，我已经接受了我即将死于癌症的可能，正努力在宿命中寻求安宁。但乔希与其他人不理解的是，伴随着接受与安宁，我学会了更加充实、完整地活在当下，而且是带着从未有过的热情、激情与爱去生活。最讽刺的是，在接纳死亡的过程中，我意识到自己第一次拥抱了生命中所有的精彩。事实上，通过抗癌之旅，我相信了事出皆有因，我注定会理解生与死的悖论。

考虑到这一点，乔希与我计划了一次旅行。7月2日，我们将出发前往厄瓜多尔的首都基多，在那里停留不到两天的时间，参观古老的殖民小镇（联合国教科文组织评定的一项世界文化遗产）。7月4日，我们将飞往加拉帕戈斯群岛的一座岛屿，登上一艘三十二人的游艇。在接下来的八天时间里，这艘游艇就是我们的家，我们每晚都会从一座岛屿驶向另一座岛屿。白天，我们会去人迹罕至的地方徒步、浮潜、乘独木舟，身边几乎都是好几个世纪无人打扰、长着史前生物外貌的动物在自由地漫步。我和乔希都把它视为我们共度此生中最重要的一趟旅程。

我已经不再经常访问癌症互助小组的网站了，也不再研究替代疗法了。替代疗法需要我花费大量的精力去调研和实行，有损于我活在当下的最终目标。目前，我也没怎么研究传统疗法了。老实说，我一直在忙于生活，忙于陪伴家人，忙于烹饪，忙于实现包括扩建我家在内的宏伟计划。总有一天，我会再次关注癌症，关注临床试验，关注选择新的疗法，但现在还不是时候。眼下，即便死亡就潜伏在我的身旁，我依然可以活得充实完整，并且相对健康、没有痛苦。现在的我要汲取我生命中美好的那些精华！

话虽如此，但没有什么事情是如此简单的，不是吗？

与 A.C. 医生见面讨论改变治疗方法的可能性时（也就是说，以牺牲生活质量为代价，改为采取某种也许能够真正缩小肿瘤的激进疗法，而非只保持现状），我在乔希不在场的情况下向他表达了我的意愿。"我想说明的是，我不是那种想要紧抓着生命不放的人，我选择的永远都是生命的质量而非长度。对我来说，带着尊严与体面去面对死亡，比在这个星球上多活几天更加重要。"我宣称，但我停顿了一下，说出了自己之前从未说过的一段话："但在说出这句话时，我感觉自己背叛了丈夫和两个女儿，因为对他们来说，无论付出什么代价，我都应该选择活得越久越好。因为和他们相处的时间是无价的。"

有一天，我的孩子们会怎样想我？她们会如何评价我？她们也会称我为失败主义者吗？她们会因为我没有更加努力地抗争，没有花费更多的精力去寻找延长生命的方法而怨恨我吗？她们是会更敬佩我身患重病却还体面地活着，还是会更敬佩我像那个老人一样被推进肿瘤医生的办公室？如果我大发雷霆或束手就擒，还能给她们树立一个更好的榜样吗？我不知道问题的答案，不知道这些问题是否真的应该影响我对自己人生的判断。我只知道，我爱两个女儿。

在我向 A.C. 医生坦露心声的几小时后，姐姐过来接走了我的两个女儿，前往塔吉特商店为我挑选母亲节礼物。我没有和她们同去。姐姐后来讲述了她是如何指导伊莎贝尔为我挑选贺卡的（这孩子还不识字）。伊莎贝尔坐在购物车里，指着一张卡片尖叫着说她选定这一张了。回家后，姐姐把那张装饰着金色蝴蝶的贺卡递给了我，说这是伊莎贝尔一个人挑选的。伊莎贝尔竟然能从几百张贺卡中挑出这么有意义的一张，仿佛她知道我心里一直在想些什么一样，仿佛她知道我几个小时之前对肿瘤医生说过什么似的。

卡片上写着："来自我们两个人，我和母亲，我们共同创造的回忆——我们分享过欢笑——有妈妈在身旁的时候，这些时光才更有意义。"伊莎贝尔似乎想让我更加努力地反抗，能停留多久就停留多久。我不知道自己能否做到……

梦想重生

没有什么能比申请抵押贷款更能体现对生活的承诺了。2015年初夏,乔希和我得到一个令人兴奋的消息。不,不幸的是,我们并没有惊喜地发现肺部发生种植转移的那张扫描片其实是属于别人的——我也希望如此。消息是这样的:我和乔希签了一份购房合同,将隔壁的公寓买了下来,为的是将它与我们目前的公寓合二为一,创造一个2529平方英尺的空间,可以容纳四间半卧室(其中有两间主卧)、三间半浴室。对于那些不了解纽约房地产性质的人来说,能够买下相邻的公寓、创造出一个合适的居住空间——这样的机会是十分少见的。在一座结构完善的地标建筑中,这样的机会就更是少之又少了。这一次的情况就是如此。有些外国投资者认为,把资金投入纽约的房地产比存进自己祖国的银行系统安全得多。于是,随着资金的涌入,房地产的价格已经飙升到了令那些不住在这里的人都难以理解的水平,同时也将购房者从曼哈顿赶到了较为便宜的周边行政区,尤其是布鲁克林(也就是我们居住的地方)。

在被确诊的那段时间前后,我和乔希就已经觉得有必要给两个年幼的女儿多留一些空间了。尽管不太可能,但我们还是一直幻想着能够买下隔壁邻居的公寓(但我并没有要求乔希确切地说出不可能的概率有多大)。然而,两年前不可能发生的事情竟然发生了——邻居家的公寓已经不够用了,因此他们打算把那两居室卖给我们。

虽说我两年多来一直在惦记此事,但当我听说邻居打算卖房时,买下它的想法并没有闪过我的脑海。相反,我心里想的是,哦不,米娅和伊莎贝尔又要失去两个玩伴了。甚至整整一个礼拜,我都没有想到要告诉乔希些什么。可就在我告诉他"H和T在卖房,准备搬家"时,乔希瞪大了眼睛,兴奋地问道:"你说真的吗?我们的机会来了呀!"我茫然地看着他,不明白他在说些什么。

长期接受化疗注射的病人都清楚,有一种情况被称为"化疗脑"。我一时间的茫然不解就是因为这个。

在我理解乔希在说什么的那段时间里,在我允许自己想象一座壮观的扩建公寓之前,我的脑海里一闪而过的竟然是——这样一个雄心勃勃的建筑工程会给癌症带来什么可怕的并发症。我可以尽可能地把癌症推到意识的深处,尤其是在度假或真正活在当下的时候。任何哪怕需要稍微考虑一下未来的行动或事情,都会被癌症的表现及其对我精神和身体的影响拖累。

要是在翻修的过程中,我需要手术或无法监督工程怎么办?(因为戴上安全帽的人是我,不是乔希)如果更糟,我在新公寓完工之前就死了怎么办?对生活细节如此苛刻的乔希该如何应对呢?要是我们不得不从公寓里搬出去怎么办?债务的问题呢?要是我们需要保险覆盖不到的某种手术或其他治疗,经费怎么办?要是……要是……要是……

我一眼看到了乔希的提议所展现出的巨大潜力:一笔了不起的

投资，一套可以让女儿们拥有自己房间的公寓（因为我相信，用不了多久，她们就会厌倦分享一张双人床），一个大到足以容纳我的父母、公婆和其他在我病情加重、去世之后有能力也有意愿帮助我、乔希和两个女儿的人的地方，一个大到届时足以容纳临终关怀病床的地方（考虑到空间的限制，我常常思索是否要在深爱的家中度过最后的时光）。在纽约，这种平方米数的四居室公寓是极其令人垂涎的商品。如果进行精装修的话，我们家将成为女孩们茁壮成长的好地方，一个能够代代相传的地方，这是我为爱甘愿做的事情，也是我能为丈夫、女儿留下的唯一美好的物质和有形财产。对我和乔希而言，它代表了一个野心勃勃的梦想的实现。这个梦想可以追溯到癌症降临以前的那段时光；即使有了癌症，它还是能够证明在确诊糟糕的癌症之后，即便得了不治之症，生活的确还会继续；它将是对人生和生活强有力的象征性肯定，是对比我更伟大的未来满怀乐观的表现。

但那些"如果"和"怎么办"呢？我的思维进入了问题解决模式。我们咨询了财务顾问，仔细阅读了详细的现金流分析，还与建筑师、银行家、律师、房地产经纪人和物业等进行了交流。基于这些对话，我们越发相信合并公寓从各个方面来看都是可行的，包括设计与建筑、合法性与财务方面（鉴于所有的工程都是在另一间公寓里进行的，且在两套公寓之间的墙体被拆除之前就能完成，我们可以得到保证，不必搬出现有的公寓）。

至于我最担忧的问题——癌症也许会剥夺我监工的能力——我和哥哥、姐姐谈了谈。他们都爱上了这个主意，在所有显见的好处之中，他们相信这样一个工程能让我坚持下去。更实际地说，我姐姐学的是建筑。我知道——也经过了她的肯定——如果我无法完成监工的任务，她会做好准备自愿介入，何况她是有这个能力的。当然了，设计与规划阶段的很多决策都是在初始阶段做出的（特别是当你聘请了合适的专业人士时）。我非常希望在确定计划的时候我能在场。接下来就是让专业人士依据计划来执行了。

正如姐姐告诉我的，整个过程中最重要的人就是承包商。万幸的是，我已经有了一个非常喜欢的承包商。如今你还能经常听到这样的话吗？去年 12 月，他重新设计了我家的客厅。就在那个月，我收到了自己癌症复发、不可治愈的消息。接到这个消息的那一天，这个可怜的家伙打电话来问我过得如何，听我号啕大哭了一场。我觉得他肯定是真心为我感到遗憾，因为自此之后，他对我的态度就变得非常和善，对我十分关切，甚至还会顺便过来更换灯泡。什么样的承包商会在完工后上门来换灯泡呢？

两周以前，我请他顺道来看看另一间公寓，好为我提供一份初步的成本预估。其间，我开诚布公地与他讨论了一下，如果我病情太重或无法活到见证完工的那一天，如何才能相信他会实现我的愿望。他一下子警觉起来，想知道我的健康是否出现了什么消极的状况。我向他保证，自己的状态目前还很稳定，但总要为最坏的情况做好准备。他望着我的眼睛，把一只手搭在我的肩膀上，说："你不会有事的。我不会让你出任何事情的。"他脸上显而易见的担忧与认为自己莫名能够影响我病程的信念深深打动了我。这种支持是无价的。

自从被确诊以来，我逐渐认识到，当你能够建立和依靠一个忠诚、全力支持你与爱你的关系网，将身边能够帮助你的人（甚至是你的承包商）全都聚集起来时，生活中的诸多困难就会变得可以忍受。但问题在于，你必须允许他们进入你的内心，允许他们看到你的心痛、痛苦和弱点,不要把这些事情全都隐藏在黑暗中,而是必须让那些关心你的人来帮助你。

最终,我开口请求肿瘤医师祝福我。我感觉这才是我最需要的东西;事实上,他的祝福才是对我来说真正要紧的。这倒不是说他能够准确地预见未来,而是他比任何人都了解我的内心。考虑到我在提出这个需求过程中思考过多少,他的回答简短得有些滑稽。"治就对了!"他说。言以简洁为贵。在这方面,我的癌症,这个时常让人感觉控制着我身体和生活每一部分的病症,似乎对他来说都不成问题。

带着 A.C. 医生的祝福,我们继续前进。我们还要确定方案设计、获得物业和市政的批准、确定资金的筹措,建设工程还有好几个月才能开工。不过签订合同就是重要的第一步。

带着转移性肿瘤生活了整整两年,我才意识到一个重要的事实:癌症及治疗带来的肉体疼痛与其他障碍是很痛苦,但是否定我梦想的并不是癌症。它没有阻止我去度假,去购买新房,或是去做其他任何我想做的事情。准确地说,是麻痹的思想在向癌症所带来的恐惧与不可预见性屈服,从而让我否定了我的梦想。陷入麻痹的状态之后,我将那些可以重新塑造、定义的梦想和所有已经真正消失的梦想(比如再要一个亲生子女)全都归为了一类,就连那些由确诊癌症衍生出来的新梦想也一样。在麻痹的状态下,我的思想无法形成应急计划,我也无法勇敢、大胆、鲁莽地去思考,只有不逃避未来才能接受现状。

颇具讽刺意味的是,患上不治之症之后,通过接受自己将不可避免地因病去世这一事实,我仿佛摆脱了麻痹的状态。同样,我现在已经可以在某种程度上笃定地前进了,可以为自己和家庭去筹谋了。因为尽管我强调要活在当下,但生活和爱自己所爱之人必然需要我某种程度的规划，需要我去思考接下来可能会发生什么。即便不一定是为了我自己，也要为了他们去筹谋。

我为自己的解放，为勇往直前的勇气，为曾经以为永远不会实现的梦想有希望实现而欢欣鼓舞。

我的朋友们，活着的时候就好好享受生活吧。

孤独

◇

非常坦诚地说，我曾经承诺要让自己认识的所有与我感同身受的人都能发声，要描述癌症的阴暗面，要拆穿癌症患者和其他人口中那些过于美好、仿佛挂满粉色丝带般积极向上、充满希望、满嘴废话的假象，因为这些都让我十分厌恶。正如我一直相信的那样，我认为人们最终能在残酷却善意体贴的坦诚中找到的并非是脆弱、惭愧与羞耻，而是自由、治愈与完整。我希望我的家人和朋友们不会为我的这份坦诚而生气。

2015年8月初，我拿到了几份糟糕的扫描结果，度过了有些难熬的几个礼拜。祸不单行，几天之后，我得知体内曾经一直十分可靠的肿瘤标记物（癌胚抗原）再次升高了7个值，达到了29，是最近三周内幅度最大的一次增长。对我来说，点开显示我的最新癌胚抗原结果的链接比聆听我的扫描结果更令人紧张，因为癌胚抗原总能告诉我该对扫描结果抱有什么样的期待。对于那些没得过转移性肿瘤、不知道癌胚抗原结果不好是怎么回事的人，我要说，这就像是你的心脏猛地坠进了胃里，会让人感到一种原始的恐慌与绝望，你可以想象一下一只被捕食者追捕的动物意识到自己被抓时的那种感觉。

　　点开癌胚抗原检测结果的链接之后,我像个婴儿一样蜷缩在了床上。伊莎贝尔问我为什么要哭。"妈咪真的很伤心。"我告诉她。这个甜美可人、独一无二、颇具洞察力的女儿给了我一个拥抱,并宣称:"别担心,妈咪。我长大了还是会爱你的。"你看,我是真的害怕自己不在之后,孩子们对我的记忆会逐渐消失,对我的爱也会随着时间的推移日渐减少。她的话让我再次号啕大哭起来。之后不久,乔希回来了。我把癌胚抗原检测的结果告诉了他,把头埋在他的脖子里哭了起来。为了我,他的反应是如此冷静坚强,虽然我知道他也十分难过。即便如此,有时我还是觉得我的情绪对他而言太过激烈、太过凶残,尤其是他还不得不屈服于我的情绪。他会敦促我给姐姐或我最好的朋友打电话,任何人都行。但我却只想和我的心理医生聊聊,可她9月份之前都不在。通常,正如我在写作中善于表达一样,我也会把棘手的事情通过言语发泄在生活中(除了乔希)最亲近的人身上,因为我知道对我而言,说出来的过程就是治愈的过程,但不是现在。我以前不曾想过,现在也仍旧不想和我的病友交流,至少不是那些境况比我好的人。我想,那些境况不如我的人也不会想要和我交流吧。在一定程度上,我的自我封闭与孤立是出于嫉妒与憎恨。

　　我无法想象有人能对我说出任何会有丝毫帮助或是安慰的话。我不想听免疫疗法的前景,不想听什么同情的话语,不想听有关如何度过余生的至理名言。我不想去谈论,不想回答任何问题,不想被迫向任何人解释任何事情。给出怎样的解释,透露怎样的信息,都必须由我做主、由我发起,而非因为某人问起,或是因为我要被迫参与某种社交互动。

当你离死亡越来越近时，当你比以往任何时候都更加强烈地感受到这趟通往终点的旅程将是踽踽独行时，你也许会感到孤独，如果不是身体上的，至少是情感上的。这种感觉就好像任何安慰都来自内心，而非来自外在。真正的安慰源于和内心最深处的自我私密的对话，以及鼓起勇气时与神的对话。

关于激光手术，我收到了德国外科医生的回复。我肺部的转移瘤太多了，一边四十个，而且位于中心部位的转移瘤太多，无法手术。这种激光手术应该能在每片肺里切除至多一百个转移瘤。我连候选的资格都没有，实在是令人心烦，这比癌胚抗原指数再度升高的消息还令人心烦。另一位在英国的外科医生一直没有回复过我。考虑到他是那位德国医生的学生，我觉得进一步纠缠他也没有什么必要了。我不认为他的看法会有什么不同，我猜自己又省了两万四千欧元，而且也不必离开孩子们好几个礼拜了。反正，为了让自己好受一些，我是这么告诉自己的。

我哭了很多次——在床上，在健身房里，在接受针灸时，在餐厅吃饭时。眼下的日子已经不如12月、1月那段黑暗的时光那么糟糕了。我仍在融入这个世界。在伊莎贝尔的4岁生日派对上，我表现得就相对正常。我甚至还设法去探望了好几个朋友。除了癌症，我还会为了其他事情发笑和沉思。

从德国外科医生那里收到回复后的那晚，我躺在了米娅和伊莎贝尔中间。伊莎贝尔已经睡了，但米娅还醒着，要我给她讲个故事。我喜欢给她讲述自己的人生与家庭的故事。她也喜欢听我和家人离开越南的事情。不过那天晚上，处在高涨的情绪状态中，我想给她讲述另一个关于我的故事，一个她以前从未听说过的故事。我一直在给她灌输自律与勤奋的美德，因为这些都和她练小提琴息息相关。虽然她学琴只有三个月，老师却一再告诉我和乔希，米娅的天赋格外出众。她似乎遗传了乔希出色的音乐才能。

她开始上课后不久，我旁听了其中一节课，被她的乐器发出的声音打动了。我对老师说："你知道吗，我真的很高兴决心为米娅租下这样高品质的小提琴。它的声音真的十分美妙。"她的老师回答："老实说，我有许多学生都拉过昂贵的小提琴，却发不出这么优美的声音。米娅的确是个天才。"我震惊了，从未想过自己的女儿竟会在小提琴方面天赋异禀。当时，我竟然以为乐器里飘荡出来的美妙乐声是因为乐器本身，而不是因为我的女儿！

从那以后，我就有意识地努力相信和培养米娅的音乐才能。我每天都会督促她练习，有时就像是在不打麻药的情况下拔牙。最近，我没有用贴纸和玩具来奖励她练习，而是一直努力向她解释，练琴的目的（之一）是逐渐培养她自律，虽然我不确定一个 5 岁的孩子对自律这一美德及其对生活的影响有多了解，又有多在乎。但那天晚上，我觉得我可以通过其中一个故事证明一个论点。

我让米娅凑到我身边，我们像两只套在一起的勺子那样侧躺着。她纤细的四肢尽可能缩在一起。明亮的廊灯在我们凝视的那面墙上投射出令人安心的光芒。我开口讲道：

妈咪要给你讲一个有关妈咪自己的故事，一个你以前从未听过的故事。你知道妈咪生在越南，但你知不知道我出生的时候是个瞎子？那个时候，战争已经结束，没有食物、没有钱，阿公和阿婆（米娅对我父母的称呼）也没有钱找医生把妈咪治好。可就算他们有钱，越南也没有哪个医生知道如何才能治好妈咪的眼睛。不过,通过某种方式,我们找到了一条出路,最终设法来到了这个国家——美国。虽然我们没有钱,但是有好心人募捐,让妈咪得以找到世界上最好的眼科医生之一,请他治好了我的眼睛。不过,就连他也无法让我的眼睛变得完美无缺。我还是看不太清楚。这就是我为何总要你帮我看东西的原因。有的时候,你就是我的眼睛。

小的时候,妈咪真的很难过,因为妈咪没法像舅舅、姨妈或其他人那样拥有良好的视力。妈咪想骑车、打网球、开车,不想用印着超大字体的书本。没有人理解妈咪的感受。在这个半盲的世界里,妈咪孤身一人,有时非常寂寞。因为妈咪看不清楚,所以家里所有的人都觉得我不太聪明,认为我什么事都做不好。妈咪真的很生气。我不喜欢让别人来告诉我什么能做,什么不能做。我下定决心,一定要让他们看看,我想做的事情就一定都能做到。记住这一点,米娅,只有你可以决定自己能做什么;别人谁都不可以,就连妈咪或爸爸都不可以。

于是妈咪真的真的非常努力用功,严于律己,学了很多东西。人们这才开始意识到,即便妈咪看不清,也不意味着妈咪是个傻瓜或者这一辈子都会一事无成。妈咪在学校里成绩很好,最终考入了优秀的大学,还曾独自环游世界。这对于视力不好的人来说可不是一件容易的事情。妈咪还找到了一份不错的工作。你知道妈咪最棒的部分是什么吗,米娅?是我找到你爸爸,有了你和伊莎贝尔。我从未想过自己能够找到你爸爸这么爱我的人。这似乎都是因为妈咪不能拥有别人那样的视力。妈咪从未想过自己可以结婚生子,从未想过会有人愿意要妈咪。你、伊莎贝尔和爸爸就是妈咪生命中最美好的存在。但妈咪生命中一切美好的事物都是从妈咪刻苦努力、坚决果断、严于律己开始的,因为妈咪太想得到自己想要的东西了。这就是妈咪为什么希望你能知道努力奋斗的价值。永远也不要忘记这个故事,好吗?妈咪希望你永远都能记住妈咪的故事。

米娅沉默了片刻。我知道她那颗转得飞快的小脑瓜正在消化我刚刚对她说过的话。很快,她开口答道:"我不会忘的,妈咪。但你应该把它写下来。这样等我长大一些,阅读能力更好了,就能读着这个故事来提醒自己了。"

线索游戏

◇

近来,我的思绪被困在了疲惫不堪的大脑中。

我一直在忙着考虑浴室瓷砖、地板材料、镀金的墙纸,为平面布局方案计算成本,思考细节。我多么希望生活可以完完全全由这些平凡之事组成啊,因为我实在是厌倦了存在主义(强调精神方面的存在)。可是,唉,简单和正常从来都不是,也永远不会是我的命运。

近来,癌症已经占据了我生活的大部分。9月初,我在愤怒、痛苦、憎恨与令人麻痹的孤独中陷入了新的黑暗深渊。刚刚失去两位真心的朋友,再加上最近的治疗方案带来的可怕副作用——我被推到了绝望边缘。

那两位朋友曾经时不时就会与我见面。就在他们去世前几周,我还去探望过他们。克里斯是个善良的人,是深受喜爱的丈夫、父亲、兄弟、儿子、朋友、棋友和老师。更重要的是,他可以算是我抗癌之路上的导师。他曾在吃午餐或茶点的过程中倾听我的胡言乱语,他看着我是如何在几个月的时间里,从一个决心要战胜癌症的好斗战士,变为一个更愿意深思熟虑的哲学家;他看着我在自己几乎无法控制的人生中，把寻找生活的意义与平和、学会逆来顺受视为最重要的事。至少对我而言，在抗癌过程中我质疑并分析了对自身的看法（比如我是坚强还是脆弱的，是勇敢还是懦弱的），对更高级的物种存在及其在人类中的角色的看法，对承诺与爱的看法（比如为了我的家人，我还能活多久），对我的人生意义及广义上的人生意义的看法，对死亡与正在发生的事情的看法。

如果你愿意思考这些不可避免的问题——这些只有不可治愈的癌症才能迫使其成为关注重心的问题——如果你能给自己留出时间与耐心，深思这些复杂的、令人困惑的、痛苦且难以应付的问题，那么这段旅程将既能改变你（我相信会让你变得更好），也能让你变得更像自己一直以来的样子。

关于这一点，克里斯早在我之前就明白了。我们拥有相似的人生观，也都深受佛教观念的影响，但他比我更明智，所以成了我的老师。他住进临终关怀医院时，我曾去探望过他。我们坐在坐拥大西洋风景的阳台上，聊起了他的悲哀与期待。我为他真的不会感到痛苦、愤怒和恐惧感到吃惊。他就是优雅与尊严的化身。知道自己再也见不到他，我和他做了最后的道别。我拥抱着他，要他在另一个世界里等我。他说他会的。这给了我很大的安慰。

克里斯是我第一个因为结肠癌而失去的朋友。是的，我写过其他人，但他们更像是虚拟的朋友。我没有和他们共进过午餐，也没有去他们的家里做过客。

J是我另外一个时不时就会去探望的朋友。我去的通常都是她位于曼哈顿的公寓——这表明她的一生还是卓有成就的。但直到在《纽约时报》上读到关于J的讣告，我才知道她有多出名。你必须是个相对重要的人物，第三方才会为你书写讣告，并将讣告刊登在不亚于《纽约时报》的地方。不过，J对自己在职场上的成就一直都轻描淡写——她是位著名的动画师，拥有四十年丰富的创作经验，其作品曾因颇具创新意义在纽约现代艺术博物馆和大都会博物馆展出——我对此却毫不知情。对于彼此来说，我们只不过是两位女性、两位妻子、两位母亲，患有同一种可怕的疾病。我们见过面，讨论过HIPEC手术的利弊。谈到她的癌症时，她十分注重隐私，我可能是整个癌症群体中唯一能与她结交、经常聊天的人，也是获准进入她阴暗世界的少数几个朋友之一。她送了我的孩子两本由她书写、绘画的书，还有一个能够帮助她们学习字母表的平板电脑应用程序。她的去世令我震惊，因为对我来说，一切都发生得太快了。我们最后一次见面时还是夏天到来之前。她看上去还不像是很快就会去世的人。事实上，我曾在一封电子邮件中告诉过她，她想去临终关怀医院的愿望似乎为时尚早，她一直没有回复我。后来我才得知，她已经在两个礼拜前过世了，也就是6月底。她的病情恶化得连医生都感到震惊。令我深感遗憾的是，我都没有机会好好与她道别。

我之所以会感到遗憾，是因为她是我的朋友。尽管大多数正常人都害怕待在垂死之人身边，我却发现垂死之人并不可怕。我不害怕，因为J刚刚到达了我最终的目的地。她只不过坐上了早一班的火车，仅此而已。对于垂死之人来说，靠近死亡有一种强大的吸引力——让人想要去接近它，与它交流，从它的身上得到安慰。

除了永远无法控制朋友们的离开，我还觉得自己已经几乎掌握了被称为"疾病四期"的复杂线索游戏：我会爱上医生，也会放弃对医生的爱。我甚至有可能忍不住背叛自己的肿瘤医生，和其他的大医院

"有染"，最终却还是会灰溜溜地回到自己信任的肿瘤医生身边。我热情地接受不同的物理疗法，不料它们一一失败。不同的药物组合或临床试验都会让我相信，它们就是"真命天子"。可它们不是。我会把时间和金钱都花在替代疗法上，却还是会在失望与着实失望之间往复交替。整个过程中，我就是个完全没有希望的人，我会尖叫、会哭泣，然后擦干脸上的眼泪去和水管工见面，我还要查看自己负责的新主卧的样片，然后去和朋友吃饭。因为生活必须要继续下去！

近两个月前，就在德国外科医生说我的肺部无法接受激光手术之后，我在肿瘤医生的支持下做出了一个决定，开始服用药物爱必妥（俗称更难念——"西妥昔单抗"）。玛莎·斯图尔特就是因为爱必妥放弃了几个月的自由。这种选项只适用于肿瘤中没有 KRAS（是一种鼠类肉瘤病毒癌基因，对人类癌症影响较大）突变的患者，因为在拥有这种突变的患者身上，爱必妥似乎弊大于利。所以我猜测自己没有 KRAS 突变是件幸运的事，因为这种突变实际上非常常见，会影响 40% 至 60% 的结肠癌患者。爱必妥会带来严重的副作用，包括严重的皮疹和痤疮。不过，由于它是一种靶向治疗，对于血细胞总数和血小板的影响往往是十分温和的。

我毫不含糊地告诉 A.C. 医生："我想死于癌症，而不是癌症治疗。"

他回答："你别死，怎么样？"他出乎意料的乐观提问让我暗地里有了一丝警惕的微笑。只有他能让我容忍这份过分煽情的乐观，别人谁都不行。他的这番话与他去年 12 月为我做出的悲观预后截然相反。因此我必须相信，在这段时间里，狂热的免疫疗法确实令他感觉还有希望。在他相信的时候，我也能鼓起勇气去相信，哪怕是一点点。

我继续毫不含糊地告诉 A.C. 医生："我不想让孩子们记住我病入膏肓的样子。"他回答："在这种情况下，她们只会记住你长了痤疮的样子。"

我还要重新接受 5- 氟尿嘧啶化疗的巩固疗程，两周一次，要通过随身携带的泵进行四十八小时的化疗。我不想带着那个泵，其中一部分原因在于它很烦人，但主要是因为孩子们和乔希看到我这个生病的明显迹象时，心里会非常不安。于是 A.C. 医生提出了一个我从未听说过的建议（至少在当代的医疗标准中没有），考虑到我每周都会注射爱必妥，他可以在每次注射时为我快速注入 5- 氟尿嘧啶。这似乎是个完美的解决方案。我同意了。

我已经做好了关于治疗方法的决定，感觉很好。我很幸运，能拥有一个愿意倾听、允许我自行决定治疗方法的肿瘤医生，尽管这可能会很可怕。他愿意做些不寻常的事，尝试非传统的方法。正如他所说的："虽然这不是寻常的做法，但并不意味着我们不能这样做。"最重要的是，我喜欢我们能在图片社交软件上互相关注，允许彼此看到对方的个人生活，讨论园艺和子女的话题。和其他医患关系不同，我觉得一个患有转移性肿瘤的病人和肿瘤医生之间的关系应该是特殊的。因为肿瘤医学是个生死攸关的领域，所以这种关系应该超越医学与科学，关乎我们共同的人性。我需要去感受病人与医生之间的那种联系。他要么能够挽救我的性命，要么更有可能陪我走向生命尽头。

可无论我对自己做出的治疗决定有多欣慰，都是短暂的。不出一个礼拜，我的脸上就长出了预料中的皮疹与痤疮。我的皮肤科医生称之为脓疱。这是个令人心生厌恶的词，却如此贴切地描述了在我脸上发生的一切。克林霉素（一种外用膏药）和盐酸多西环素（一种口服抗生素）很快就控制住了皮疹与痤疮（虽然我的脸看上去仍然总是红彤彤的）。我的头皮开始发痒，摸起来很痛。这通常是脱发的前兆。果然，我开始脱发了。于是我开始使用发膜为头皮和头发保湿，希望这样能减少脱发。

初次注射爱必妥后大约一个礼拜，我的左眼出现了飞蚊症。每个人都会时不时出现飞蚊症，但是因为之前做过眼部手术，我更容易出现这种症状。之前，我的飞蚊症总是几天后就会消失，但这一次没有。它们总是会令我不安，让我想到视力退化和失明的可能。对于有过这种经历的人来说，这是最可怕的事情之一。小的时候，我常把它们称为视线范围内飞舞的苍蝇；此外，我就没法向母亲描述自己无论看向哪里，甚至闭上眼睛都会存在的黑点了。

我的脖子底部附近还长出了一个奇怪的柔软肿块。A.C. 医生认为那不是脑部转移肿瘤，除非我的大脑已经长出了头骨，但谁也不知道那是什么。眼下，大家只能看着我用手指把它推来推去。最近的核磁共振结果没有显示出任何迹象。这一事实让我感到了些许安慰。

但是，与我双手、双脚上的皮肤皲裂、双唇的极度干燥以及口腔溃疡相比，对于痤疮、脱发、恼人的飞蚊症、脑袋上的奇怪肿块甚至频繁疲倦之类徒劳的担忧都是苍白的。尽管经常使用乳液和乳霜，但醒来时，我的嘴唇和甲床上还是会结着干涸的血渍。口腔溃疡轻而易举就获得了胜利。自从接受治疗以来，这些是产生的最糟糕的副作用，比恶心、便秘、腹泻、神经系统疾病之类的任何症状都糟糕！这正是我的医疗团队真正担忧的问题，因为口腔溃疡会降低食欲、抑制进食、影响关键营养素的摄入。现有的漱口水和治疗口腔溃疡的药物基本都没有用。一处口腔溃疡就要痊愈时，另一处新的溃疡就会出现在我的舌头、牙床,或嘴唇、双颊内部。每一次我吃东西,舌根处的口腔溃疡就会引起耳道的灼痛。嘴巴里的疼痛竟然会传入耳朵!我被这种荒谬的事情激怒了。我的意思是,癌症可以要了我的命,但它有必要玩这种把戏吗?

有一段时间,我几乎说不出话来,因为动嘴说话实在是太痛苦了。我对两个女儿说,我不能给她们阅读睡前故事了。喝水几乎都是难以忍受的。进食基本上也成了折磨人的缓慢过程,因为食物入口时,我的嘴巴里没有一处不在刺痛(不过我承认,冰激凌的冰凉与细滑确实可以压下这"熊熊烈火")。对于一个像我这么喜爱做饭(和吃饭)的人来说,嘴巴里的疼痛简直就是一种酷刑,让我到了难以忍受的边缘。在医生的坚持和我愉快的默许之下,劳动节那个礼拜,我跳过了一次治疗,好给嘴巴和手指更多的时间来愈合。

我已经意识到了疼痛是如何消磨人的精神、摧毁人的意志的,也许令人羞愧的是,我对疼痛的忍耐力不是很高。很遗憾,这不是我能改变的。和所有人一样,疼痛使我痛苦。但这种身体上的疼痛和已经深陷其中的精神上的痛苦,因为朋友的去世而愈演愈烈,加之不得不应对的其他副作用的压力,我坠入了最黑暗的深渊。

某个星期天的夜里,就在我接受另一次治疗的前一夜,满嘴火烧火燎的我因为无法让伊莎贝尔上床睡觉而情绪崩溃,大发雷霆——他们是这么说的——朝着她大吼大叫起来。乔希说我越界了。我坐在沙发上,为自己变成了如此可怕的母亲而哭泣,为一切的痛苦与不幸正把我变成那种我不想成为的母亲和妻子而哭泣。独自坐在黑暗之中,我一直哭到了深夜。我这一生还从未哭得如此悲伤而绝望,也从未感到过如此虚弱和孤独。我认真考虑过停止治疗,因为我不想让孩子们以这种方式记住我。因为急需帮助，我将这个想法贴在了结肠癌俱乐部的论坛上：

很长一段时间以来，自从最后一次发布有关孤独寂寞的帖子，我就再没有联系过任何人，讨论正在发生的事情……我已经说服自己，任何人说的任何话都是无法安慰我的。我的心里充满了太多的嫉妒、心酸与憎恨，我不知该怎么做才能放下那些情绪。几个月来，我以为我已经恢复了平静，然而最近的扫描结果打破了短暂的平静期。我觉得丈夫和朋友们都无法理解我，唯一能够理解我的就是那些处在我这个位置的人，但这样的人是不存在的。

但是今晚，在离开了很长一段时间后，我又登录账号回到了这里，希望能够寻求一丝安慰。我想我是绝望的。服用爱必妥的这一个月让我的嘴巴很不舒服，痛苦不堪。皮疹我可以设法应付，也不曾抱怨过它。我相信左眼持续不断的飞蚊症也是由爱必妥引发的，这让我想把眼睛从脑袋里挖出来。如果你知道我在视力方面的病史（出生时双目失明等），也许就会明白此事是如何激怒我的。这还引发了我对于爱必妥是否有可能导致失明的焦虑。不管怎样，我今晚对不愿上床睡觉的4岁女儿发了脾气。我知道这都是讨厌的癌症带来的反应。我不想这样生活下去，不想让孩子们记住我是个痛苦且不快乐的妈妈。明天就要接受下一次治疗了。我想告诉丈夫，我不打算接受治疗了，我宁愿早点儿死去也不愿这样活着，宁愿轻松愉快地做一个好妈妈。我知道我没有勇气真的把这句话说出来，但迟早会的。

最近，在米娅的坚持下，我们开始去教堂了。我不是基督徒，也永远不会是，但我愿意去教堂支持丈夫（他从小就是圣公会的教徒）

和孩子。我会礼貌地拒绝圣餐,以赐福来代替,但我真的会尽可能以开放的思维去聆听布道。凯特修女的某场布道尤为令我难忘。她提到,虽然我们时常强调光明的力量与美妙,但有时美好的事物也可能来自黑暗。她在布鲁克林的公寓里养了一株植物。和这座城市里的许多其他公寓一样,那里也缺乏自然光线。她讲述了那株植物是如何从黑暗的土壤深处萌芽的。所有的人类与动物生命也是如此;我们都是在黑暗中开始孕育的,不是吗?

那天晚上,我哭了又哭。似乎是为了象征性地表明自己的情绪有多低落,我跌坐到了地板上,痛不欲生地啜泣着。就在这时,在那片孤寂的黑暗之中,我的宝贝伊莎贝尔——就是几小时前刚刚被怒不可遏的我臭骂了一顿的那个孩子——向我走了过来。她发现我躺在地毯上,便在我身旁坐了好几分钟,在我继续哭泣的过程中一言不发地把手放在我的头上。

然后,她用 4 岁小孩甜美的声音问道:"妈咪,你为什么要躺在地上呀?"

我当然不可能对她说出什么太过隐喻的答案,于是言简意赅地答了一句:"因为妈咪很热。"

我们都放松地沉默了下来。紧接着,我说道:"伊莎贝尔,你该回床上睡觉去了。"

她回答:"可是,妈咪,我想让你陪我睡。如果你愿意的话,可以睡在我房间的地板上。"

我怎么能拒绝自己的孩子呢?何况她还冒险走进了黑暗之中,伸出手主动要原谅她那可怕的母亲。那晚剩下的时间里,我一直睡在她和米娅的双人床上,而不是地板上。

悲痛的礼物

◇

在"你好吗?"之后,我最常听到的问题就是"两个女儿还好吗?"

我的孩子们非常清楚我病了,也知道我很有可能过不了多久就会死。随着年龄的增长,她们已经越来越明白"死亡"的意义了。尽管我还是会怀疑,她们是否能够真正理解我的死对于她们意味着什么。

冰雪聪明的米娅已经快满 6 岁了,她会默默地把一切事情都理性化,将它们拆分成一个个组成部分进行分析。她喜欢看野生动物自相残杀的纪录片,喜欢坐在爸爸的大腿上看空难节目。这种节目会重演死亡,由调查员来解开飞机为何会坠落的谜团。她还看过讲述可怕谋杀案和如何用科学方法抓到凶手的法医尸检节目。乔希觉得这种病态的节目十分吸引人,显然他的大女儿也一样,她格外关注这些内容,除了野生动物节目。每次米娅和乔希打开这样的节目,伊莎贝尔都会尖叫着抗议:"我不想看坠机!"然后她就会跑去另一个房间,时常还要拉上我。

有一次,父女俩正在看电视。乔希向米娅解释起了公元 1532 年的"公元"是什么意思,以及它与耶稣蒙难之间的关系。米娅表达了自己渴望去教堂、想更多地了解耶稣的意愿,还说她相信自己是个基督教徒。考虑到我们很少与她谈论宗教(米娅甚至从未去过教堂),我猜想她很有可能曾在学校里和某位信教的同学谈起过上帝和宗教的事情。不过米娅从4岁起就一直在谈论上帝了,所以当她表明想要更多地了解基督教时,我一点儿也不感到惊讶。我记得自己被确诊后曾好几次走过一间教堂。每次经过时,她都会问我"那是什么建筑"或者"谁创造了我们,妈咪"。

后来,她和伊莎贝尔躺在床上时还会偶尔聊起此事。

伊莎贝尔说:"上帝已经死了。"

米娅说:"没有,他没有死。他无处不在,是他创造了我们。"

这就是我开始去教堂、接纳它所代表的群体的原因。尽管我不是基督教教徒,但我也会去教堂,因为我想鼓励家人利用各种方法帮助自己度过艰难的时光。我相信两个女儿是聪慧、敏锐的,等到她们将来更加成熟、更有学识时,是能够判断基督教或其他宗教信仰是否适合自己的。

但伊莎贝尔似乎对教堂之类的事情不太感兴趣。她喜欢主日学校,可无论这些宗教仪式有多简短、有多迎合儿童,坐在那里对她而言都是一种挑战。

有一天,我们在步行前往教堂的途中进行过这样一番对话。

伊莎贝尔(满腹牢骚地)问:"妈咪,我们为什么每天都要去教堂?"

我回答:"我们没有每天都去教堂啊,只有星期天的时候才会去。"

伊莎贝尔(顶嘴)说:"我最喜欢星期五了,因为星期五的时候我可以吃比萨饼,还不用去教堂!"

虽然伊莎贝尔希望我能活着,但我知道她已经在为我的死亡做着准备。我觉得做准备是件好事,对于两个孩子而言都是。它能够减轻痛苦与悲哀,但更重要的是,它能帮助她们趁我还活着的时候消化一下那种可怕的设想,让我来帮助她们渡过难关;她们可以对我、对这个世界发泄怒火或是释放任何情绪,让我来安抚她们;她们还可以一如既往地向我提问,可以直接从我的口中得知我有多爱她们,并且明白我会永远爱着她们。

我把这看作"悲痛的礼物"。眼下,我们可以一起悲痛,为她们的失去与我的逝去哭泣。这样一来,在我突然消失之后,她们就不用独自去寻找答案了。某些心理健康专家建议,不要让年幼的孩子接触死亡过程中的这一部分,但在我看来,听从这个建议就意味着,我的孩子将失去在一定程度上无可匹敌的同情与爱——那种能够永远留存在她们记忆中、此生再也无法体会的母爱。

伊莎贝尔和乔希一同坐在车里时,伊莎贝尔曾经问过他:"妈咪死后,我能不能坐在她的座位上?"后来有一天晚上睡觉时,她想讲故事给我听,而不是让我来讲,于是她讲了两个主题截然相反的故事。第一个故事讲述的是救赎(有可能是我的救赎):"从前有一条龙和一个公主。龙把公主吃了。王子在龙的肚子上切了一条缝,钻进去把公主救了出来。然后他们就幸福地生活在了一起。"

第二个故事是这样的:"从前有一只青蛙和一个公主。青蛙把公主吃了。于是王子找到了一个新的公主,两人从此幸福地生活在了一起。结束。"

伊莎贝尔的行为常常让人觉得不可思议。她所展现出的富有灵气的灵魂总是一次又一次地令我震惊。我能从自己的这个孩子身上感受到力量，我相信她是来帮我应对疾病的。

米娅用纤长的四肢拥抱我时，我能够感受到她的爱，感受到她需要我去支持她的身心，保证我对她的爱不会少于对妹妹的爱。我希望我能够向她解释，尽管她还小，我却已经能从她的身上看到不可思议的优雅、美丽、聪慧与善良。我为自己能够孕育出如此可爱的生命而吃惊和自豪。事实上，我对她们的爱都是无穷无尽的，常常会为自己怎能成为如此了不起的女孩的母亲而惊叹不已。我从不知道自己竟能如此深爱她们。

不过伊莎贝尔的拥抱就不一样了。当伊莎贝尔用她那更袖珍、更敦实的身体拥抱我时（因为她浑身上下都是结实、肥硕的肉，而苗条的姐姐则长着长得令人不可思议的手脚），我同样也能感受到爱意，却感受不到米娅那样的需求。相反，在我感觉最想离开的那些瞬间，她身体的重量似乎将我按在了这个地球上，按在了这段人生中，仿佛在她的怀抱中，她正无声地告诉我，我不必为了她而活，而是要为了精神世界、为了此生还有事情要去做、要去学习和生活、为了我在继续前进之前还有更多可以给予这个世界的事情而活；为了我这一生做了不少善事、还能再做更多的善事而活，不仅是为了照顾她们姐妹。

好了，说了这么多，你们应该能明白，在那个孤独而悲惨的夜晚，伊莎贝尔在黑暗中伸出手将我从深渊的底部拉出来意味着什么了。

第二天我醒来时筋疲力尽，却头脑清晰、意志坚定。我知道，在过去的几个星期、几个月中，我和家人都已厌倦了我为自己编造的那些自怨自艾的故事。我知道，我必须做点儿什么把自己从黑暗之中拉出来。伊莎贝尔伸出了她的手，但剩下的就得我自己来应对了。

2016 年

登船赴美

◇

坐在祖母的大腿上,我能感觉到船身在摇晃——目前的摇晃幅度还算温和,但我知道不可能一直如此。头顶的夜空乌云密布,但还不完全是漆黑一片。船顶的某个地方悬吊着的白炽灯泡在我眼前散发着可怕的光亮。我还能听到发动机的声响。哐……哐……哐……但最重要的是,我能听到周围人刺耳的说话声——人太多了——绝望的声音比船和大海的声音还要吵。我能听得出大家正在朝着夜空中的某样东西或是某个人说话,嘴里嘟囔着类似"求求你了,上帝,请帮帮我们"和"亲爱的上帝,请保佑我们"之类的话。我把头靠在祖母的胸口上,也望向了天空,死死凝视着那片灰黑色,刹那间以为自己听到了云中传来的某个声音。不过转念一想,那不过是我在渴望这些祈祷能够得到一个回应,因为我本能地明白,这些人正在乞求的事对所有人来说都是至关重要的。我知道他们的祈祷是想要活下去、不想死去。我也想活下去。

就在这时,饥饿再次折磨起我的胃。我迫切地需要更多的奶,于是用空奶瓶重重地撞着祖母的大腿,用我知道且能够做到的唯一方式为了食物而吵闹。祖母朝我喊了起来,她在生我的气。

"没有奶了!你听到我说的话没有?无论你哭多少次,最近都不会有任何的奶了,还是闭嘴吧!"她从我的手中一把抓过婴儿奶瓶,将它丢进了大海,仿佛这样做就能让一切都好起来似的。我心里知道,她想要把我从船上丢下去,但是她不能。

我哭得更凶了,怎么都停不下来。

正是在这条船上,我第一次对这个世界形成了真实的、有意识的记忆。之所以说它真实且有意识,是因为这些画面和感觉是除了模糊闪过的色彩与光线,我第一次能够回想起来的东西。它们总是更多地浮现在现实而非梦境的王国里,不仅被我的灵魂记住,还被刻在我的头脑里。在这段最初的记忆中,我第一次对身边的世界有了理解,也意识到了自己在这个世上的存在。尽管这种理解可能尚处在萌芽阶段,但却使我明白了那一刻的绝望和人生的跌宕起伏。在那条船上,我学会了恐惧,学会了饥饿,学会了对活下去的渴望。

那段乘船的经历是如此的可怕,导致我家的大部分成员后来都试图将它从记忆中抹去,永不提起。这段原始而可怕的经历也让母亲每次看到一望无垠的大海就会浑身颤抖,即便过了这么多年她还是会宣称:"我是绝不敢登上那条船的,要是我知道……"不过当然了,她当时一无所知,因此也没有什么不敢可言。

我们还能证明自己是从越南迁徙而来的,证明自己是幸存者,简直令人难以置信。在我们上船之前,水就已经从破旧的船体里涌了进来,船舱里的水足足有一英尺深。船正在越来越深地沉入水中。无论谁匆匆走过通往下面的短楼梯、在这条敞舱船唯一的甲板上寻找落脚之处时,都能看到水。可他们似乎谁也不在乎,因为没有一个人想要下船，而且还有更多的人在上船。显然，正如我的父母和他们之前的许多人愚蠢地相信的那样：淹死在海里，也比生活在越南要强。即使坐上的是一艘正在沉没的船，也比在越南的土地上多停留一秒要强。

然而就在这个时候，一个理智的声音盖过了船体发动机的嗡嗡声和人群的嘈杂声。

"扔掉行李！我们必须给船减重！"卡恩大哥对着已经上船的一百多人喊道。紧接着，他又朝着仍在等待踏上船与码头之间架着的厚板条上船的二百人喊道："只带你们在船上需要的东西。别的什么都别带！"他还指着负责掌舵的舵手和无助地站在附近的弟弟下令："赶紧向外抽水！我说赶紧的！"

卡恩大哥站在小船的左舷上，用怀疑的眼神怒视着每一个上船的人，他决心好好维持秩序，以防船还没有离开就先沉没，毕竟这条船是他的。准确地说，船上只有几个人是卡恩大哥的兄弟，不过大家都认识他，会用"大哥"这个称谓来表示尊敬（这是越南语中的惯例）。他是此次远征的组织者，策划购买了这条船，还找来我的祖父，在三岐市为船做了登记，并找到了舵手。这 315 名难民都是由他主要负责招募和集结的。人们称他为"船老板"，也就是这条船的船长。船长希望自己的命令能够得到服从。

卡恩大哥有四个和他一样人高马大、身材健壮、令人望而生畏的弟弟。他们按照他的指令行动了起来，准备强行处理众多素不相识的人的行李。兄弟几人把目标对准了挤在乘客中那几件特大的行李。"只能是必需品。只能带一件行李，不能太大！"卡恩大哥一遍遍地说，可人们还是试图带着鼓鼓的背包和手提行李蒙混过关，仿佛对他的指示充耳不闻。大部分被卡恩大哥拦下的人都不得不停下脚步，转头回到岸边，重新整理行李中的各种物品，把真正想要、需要的东西都塞进一个行李包中。那些企图强行从卡恩大哥身边挤过去的人则不得不面对他的弟弟们。

卡恩大哥和他的亲戚知道大家别无选择，他们在冷漠无情地乱丢众人的物品时对人们愤怒的尖叫置之不理，还强迫乘客把许多笨重的帆布包和尼龙袋丢回岸上，连针头线脑都不放过。从白色沙滩上突出来的这段木制码头位于一座天然的港湾中，可以抵御南海洋流的侵袭。附近基哈村的渔民有时会利用这座码头来卸鱼。然而在这个漆黑的夜里，码头却变成了难民遗弃物品的仓库，堆满了人们在逃离故土时从家中挑选出来随身携带的个人物品——衣服、迷你佛像、小装饰品、照片、书籍、日记，以及一大堆只对拥有过它们的人才有意义的东西。袋子里还有不少可以在香港或世界上其他任何地方出售的值钱商品——金条和其他黄金首饰，数量远远超过了警察允许每人带出国的二两；还有越南雨林中生长的、气味浓香的肉桂树皮，可以磨出世界上品质最优良的桂皮香料；还有具有调香和药用价值、可以换来大笔钱财的檀香木树皮。

"别拿我的包！它不重！"一个满头灰发的女人朝着卡恩大哥的一个手下尖叫，语气一半是在抗议，一半是在恳求。他们站着的地方距离母亲和我仅隔着几个人。我坐在母亲的大腿上，她则坐在木头甲板上。经过一阵徒劳的"拔河"之后，卡恩大哥的手下费力地从她手中拉过了比那个女人的身体还要大上一倍的行李，将它丢下了船，转头去寻找下一个"受害者"了。

母亲紧紧靠在她为我们收拾的那件行李上，更加用力地将它推向背后靠着的船身，试图把它藏在那个人够不到的地方。祖母也坐在我们身旁，靠着自己的包和船身。母亲能够看到，船尾那边，我的哥哥正坐在父亲身边的长凳上，祖父则和卡恩大哥的一个兄弟争执着什么。祖父带了十二根两英尺长的肉桂树皮，将它们绑在一起，塞在了一个编织保护套里。祖父提醒那个人，这趟行程之所以成行，正是因为有了他的一份力量。对方这才允许他留下一半的肉桂树皮，将另一半丢在了码头上。

母亲坐的地板在卡恩大哥的右侧，在顶棚下随意摆动的两只裸露的灯泡昏暗的光线下，她注视着超现实的画面在自己的眼前展开。时间已经到了9点，黄昏已过。就这样，除了船上几团微弱的灯光，我们都是在黑暗中摸索。母亲目光所及之处，有越来越多的人叫喊、争吵、交涉、你拥我挤；她看着人们的生活碎片和毕生积蓄被丢下船，杂乱无章地堆在码头上，一早就会被拾荒者们捡走。还有眼看就要将这艘过分拥挤的小船淹没的水——这一切似乎都不真实。载着三百多名难民，这艘船驶离了码头。

比我年长6岁的姐姐很小就患有白内障。我怀疑这些病症在她出生时就已处在萌芽状态，只不过在她长到4岁左右时才显露出来。当然了，我出生时的白内障问题更加明显。不管怎样，我们姐妹俩的视力问题都无法在越南得到诊治。

1975年有些人逃离了这个国家，但早期的难民往往是越南人，因为他们曾经支持过南方政权和美军，害怕遭到报复。

1978年，其他人群开始寻找逃离的途径。考虑到这种逃亡本质上是保密的，勇敢踏上摇摆的渔船前往香港、澳门等地的通常都是年轻的单身男女，他们希望自己最终能够到达一个更好的地方。部分人梦想奔赴美国，而法国、英国和澳大利亚之类的其他国家也在考虑范围内。家里最年轻的要数我父亲的弟弟们,也就是我的三叔、四叔和五叔。他们就属于这种有胆量的人。

不过,所有人中最勇敢的是我的母亲。她请求几位小叔子带上我8岁的姐姐,希望莉娜能去一个可以治好她视力疾病的地方。我们之后会跟过去——也许可以团圆,也许不行。如今我也做了母亲,可以想象亲手送走长女有多困难,何况她明知自己极有可能再也见不到这个孩子,这个孩子很有可能死在路上,就为了奔赴她只在电影和童话中瞥到过的既未知又无法想象的未来。母亲现在才告诉我,她也想让我跟随叔叔们同行,但我只有两岁,很难硬塞给别人。

姐姐走了。几个星期、几个月过去了,叔叔们还是杳无音讯。在那个年代,一封回信要是没有被寄丢的话,可能要花上六个月以上的时间才能到达。母亲在心急如焚中终于收到了一封夹着照片的书信。照片中的姐姐正站在壮观的金门大桥前摆着姿势,身上穿着新衣服,还故意展示着自己的新眼镜。

自从被确诊以来,我目睹了人们不惜一切代价求生的决心,有时甚至是一种令人不安的疯狂。我坚信,正是我对灵魂坚定不移的信仰,让我并不惧怕死亡。的确,这些信念使我不会执着于今生,在某些方面也令我对死亡充满期待。在死亡的过程中,这些信念正是我寻求的持久、进化、有思想的平静的核心。

相信你需要相信的,才能在这个星球上每个生物都不可避免的命运中找到安慰与安宁。人终有一死,你可以选择在恐惧中逃避,也可以选择在思虑中直面它,并从思虑中获得平和与安宁。

活着

◇

开春的第一天,我就做了一次胸部 CT 和腹部、骨盆的核磁共振。此时距离一月初的 PET 扫描已经过去了十周,其间我的肺部肿瘤有的有所增长,有的还算稳定,有的则出现了退化,情况纷繁复杂。我和肿瘤医生都同意尽管肿瘤有所增长,我们仍将暂时继续进行每周的爱必妥注射和 5-氟尿嘧啶推进,但六周之内就要进行再次扫描。与 1 月的 PET 扫描相比,2 月的重新扫描结果基本稳定,但令我担忧的是,和去年 10 月的 CT 扫描与核磁共振相比,这一次的结果显示出了"显著"增长。

不同类型的扫描技术本身具有不同的优缺点,但我不能假装自己什么都懂。通常,我每六个月至九个月就会拿到一张 PET 扫描结果,因为它们能够检测出骨骼中的疾病以及非实心区域(如腹膜)内的转移瘤活动,能覆盖颈部至大腿中部更加广泛的区域。尽管在 PET 扫描的同时也会进行 CT 扫描,但图像质量还是不如真正的 CT 与核磁共振扫描。这些都是为了说明,某一次的 CT/核磁共振结果与之前的 CT/核磁共振结果相比,要比将其与 PET 扫描的结果对比更加准确。因此,10 月至次年 2 月的变化对我来说更有意义(也更令人心烦)。

2月的扫描结果显示身体出现了几颗新的肿瘤,另外几颗肿瘤也有大约1毫米至3毫米的增长。核磁共振还显示,我的腹膜后腔出现了一处可能生癌的增大淋巴结或良性炎症——在这个问题上,放射科医生似乎无法达成一致意见。正如我怀疑的那样,爱必妥和5-氟尿嘧啶即使算不上已经完全败下阵来,也开始走向失败了。不过,我和肿瘤医生一致同意,改变治疗方案的事情将推迟到我即将到来的假期结束之后。待度假归来,我将重新接受扫描,再决定下一个治疗方案。度假期间,我最不愿应对的就是无法预见的副作用或并发症。

如约看诊后回到家,我情绪低落、心烦意乱(虽然已经不会像以前那么难过——用不了多久,我就会对坏消息习以为常)。躺在沙发上,我叫伊莎贝尔过来给了我一个拥抱。我们的对话是这样的。

我说:"伊莎贝尔,妈妈的病越来越重了。"(她若有所思地望着我,沉默了几秒。)

伊莎贝尔说:"妈咪,你多大了?"

我说:"我40岁了。"

伊莎贝尔(毫不犹豫)说:"那很老了。"

我说:"不,其实还不算老。很多人都能活到八九十岁呢。"

(她把视线从我的身上移开,紧盯了电视好一阵子,然后再次转向了我,望着我的眼睛开了口。)

伊莎贝尔说:"妈咪,你还没走呢。"

我给了伊莎贝尔一个大大的拥抱,再次为这个孩子感到惊讶。在其他的情况下,她举手投足间和别的4岁小孩没什么两样,可当我在情感上需要她时,她就会变得像个哲人一样,说起话来仿佛自己曾经有过什么经历似的,就好像她那深不可测的灵魂能够记住前世的教训。

2016年

精神错乱

◇

我第一次发现自己孤独得越来越接近精神错乱了。在努力与癌症共存的这段人生路上，我会尝试说出自己最痛苦的一面。也许有些人会说，那是最丢脸、最有损形象的一面——愤怒、嫉妒、痛苦、恐惧与悲哀。出于自我发泄的原因（这是原因之一），我会以永远无法用准确完整的言语表达的方式来描写和分享这段旅途中最丑陋的部分。与此同时，我分享的原因也在于，在跌跌撞撞经历考验的途中，如此残忍的诚实能够证实那些与我感同身受的人内心黑暗的情绪，不管这些情绪是否与癌症有关。通过这种证实，无论我们是否见过面，你、我，我们都能在痛苦中找到一种能够诉说的普遍的人类经历，以及超越阶级、种族、文化、时间与空间的联系与一致性。

我想让你们所有人都知道，在这段旅途中孤独感眼看就要将我吞没时，我紧紧抓住的正是这样一种联系。我发现自己在脸书上传的是美不胜收的西西里度假照片——我们在山顶覆盖着冰雪的火山附近漫步；孩子们舞蹈着、旋转着穿过一座又一座广场；在赋予万物生命的地中海阳光下，我们探索两千年历史的废墟；沐浴在血橙树盛开的鲜花散发出的香气中，我们狼吞虎咽地吃着最新鲜的冰激凌和沙冰。回来后的那个周末，我还丢下丈夫和孩子，飞去洛杉矶与 N 表妹展开了一场属于我们的小探险。其间，我们见到了奥普拉，我距离她不到五英尺的距离。从孩提时候起，我就十分喜欢奥普拉，会一边做作业一边看她的节目。我上传了不少笑着享乐、恣意挥霍的照片。

这才是我应该做的事情，对吗？竭尽全力挥霍人生，向自己、向全世界、向癌症本身表明（仿佛它也是某种有感觉的生物），我是永远也不会被病魔打倒的。胡说八道！我要对自己和其他所有制造这些假象的人说：你们都是在胡说八道。

这些图片其实都是真假参半。这么说来，我撒谎了：我是虚伪的。偶尔勉强的微笑背后是重新涌上心头的黑暗与丑陋，别误会我——我们在西西里度过了一段美好的时光。这是我第一次有了拥有自己创造的这个家庭这种感觉。在去西西里之前，我从不觉得米娅和伊莎贝尔真的是我的孩子，或是对我和乔希来说，这是一个新的家庭。当然，这是相对我出生的那个家庭而言的，我还在努力去理解这两个拥有自己个性的小人儿。还有乔希——没错，他是我的丈夫，我的爱人，我最好的朋友和伴侣，但并不是我的"家人"。我们租了一辆奔驰旅行车，花了十一天的时间在这座不算太小的岛屿上行驶了一千三百公里，一路上玩着类似"猜物游戏"和"你更想要哪样东西"之类的游戏（比如"你更想要苹果还是橘子""你更想住在城里还是乡下"）。某个瞬间让我想起了父母、哥哥姐姐带着年幼的我，长途跋涉奔赴旧金山和拉斯维加斯时的往事。正是这段长久的相处令我偶然意识到，共享的记忆与共同的血脉不正是一个家庭的意义的核心吗？

想到这里，我很好奇我们还能拥有多少个家庭假期，还能进行多少次更加疯狂的探险，还能创造多少段珍贵的记忆。出于内心的恐惧，我在回答这些问题时能够感觉到悲伤、痛苦和嫉妒正在不断蔓延，随之而来的还有要在这个假期中尽可能多地留下些美好回忆的压力。因为这很有可能是米娅与伊莎贝尔记忆中与我共度的唯一的假期了。因此我不能悲伤，我必须把与癌症相关的所有事情都从脑海中抹去。可事实上，人是不可能将这些事情全都忘却的，尤其是身患转移瘤疾病时更是不可能的。人越是努力，它就会变得越现实。乔希也感受到了同样的压力。于是我们会努力争取，然后哭泣。故事的这一部分，照片中可没有表现出来。

某个星期六，我们回到了纽约。星期一，我要做的第一件事就是再次接受腹腔与盆骨核磁共振及胸部 CT 扫描。度假时，我一直没有接受治疗，因此预料到扫描结果会显示出某些指数增长。自我上一次接受扫描以来，肺部的结节在六周之内增大了一到两毫米。不过更令人担心的是，我的左侧卵巢增大了，很可能意味着癌症已经扩散到了我的卵巢。A.C. 医生想让我见一见妇科肿瘤医师 B。刚听说卵巢增大的消息，我就开始感觉那片区域不舒服地疼痛起来——人类的思想就是这么强大。我还要等两个星期才能约到 B 医生，这是完全无法接受的。我给肿瘤医生发了一条短信，将痛感越来越强烈的事情告诉了他，请他帮忙。他给 B 医生打了个电话，让她必须把就诊预约提前。她答应了。

我确实见到了奥普拉，也确实和 N 表妹玩得十分开心，但心里大多数时候还是忧心忡忡、压力非常大，我哭着在脑海中上演所有可以想象的情景，认为癌症已经扩散到了我的腹膜。在这种情况下，留给我的时间就只剩下几个月了。我还相信在停止治疗的那段日子里，肿瘤可能已经沿着脊椎蔓延到了我的大脑，那样的话我就需要接受伽马刀放射疗法。要是肿瘤已经侵入了我的大脑，我还怎么为女儿们写下自己想写的一切呢？思绪不断涌来，占领了我的大脑，像恼人的破旧唱片一样重复播放。痛苦眼看就要将我摧毁。我已精神错乱。

我能够感觉到自己心中正涌起兽性的恐慌，仿佛正站在高耸的石墙顶端，在滴水兽的逼迫下越来越快地走向死亡。它们的箭已经搭好，石制的身体随时准备突然活过来。卵巢增大引起的疼痛愈发严重，以至于我第一次真心害怕自己死时会感受到巨大的痛苦！要是医生无法控制疼痛怎么办？要是麻醉剂引发了幻觉，让我像精神病院里的病人那样试图扯掉自己的皮肤怎么办？我是不会允许孩子们看到我这副模样的。还有更多的痛苦和威胁要将我摧毁。还有更多的疯狂的事情要发生。

在洛杉矶期间，我去探望了父母和哥哥。父亲开车载着我返回了他们位于蒙特利公园市的房子。就在那里，结肠完全被肿瘤堵塞的我曾无知、痛苦地躺到了表妹婚礼当天的凌晨4点，在腹痛愈演愈烈时才央求父亲开车载我赶往当地的急诊室。我将永远把那间房子与我的癌症确诊联系在一起，这也是我近三年没有回来的原因。我就是无法重新回到那个充满创伤的地方。于是，父母上楼很久之后，我还坐在车库父亲的车子里，面对着无数落满灰尘、陈旧不堪、早就被人遗忘的箱子。那里装着我的高中年鉴、演讲比赛的奖杯，还有我童年和青春期的记忆。

后来，我拨通了乔希的电话，对着他啜泣了很长时间。这也许是我生病以来第一次疯狂、歇斯底里地哭泣。那张处乱不惊、贤能圣明的人格面具,那个喜欢谈论灵魂的进化、喜欢把小我放在人类历史背景中的伪装都消失了。那一刻以及在那之后的许多时刻里,我都完全沉浸在自己的人生和痛苦之中。我告诉乔希,正如我常对他说的那样,要不是为了两个女儿和他,要不是为了我会试着尽力活久一点儿的承诺,我会停止所有的治疗,听任癌症发展。我可以在另外某个国家度过余生,做我此生最喜欢做的事情——学习一种新的语言。当疼痛变得愈发难以忍受时,我会从桥上跳下去,摆脱痛苦,就像我们会对备受折磨的宠物实施安乐死那样;我会亲自动手去做这件好事。然而我还有丈夫和孩子要爱,所以我不能这么做,不该这么做。

在极端痛苦的时刻,我想做的都是些毫无理性、绝无可能的事情。我想让时光倒流,提醒曾经的那个小女孩、那个少女,好让她能够做出改变。我想的是不可能的事,希望时间是循环的而非线性的。我想要来生能够信守诺言,让我拥有第二次、第三次和第四次机会,一遍一遍又一遍,直到我能做对为止,直到乔希和我能够实现两人全部共同的梦想。但最重要的是,我只想好好过完这一生,而这似乎也是不可能的。我从不曾为自己祈祷,因为这样做是极其自大与自私的。如果上帝确实存在,如果他真的会介入我们的人生,他为何要饶恕我,而不是一个比我更值得活下去的无辜孩童的生命呢?我从不敢向全能的神暗示我不知怎么就是比别人特殊。但在那些绝望痛苦的时刻,尽管不确定上帝是否存在,我还是发出了祈祷,希望能够熬过这场癌症。照片中也没有讲述故事的这一部分。

4月中旬,我去看了B医生。体检之后,她得出了结论。我的卵巢问题不是囊肿,无论里面长了什么,都是发自内部的,因此很有可能是癌症。她表示,如果我的转移瘤是孤立于卵巢的,显然更容易选择手术,但考虑到我已经得了肺转移瘤,取出卵巢就是没有意义的,除非我已经痛得难以忍受。在这种情况下,她很乐意帮我移除其中的一个卵巢,可能还可以移除另一个。那时我觉得疼痛还不足以让我接受手术,但即便如此,在考虑了几分钟她的陈述之后,我还是表达了不同的意见。

在那之后,我立即找到 A.C. 医生,复述了 B 医生的结论。我说:"我不同意。我觉得这一次手术可能是个机会。"

"没错!"还没等我细说,他便宣称。

再次发现 A.C. 医生与我的想法不谋而合,我十分欣慰。虽然在移除卵巢、进行活组织检查之前,我们还无法知道确切的情况,但医生和我都认为我卵巢中的癌组织很有价值,可以为我的原发肿瘤基因检测提供最新的信息。那颗原发肿瘤现在还被冷冻在 UCLA 医疗中心。我需要尽快接受手术,以便回归很早之前的治疗方案,减缓肺结节的生长速度。我还决定自己出钱,把活的癌细胞植入免疫抑制的老鼠体内。假设植入成功,我们就能在老鼠身上试验药品,判定它们针对含有独特基因的肿瘤是否具备抵抗效果。手术室外会有一名通讯员等待接收这些组织,开车将它们送去位于新泽西的试验室和老鼠那里。科学家当晚或第二天一早就能对老鼠进行植入。

进一步化疗也有可能对我的卵巢没有任何影响,就像在腹膜上一样,它极有可能无法对那一片区域起作用,但我不想让这些东西再长大,给我带来额外的痛苦。到了那个时候,为了能做手术,我将不得不停止至少四周时间的化疗。考虑到我已有四周没有接受化疗,似乎注定现在就要做手术。最佳的时机已经到来,我必须利用这一点。此外,我不得不理智地得出一个结论:为了延长生命,我最好尽可能移除所有肿瘤，尤其是在手术风险低、侵入性小的情况下。

虽然最佳的时机已经到来，但也稍纵即逝。我坚信接下来肿瘤会扩散到我的大脑。在我们处理卵巢问题的过程中，肺转移瘤还在生长。A.C. 医生告诉我，肿瘤进入我大脑的可能性极低。我回答："肿瘤进入我卵巢的可能性也极低。它跳过我的肝脏、进入肺部的可能性也相对较低。我 37 岁就患直肠癌的可能性也不高。我根本不在乎可能性。它们也许在我的身上就不适用，还是尽快给我安排手术吧！"没错，我有时就是这样和自己的肿瘤医生说话的，而他则安之若素。

由于 B 医生那里毫无回应，我又花了好几个晚上与 A.C. 医生往来短信，还拨打他的手机骚扰他，这才最终安排好了手术。这将是一场腹腔镜双侧卵巢切除术，在最好的情况下需要一个小时，前提是上一次手术留下的瘢痕组织极少。B 医生也会根据瘢痕组织的数量查看我的腹膜是否存在疾病。根据疾病的严重程度，如果能够尽快切除所有肿瘤，她会尽力而为。这样我一周之后就可以重新开始化疗了。

我不出几分钟就做出了接受手术的决定。在等待约见 B 医生的那个星期，我就已经考虑到这种方案，并评估、策划、审核好了下一步。况且我天生就是个速战速决的人，即便是在改变人生的重大决定面前。我一直相信自己的直觉，相信宇宙会发送信号给我，现在也一样。我下决心的速度之快令乔希吃了一惊。面对突如其来的新举动，他毫无准备，认为我仿佛是在采取某种自我保护策略，允许自己相信和希望增大的卵巢算不上是什么大问题。

我憎恨希望的另一个理由在于，它会减缓反应的速度，让人安于现状，生活在无用的幻想之中。我们为此还大吵了一架。他辩称我太过鲁莽，任何手术都是至关重要的；我则辩称他一直生活在否认之中，没有做好面对现实的准备。我可没有时间坐下来深思熟虑；毕竟这只不过是在履行我对他的承诺，尽力活得越久越好。因为要是让我来决定，我是不会做这种蠢事的。这是一场激烈的争吵，加之安排手术的压力和对手术过程中可能会发生的事情的持续担忧，我被逼到了崩溃的边缘，更加精神错乱。

目前为止，我还没有专门写过自己与乔希的关系，以及它是如何经受住癌症的压力的。与我相比，乔希更注重隐私，因此我想要尊重他对隐私的需求。尽管如此，朋友们还是会问我乔希过得怎样，我们夫妻俩过得怎样。因为除了摧毁一个人的身体，癌症在人际关系方面也拥有惊人的破坏力。在癌症作恶时，努力维持人际关系的完整与健康是格外困难的，对某些人来说则是不可能的。

一个确诊后不到两年就去世了的朋友曾经告诉我，她有时感觉自己和丈夫就是生活在同一座房子里的两个鬼魂，是从前围着快乐幸福打转的那两人的苍白的阴影。他们不知道该说些什么，与彼此和外界已然脱离，形单影只地被孤立在各自的痛苦之中。我现在明白她的意思了，因为乔希与我已经走上了截然不同的两条道路——我的那条通往死亡，通往未知世界；他的那条则通往一段没有我却有两个孩子和新的妻子的新生活。我最大的恐惧是痛苦的死亡，是死前没法去做自己想做的一切。他最大的恐惧是没有我却还要继续生活下去。我之所以会生他的气，是因为我知道自己离开后，他还能重建幸福的生活。他生气的原因在于我已经病入膏肓、命不久矣。我的心里有着无尽的内疚，因为我嫁给了他，害他如此年轻就注定要成为鳏夫，害孩子们注定要失去母亲。他的心里也会感到无尽的内疚，因为他无法挽救我。在所有的恐惧、愤怒、愧疚与悲哀中，我们都感到孤独，却无力帮助彼此。

我们的生活就是如此,虽然我们比以前更加深爱和需要彼此。

我是通过制订计划来应对这一切的。我会把家里所有的开销、如何及何时支付这些开销一一列出,这样等我不在的时候,乔希就知道该怎么做了。我还和乔希的老板私下里谈了谈我对他事业的期许,请心爱的承包商帮我为他处理公寓的大小事宜。我还找了女儿学校的管理人员和老师,让他们帮助两个女儿进入优秀的高中,好减轻乔希的压力。我正在为他和女儿构建一个美好的家。我要为他们买条狗。乔希告诉我,他不在乎这其中的任何一件事情,他只想要我活着。可悲的是,这是我唯一不能给予他的东西。

在一片混乱之中,我去牙周病医生那里做了一次例行的牙齿清洁。由于感觉某颗牙齿有点儿怪,我还做了 X 光检查。X 光片显示,我有五颗蛀牙。五颗该死的蛀牙!我从没有过这么多蛀牙。一切着实开始让人感觉不太对劲了。又多了一件该死的事情要处理,我的身体里又有一样东西崩溃了。这几颗蛀牙的发现几乎将我推向了崩溃的边缘。我给自己多年的牙医 D 打了个电话,要求紧急预约看病。考虑到即将进行的手术,我必须尽快处理掉这些蛀牙。由于一直懒得前往 D 医生的新办公室,我已经快两年没有见到他了。不过他是非常好的牙医,他对牙齿的问题十分挑剔、充满了热情。尽管他第二天不出诊,却还是为我破了例。我便动身前去。

他根据 X 光片告诉我,他认为其中的两颗牙可能需要接受根管治疗。他还说,蛀牙腐烂的模式与化疗及其他类型药物所导致的慢性口干结果一致。有两颗牙被蛀得很深,但还没有触及牙根,所以不必做根管治疗。真是让人松了一口气。D 医生说:"你很幸运。"要是嘴里没有一大堆的牙科器械，我会开怀大笑的。他竟然认为我很幸运。这样的想法真是可笑。我躺在那里，任 D 医生像米开朗琪罗般勤勉地为我的牙雕刻新填料时，我意识到在某种意义上，这一生能够拥有他和许多其他人（从肿瘤医生到内科医生，再到建筑团队和众多的亲朋好友）来照顾我和我的家人，我确实非常幸运。我究竟做了什么，才配得上此生在各行各业中碰到这些善良的好人呢？

乔希不像我这么热衷于聊天和分享，所以我认为他不会给别人主动支援他的机会。他是典型的男人。可悲的是，和癌症患者相比，我觉得照顾患者的人是无法得到同样的关注或支持的，即使他们也在忍受同样的折磨与孤独。

奇普

◇

5月20日，我接受了腹腔镜卵巢切除手术（这个词读起来很有趣）。我的左侧卵巢比正常状态大了两三厘米。手术中进行的活组织切片检查证实，卵巢内部的赘生物正是结肠癌的转移瘤。大约一立方厘米的癌变组织立即被移交给快递员，送往了河对岸新泽西的试验室。在那里，部分癌变组织被成功地移植到了五只老鼠的体内。据我所闻，这个数字非常不错。

此后，我的老鼠就被移去了巴尔的摩的主试验室。几周之后，我就能知道小老鼠体内的癌细胞是否已经移植成功。如果成功的话，它们还将被克隆，用于个性化试验。虽然我的右侧卵巢看起来一切正常，但是出于谨慎，我还是把它连同输卵管一并摘除了。我身上的零件现在掉得飞快。正如后来最终的病理结果显示的那样，表象是有欺骗性的，右侧卵巢的结肠癌转移瘤检测结果也呈阳性。腹腔里的其他部分似乎一切正常，包括里面的器官和我的腹膜。不过，医生们发现了四十毫升的腹水，也就是液体。"腹水"这个词吓坏了我，因为我时常听到它与晚期癌症联系在一起。癌症在体内泛滥时能够积攒数百毫升的腹水。幸运的是，病理报告显示腹水呈阴性。外科医生还用生理盐水冲刷了我的腹腔，再将盐水抽出，进行癌症检测。我在做完 HIPEC 化疗进行腹腔镜检查时也做过这件事。和 2014 年 10 月一样，生理盐水的癌症检查结果也呈阴性。如果我的腹腔确实没有癌变，那无疑就表明始于 2014 年 3 月的 HIPEC 化疗很好地抵御了癌变的侵袭。

右侧卵巢没有癌变，这已经是我所能得到的最好的消息了。不过话说回来，卵巢转移瘤通常是双侧的。再说，一侧卵巢癌变和两侧卵巢癌变到底有什么区别呢？当你带着转移瘤生活过一段时间之后，就会开始这样想：哦，再长一颗肿瘤有什么大不了的呢？哦，另外一个受损的器官是哪个？

我的术后恢复就像手术进行时那样平淡无奇，毫无痛苦。我甚至连一片对乙酰氨基酚片都没想去吃。手术是 1 点钟左右开始的。我当晚 8 点就回了家。能够证明我在那几个小时里做了什么的，只有站起身时弯腰驼背的姿势和绷带下盖着的三个小口。只是刚开始的十二个小时，我小便会有些困难，这是手术期间插了导尿管的后果。我为他们如何能够通过这些小口移除两个器官感到惊讶，何况其中一个还增大了那么多。也许你想知道这是怎么做到的——外科医生会把它们切碎。为了阻止肿瘤到处扩散（要是她将它们原地切除，就会发生这种情况），她会将需要移除的卵巢提起，放入在我皮下塞入的一个袋子中，在那里进行所有的切剁动作，然后再把整个袋子从三个小口中的其中一个里吸出。医学真是太神奇了。

我仍旧备感困惑的是，扫描为何一直没能发现我的左侧卵巢里出现了大型赘生物，或者说，肿瘤是如何在六周之内长到可以被扫描发现的程度的？也就是我最后两次接受腹部核磁共振期间。医生们也无法回答这个问题……我的肿瘤医生不太相信癌症会发展得如此迅猛，因此认为是扫描没能发现它。显而易见，卵巢里的肿瘤抵抗住了数月的治疗。

术后十天，我重新开始了治疗。术后的三种治疗都很顺利。我的臀部和膝盖都疼痛难忍，所以我无法判断痛感是与骨骼还是肌肉有关。这也许是因为曾经由卵巢分泌的雌激素突然消失，也许是类固醇及数月没有去健身房所导致，或许还可以归咎于为了训练小狗在室外便溺，我长时间站着。

术后五个星期，我基本上消失在了社交媒体中，也很少在亲友面前出现。和之前的隐居期不同，这一次不是因为我正身陷癌症引发的不满情绪中。在过去的近三年时间里，我一直选择直面疾病，去体会它、欣然接受它，强迫自己穿越火海，去体验痛苦，相信自己从另一边出现时会变得更加强壮、更加睿智。但是这一次不同，我想要逃跑与躲藏，作为精神与情感恢复的一部分，这才是我所需要的。

我的比熊幼犬奇普帮我实现了这个目标（它是以亚特兰大勇士队球员奇普·琼斯命名的——奇普来自亚特兰大，而乔希是勇士队的球迷）。初次接受术后治疗两天后，在甾体药物带来的高涨情绪急转直下时，乔希开车带着我和两个女儿去了机场，在拉瓜迪亚的最深处寻找一座隐蔽的建筑。小奇普就是从那里被带回来的。它是个浑身长满白色绒毛的可爱的小家伙，长着黝黑的眼睛和天鹅绒般松软的耳朵。我坐在副驾驶的座位上，紧握着装它的箱子，不知道自己如何还能有精力照顾好另一个生物。何况与昔日的新生儿相比，我对这个生物的陌生感可谓是有过之而无不及。一回到家，它几乎马上就在我们的木地板上拉了一泡大便。我一个箭步冲过去，将一个尿片垫在它的屁股底下,可动作还是不够快。那天晚上,它不断地哭喊,每过一个小时就会把我吵醒。被我放出箱子之后,它便会立即从我的身边跑开(这肯定是它要上厕所的预兆)。我举着尿片追在它的身后,可它就是不愿意在尿片上大小便。打扫干净地板之后,我会把它放回箱子。这样的循环每隔一两个小时便会重复,接下来的好几天也一直在循环往复。因为睡眠不足与接受治疗,我已然筋疲力尽,正处在崩溃大哭的边缘。我确信我将这只狗带回来就是个严重的错误,不知道自己若是恳求饲养员将它收回,他会不会同意。

兽医嘱咐我们不要把奇普带去室外(或者至少要防止它的爪子触碰地面),因为它还有七周才能彻底接种完疫苗,训练它在室外便溺更是困难重重。街上显然到处都是致命的犬类疾病。根据驯犬师的建议,我把狗养在了板条箱里,每隔几个小时就用牵引绳牵它去放了尿垫的楼梯间走走。我还会用牵引绳把奇普拴在尿垫上,可它就是不听我的,会坐下、躺下和打滚。它躺在尿垫上时,我就会在台阶上坐下,无聊地等着,一等就是好几个小时,却毫无结果。显然奇普也在等待,因为每次我把它放回箱子里,它就会大小便。就是这样。

一个星期之后,我决定故意忽视兽医的指示,抱着奇普外出。我以前不知道当抱着一条狗出门时,它是不会在人身上大小便的,就像它永远不会在妈妈的身上便溺一样。最神奇的是,它几乎马上就尿尿和拉屎了!于是我打算冒险带它在外面的一个有限区域内活动。那里的狗不多,其中大部分狗都住在我的楼里,因此健康方面风险不大,值得信赖,何况我必须承担这样的风险,因为我眼看就要疯了。

在外面遛奇普时,我发现了一些非比寻常的事情,至少对于我这样出生在讨厌动物的家庭的人来说,是非比寻常的。我发现人们——

至少是大多数人——都喜欢狗。在两个女儿还是婴儿时，我偶尔会碰到陌生人看着我可爱的女儿露出微笑；但是总的来说，很少会有人在乎可爱的婴儿。可小狗呢？简直是令人难以置信！年轻人、老人，黑人、白人、黄色人种，商人、收垃圾的人、建筑工人，哥特女孩、硬汉——各个年龄、各行各业、世界各地的人都会停下脚步，拍拍我的狗，和它玩耍。我们还会聊起他们家里的狗，他们如何仍在哀悼逝去的狗，以及他们多么希望能够拥有一只狗。

听说我养了一只狗，我的护士（另一个喜欢小狗多于婴儿的狂热分子）坚持要我来化疗时把它带到癌症中心。和肿瘤医生的想法一样，我十分担心可能会有人投诉。不过护士打消了 A.C. 医生的担忧，让我无论如何也要把它带来。我很怕把奇普长时间留在家里，于是照做了。我把它藏在一个小包里，蹑手蹑脚地从保安面前溜了进去。和往常一样，候诊室里挤了至少五十个人。然而不同寻常的是，当人们意识到他们中间有只小狗时，整个房间里顿时充满了活力与生机。工作人员纷纷从内部办公室和检查室里走出来，兴高采烈地尖叫；病人和护工们也在微笑地盯着我们看，有些甚至会冲过来爱抚和拥抱小狗。小奇普从容不迫地沉浸在人们的关注中，在我接受灌注时还睡在了我的身上。在癌症中心时，它一次也没有狂吠、尖叫或是做出任何令人困扰的事情。不过我还得提一句，候诊室里也有几个人看到这只狗一点儿也不兴奋。老实说，我甚至可以把他们的表情描绘成怀疑与厌恶。他们都是我父母那一辈的人。我能体恤。

鉴于我已经知道自己该做些什么，室外排便的训练便进展得十分顺利。三天之后，奇普就不会再在夜里尖叫了，而是能够平安无事地睡上一整夜。人们告诉我，养小狗就像有了一个新生儿。这话我完全不同意。在我不想应付奇普时，可以把它关在笼子里。而且它整晚都在睡觉，不需要没完没了地喂母乳。带它出门时，我也不需要带上一大堆的婴儿用品。它可比婴儿容易应付多了。

小狗最棒的地方在于它简单、不复杂。我丝毫不用期待它有一天会成为罗德斯奖学金的获得者或是音乐会的小提琴家，它也不会为我的要求感到烦恼。我们之间的关系并不难处。我不必告诉它金钱的价值，也不必告诉它我不能随时买玩具给它。它真正的基本需求通常十分容易满足，而且我还发现，我是有能力满足这些需求的。它无条件地、纯粹地爱着我。这种纯粹本身就是美好且鼓舞人心的。在那些令人着迷的例行公事中——手里拿着塑料袋捡拾它的粪便；丢出它一脸渴望地等待去追的那只吱吱叫的青蛙；梳开它雪白皮毛上的结——我发现正是它和它的简单令我摆脱了眼下不想应对的事情，允许我继续伪装，而且想伪装多久就伪装多久。这些例行的公事中没有癌症、没有人生、没有死亡、没有未来、没有过去，甚至没有白昼、小时或分钟，就连乔希、两个女儿或我都不存在；只有那个瞬间，然后是下一个瞬间，再下一个瞬间。只有它而已。

勇气与爱

◇

哪种癌症病人更有勇气？是坚持接受令人筋疲力尽却毫无把握的治疗，怀抱着它们能在更好的方法出现之前延长自身寿命的希望的病人，还是宁愿一走了之，选择尽可能长久地让自己感觉良好，在不可避免的事情发生之前去寻求保守疗法，缓解疼痛的病人？

自从我得知自己患上了癌症，这个问题就一直在困扰着我。你们可能已经猜到了我非常重视勇气与胆量，我希望人们能够记得我是个勇敢无畏的人，不会逃避癌症与死亡，不会像只发疯的野兽般求饶，而是会盯得它们不敢与我对视，始终承认并欣然接受现实以及内心的恐惧、愤怒与悲哀。这样的态度反映了有抱负的人内心的坚强、尊严、优雅与美丽。但是哪条路能够产生这样的结果呢？作为人类群体，基于我们这个社会对体育报道和电影中那些克服千难万险的主人公的热爱，我相信大家的共识会是第一个选择。我明白——长期遭受病痛折磨的病人忍受了这么多，就为了和他所爱的人多待一天，即便这要付出令人难以置信的精神和肉体代价。可话说回来，停止一切治疗、任由疾病恣意妄为也是需要很大勇气的，因为就在我邀请死神加速到来的同时,那种类似安全网的东西也就随之消失了。那死神不就站在我的眼前了吗?难道我不是按照自己的主张、带着尊严与优雅选择了死亡吗?还是说我其实就是个胆小鬼,是个糟糕的妻子和母亲,太过脆弱、太过容易感到被打击和疲惫,再也无力反抗,就连与心爱的子女再共度一日这样的承诺都做不到?

也许,这个问题的答案因人而异,这取决于个人对哪条道路更容易的主观判断。真正的勇气属于会选择对自己来说更困难的道路的人。

对我而言,更容易、阻力更少的路是第二种选择。我猜,如果我走上了这条路,就会变成选择不继续停留的懦夫,无法像我曾经那样,像个战士一样去抗争。我讨厌癌症世界里弥漫的战争言论,虽然我也曾经随心所欲地使用过它。战争有赢就有输。我死去的时候,你们会因为我屈服于病魔而判定我是个失败者吗?要是我直接选择停止治疗,不再积极地抗争,你们会判定我是个失败者吗?如果是的,那就随你们好了。

在可接受的治疗方案这条路上,我似乎已经走到了尽头,因此格外急迫地需要这个问题的答案。6月中旬,我做了几次扫描,几天后就拿到了结果。虽然我的肺部整体稳定(一处肿瘤明显缩小,另一处有所增大,其他肿瘤保持稳定),但腹腔与盆腔核磁共振却显示子宫附近出现了一个增大的腹腔淋巴结和一处可疑的点。后者有可能是术后"物质",但如果没有另外一次手术,我们是不可能知道的。除此之外,我的癌胚抗原仍在提升。A.C. 医生不太喜欢当前的治疗方案(伊立替康和阿瓦斯丁)。谁能怪他呢?重新使用之前的药物其实是我的最后一搏,是唯一有可能起效的治疗方法。我希望癌细胞还没有对我之前用过的药物产生抗药性。A.C. 医生相信，继续使用伊立替康和阿瓦斯丁也许能令我们自我感觉良好，因为这看起来像是我们正在做些什么。但说实在的，他不认为我们做的是什么有益之事，至少不会持续太久。还有两种 FDA 批准的结肠癌治疗药物，其中一种毒性强到我发誓自己永远不会去吃；另一种则太过平庸，无异于浪费时间。

于是，A.C. 医生问我想不想做些"疯狂之举"。当然了，我得听听他的"疯狂"想法是什么。由于不相信单一药剂免疫疗法能对我的肿瘤特性起作用，因此他认为我们需要尝试联合免疫疗法。他心中所想且可以利用的药物是易普利姆玛（品牌名称"伊匹木单抗"）和纳武单抗（品牌名称"欧普迪沃"）。二者均为 FDA 批准的药物，曾被成功用于治疗转移性黑色素瘤。我们的免疫系统组成部分中存在两种不同的受体。这两种药物都能强迫受体将癌细胞识别为有害物质，从而允许免疫细胞将其杀死。A.C. 医生还可以实施一些放射治疗（针对的可能是那个腹腔淋巴结）以触发最初的免疫反应、启动免疫系统。这些都将在临床试验之外进行。

听上去非常刺激，对不对？"疯狂之举"听上去总是非常刺激，但其中也存在某些复杂的因素。首先，鉴于 FDA 尚未批准将这些药物用于结肠癌，因此存在将它们用于未被临床试验认可的疗法这一问题。不过，A.C. 医生似乎和制药公司有些关系，所以我觉得他会成功的，虽然他自己说这并不容易。更让我担心的是，使用这两种分别被称为抗–PD 1 和抗–CTLA 4 抑制剂的药物会阻碍我未来参与任何使用它们或其他任何抗–PD 1 和抗–CTLA 4 抑制剂的临床试验。当然，这种担忧只有在我想要参加临床试验时才成立。

A.C. 医生说，他可能会选择临床试验，而非什么"疯狂之举"。

他希望我接受的任何试验都是联合免疫疗法,还说他会和自己在MSK癌症中心、哥伦比亚长老教会医学中心及约翰霍普金斯大学的联系人谈一谈。那些地方都拥有实力很强的免疫治疗部门。如果我想参与试验,还必须亲自做些研究。这可是一项艰巨的任务。

大多数可用的试验都处于第一阶段,测试的是试验药物的安全性而非有效性。这是一个可怕的想法,不是吗?我听人说过,临床试验成功的概率只有5%。我认为这个数字要小得多,大约为0.1%。

乔希认为,就为了这0.1%,"争取"也是值得的。我不同意。我为何要像试验室里的老鼠那样被人戳来戳去,被监控和彻查,忍受天知道会是什么的副作用呢?在成功概率如此低的情况下,我为何要在所剩无几的时间里,降低与孩子们相处的质量呢?当结局都一样的时候,为何还要自寻烦恼呢?

我累了,太累了,非常累,累到什么都不想做,既不想做什么"疯狂之举",也不想接受什么临床试验。作为没有患上转移癌、没有接受过各种手术与治疗的人,你们能理解我疲惫的程度吗——不管是肉体上的,情绪上的,还是精神上的?我不认为你们能理解。这种疲惫考验的不仅是我残留的一丝勇气,也是我对丈夫和孩子们深切的爱。

在死亡持续不断的威胁下,我已经厌倦了去感受还要尽可能正常生活的压力;厌倦了看到享有特权送孙子上学的祖母;厌倦了听到别的母亲和朋友们开怀大笑时,还要与内心的嫉妒作斗争;厌倦了憎恨乔希在我死后即将迎娶的那个女人,那个能够住进我设计的房子、有幸抚养我美丽女儿的女人,那个会把衣裙挂在我的衣橱里、偷走本属于我生活的女人;厌倦了一想到米娅每周坐在小提琴教室里,身边却没有我能让她时不时瞥上一眼、寻求安慰和鼓励时内心的悲哀；厌倦了担忧与计划，再担忧、再计划。下面这封电子邮件是我写给米娅的小提琴老师的，也是我悲哀、忧虑和计划的体现。

A：

您好。

我想我曾经告诉过您，我得了无法治愈的转移瘤疾病，而且很有可能已经到了晚期。这个星期，当您向我们讲起您的小提琴老师，说她在癌症去世前是如何帮您度过小提琴生涯的最初那七年时，她对您有多重要是显而易见的。您对她而言无疑也是举足轻重的。无论如何，这都让我陷入了思考，当您读到这封信时，请耐心地听我说。

尽管所有人都告诉我要乐观，我却是个现实主义者，凡事都要做好计划。您还年轻，所以我的一些话可能还无法引起您的共鸣，不过我会尽力去解释。死亡最令我难过的地方在于我会想起米娅上课时没有我坐在身旁看着她。一想到她会登上更大的舞台，我却不能在前排为她加油，我的心就碎成了成千上万片。她一个人练习，没有我来施压，没有我大喊大叫，没有我的严格要求、拥抱和指导（不是指导她拉小提琴，而是指导她去生活）——这样的画面既令我担忧，也让我难过。谁会替代我呢？谁能替代我呢？谁能像我一样培养她的音乐才能呢？答案是谁也不行。没有人能像我这样爱我的孩子，就连她们的父亲也不行。所以我能做的顶多就是尽力召集尽可能多的人，在生活的方方面面给予她们支持。这就是我想和您谈的。

虽然米娅的父亲很有音乐天赋，但他工作繁忙，所以我觉得他不一定会去履行我走后他应该在米娅的音乐学习方面扮演的角色。我期望你能尽力庇护米娅，在音乐方面为她留心，在她需要的时候指引她、给她施加压力。如果时机成熟，您还可以建议她去参加音乐课程，为她寻找一位新的老师。

我知道米娅颇具音乐天赋，但真心不知道她的天赋有多少。她有多少才能对我而言其实并不重要，重要的是她能够开发自身的天赋。我不想让它付之东流。此外，我觉得她真的很喜欢演奏和表演。她是那种会把感受藏在心里的人。我认为这种应对机制不太健康，希望音乐能够成为她宣泄情绪的一种方式，可以应对失去我的悲哀和人生中其他不可避免的困难。

当然了，您愿意帮助米娅多少都取决于您。如果除了每周的课程，您什么都做不了，我也能理解。但如果您想更多地参与她的生活，更好地了解我们，这份邀约将一直都在。我们就住在学校附近。米娅很喜欢您。您显然也很擅长和小女孩相处。

谢谢您教了米娅这么多（也教了我这么多）。您并不知道，这些课程是我一周中最精彩的部分。我一直想接受音乐教育，可是我的父母太穷，给不了我。谢谢您读完这些，也谢谢您能够忍受我情绪的宣泄。

出于嫉妒、憎恨、担忧与爱，我曾威胁过乔希，要是他对未来新妻子和她的孩子比对我们的孩子更加关心，哪怕是金钱上的，我都会从坟墓里爬出来杀了他。我还让他保证，不会因为二婚妻子要求他抹去我所有的痕迹，就搬出我花了这么多时间与精力为孩子们重新装修的公寓。朋友曾给我讲过一个小男孩的故事。这个小男孩的母亲在他1岁那年死于癌症，他的父亲再婚后四年，男孩已经称这个女人为妈妈了。这个故事令我感到尴尬不安,内心波动不已。

写下这一切时,我知道自己看起来有多精神错乱。我疯了。乔希可能会告诉人们,我从一开始就是个疯子,是癌症让我变得更加疯狂。

可怜的乔希不得不忍受我的歇斯底里,我的愤怒,我的悲伤,我的眼泪和我的无助。乔希也累了。他厌倦了生活在这片乌云之下。出于对他的爱,我宁愿早死也不愿晚死,希望能让他和孩子们得到解脱,让他重新拥有正常、幸福的生活。毫无疑问,他的家人也希望如此。我就是个负担。我不想在家庭聚会上因为自己惨遭蹂躏的皮肤和身体令他难堪——他们肯定都在想,哦,可怜的乔希。我的消失对他来说更好,这样他就能另找一个可以与之共度余生的人来帮他疗伤、忘记痛苦。

现在你们明白我在纠结什么了吧。继续或停止,哪个更勇敢?离开或留下,哪个更有爱?我还是毫无头绪。

憎恨

◇

我以前是不会去憎恨别人的,如今却会了。你能猜到我最憎恨谁吗?

我最憎恨的不是有特权送孙子去上小提琴课的祖母——那个我从米娅的课堂里出来时经常会看到的人。毫无疑问,这是一种她甚至完全不曾意识到的特权。我最憎恨的也不是公共汽车上拄着拐杖批评我的那个老太太。她指责我坐在了汽车前面的残疾人专座上,催某个离我几英尺远的男人一瘸一拐地沿着过道走到我的座位上坐下——我尖叫着让她闭嘴,说我得了癌症四期,还用力地扯下T恤的领扣,让她和车上其余所有人都看看我胸口上明显的泵和下面的注药口。我还想为自己是个法律意义上的盲人喊点儿什么,这样我的残疾就能上升到另一个层面,我就完全有资格坐在那个座位上。她是不可能理解的,她应该自己去死。然而身边的大女儿拦住了我。(可怜的孩子们。她们已经因为我受到了精神上的创伤,无疑会带着困惑与羞耻的记忆,回忆起她们愤怒的母亲曾在这一次和其他许多的场合里,都表现得像个彻头彻尾的疯子。我希望她们能够理解,这种愤怒源于对她们深沉的爱。）然后是那个衣着考究的高个子女人。就因为奇普挣脱了牵引绳，妨碍了她在我家门外宽敞的人行道上自顾自地奔跑，她对我说过几句挖苦讽刺的话。我想要追上去，一遍一遍又一遍地殴打她，直到内心的怒火能够找到出口。我想把她的眼睛抠出来，将她掐死。我仍旧是这样想的。在如此愤怒的时刻，犯罪指控、监禁、无期徒刑对我来说全都已经无关紧要。可我的身边还带着孩子，所以我只能让事情过去。即便我想要杀了那个女人，她也不是我最憎恨的人。

还有其他所有我认识与不认识的、能够参加返校夜的母亲。她们可以去聆听新的老师讨论作业程序，不必担心自己死后到底谁能来确保孩子们做完作业。更泛泛地说，她们不必担心孩子们的生活会不会因为母亲的死而变得一团糟。

我最憎恨的也不是那些患上癌症一期、二期或三期后被治愈的母亲。

别误会我的意思——在某种程度上，她们都很招人憎恨，至少在理论上是这样的。但我最憎恨的是那些被诊断为癌症四期却不知怎么被治愈了的母亲。出于某种未知的原因，她们竟能逃脱死亡的判决。我发现自己在向上帝提出一个他从不曾回答过我的问题——为什么？为什么是她们，而不是我？但是，想到我的孩子，这个问题似乎就无关紧要了。我愿意为她们牺牲一百万次。但和我的孩子相比，难道这些女人的孩子就更值得拥有一位母亲吗？我的两个孩子都是令人不可思议的小人儿。米娅是如此聪明、可爱，颇具音乐天赋；伊莎贝尔则颇富同情心，风趣幽默又优雅。如果那些母亲曾经相信自己的生命比我的更珍贵，或是她们的孩子比我的更值得拥有一位母亲，我一定会冷血地杀了她们。

我在这里写下的也许是我写过的最不堪的内容，因为我这里笔下都是愤怒、憎恨与暴力。我发自内心地相信，这样的感觉属于人类体验中普遍存在的部分，是由身为人母或住在纽约之类的平凡小事引起的，是我们社会交往与固有倾向的副作用。它们会因为癌症等高压状态而加强、加剧。然而这种负面情绪往往得不到承认，没有人愿意谈论如此丑陋而不讨喜的事情，也没有人想感觉不舒服、尴尬和羞愧。

我似乎已经放弃了一切会让我感觉不舒服、尴尬或羞愧的社交礼仪。我再也不在乎了，因为我就要死了。9月中旬的最后一次扫描之后，肿瘤医生基本上就是这么告诉我的。放射－免疫疗法的组合就是一次惨败。到处都是赘生物——肺部、腹部、骨盆。这是我做过的最糟糕的扫描。他不断描述着新的、更大的肿瘤，吓得我都不敢去读自己的扫描报告——这可是我啊，一个认为自己聪明到什么都该读一读的人。A.C. 医生说，如果不去治疗的话，我还有一年的时间。考虑到我已经用尽了第一、第二和第三种治疗方案，剩下的任何选择都已经无法进一步延长我的生命了。接受治疗的话——眼下多半是试验性的治疗——减轻症状的可能性总是有的，但也有可能让我病得更重，以至于实际上会缩短我的寿命。

请不要用"只有上帝知道你的死期"和"医生什么都不懂"之类的陈词滥调来烦我。医生当然可以根据专业经验做出比我更有根据的猜测。我也不想听"人终有一死"这样的老生常谈。

做完扫描后的一个星期，我恍惚地穿梭在这个世界中。我想知道，在经历了三年这种破事之后，我怎么还会如此震惊呢？睡眠不足、剧烈的腹痛和骨盆疼痛加重了这种恍惚。那一定是不断生长的肿瘤正在强调自己的存在。可我还在活动，尽管动作已经十分笨拙。

我是怎么做到遛狗，让孩子们准备好上学，还能坐在那里监督米娅练习小提琴的？我是怎么去乔希的老板家参加烤肉派对，面带微笑，还举止正常的？我是怎么带着孩子们出席生日派对，还能去好事多超市采买的？在数月的公寓合并计划完工后，我是怎么带着大家搬进去的？在感觉体内的生命力愈发微弱时，在距离死亡越来越近时，我是怎么做到这些的呢？

我猜，是出于本能吧——肌肉记忆，一种强烈的责任感。最重要的是一种极其务实的天性。离开 A.C. 医生的办公室后，我给姐姐打了个电话，告诉她这个消息。我没掉一滴眼泪，我告诉她，不管她有多不愿意谈论"那件事情"，我们现在都必须开始讨论了。她需要做好准备，成为我孩子的代理母亲。我宁愿她们的代理母亲是她，而不是乔希随便娶回家的一个女人。她需要确保孩子们做完作业、练习乐器；她需要搜集并向乔希展示课外活动与夏令营的选项；她还要管理家务。不言而喻的是，她还要为我的孩子们提供她们迫切需要的女性的情感支持。我告诉她，我已经确定了一个简短的名单，里面列出了能够支持、帮助她的朋友（和母亲），以及必要时能够为她提供建议的女性（因为她没有自己的孩子）。我还告诉她，这一切说不定都是命中注定。她唯一的妹妹如今即将死去，让她能有机会体验某种独一无二的母爱。尽管她不想讨论这些，因为她不想让我死，但她还是同意了。

我们说到了如何让她搬到近一些的地方（皇后区似乎太遥远了），以及她和哥哥该如何分担照顾年迈父母的责任，还有她该如何暂时搬进我的公寓，以便简化这种过渡。如果说我出生的家庭有什么值得让我自豪的地方，那就是我们都是十分务实的人。无论事情有多可怕、有多悲惨，我们永远都能照顾好需要照顾的人。没有情感的畏缩，没有令人衰弱的抑郁。贫苦的移民出身教会了我们生存的基本技能。这是我希望两个女儿能通过某种方式从我身上继承的一种态度、一种方法、一种世界观，尽管她们的成长环境相对优越。

乔希悲痛欲绝。别这样，我心想。经历了三年的风风雨雨，一次又一次地听到坏消息，他怎么还能感到绝望呢？凌晨时分，我们从令人筋疲力尽的短暂昏睡中醒来，安慰着彼此。我强迫他将内心的恐惧告诉我。在设法做好单亲爸爸的同时，他怎么才能维持对他来说十分重要的事业？谁能像我一样操持家务？他什么时候应该放下工作来陪我？我竭尽全力消除了他所有的恐惧。我花了三年的时间计划自己的死亡，制订了许多应急计划，脑袋里已经有不少的清单。我还有太多的事情要写下来，有太多的指令要去发布。如果可以，我会亲手为乔希挑选第二任妻子，但不幸的是，我还没来得及制订那个应急计划。

我告诉乔希，我想被火化，骨灰就抛洒在太平洋上。这件事情是我去年夏天住在哥哥家时决定的。坐在他家的后院里，我低头凝视着自己出生的那个大陆和我不太可能一直生活的这个大陆之间那片汪洋。我告诉他，追悼会要在米娅一年前要求我们去的那家教堂里举行，我希望仪式能在我死后三个月再举办。三个月的时间足够人们做好出行安排，也足够乔希和我的家人去哀悼了。在那之后，我希望他们能够继续生活下去。我想让他邀请米娅的小提琴老师在仪式上演奏，还告诉了他规划仪式时可以找谁帮忙，并告诉了他哪里可以找到我的旧照片。他对着那些褪色的照片哭了一个星期，为这一切是如此不公而惋惜。

我花了一整个周末的时间，把乱七八糟的东西重新摆放到扩大后的新壁橱里,还把旧餐具换成了我刚买的,并重新整理了调料。我打扫了卫生,对屋子进行了规划和思考,然后又开始规划更多的事情。

A.C. 医生为我做出悲观的预后时,我知道自己想要的不止一年。我还需要更多的时间去计划,去生活,去做一位母亲。孩子们还需要我尽可能多地陪伴她们。数周的化疗让我感觉良好,我知道自己还能承受更多的治疗。

因此,我请了一位朋友帮忙安排接下来那一周的会面,我准备去华盛顿特区见一位著名的胃肠肿瘤学家(M 医生)。几年前,他曾帮我筹过款,但我从未以病人的身份去看过他。如果通过正常的渠道,我必须得等上六个星期,但我下个星期二就能去赴约看病了。

我还打电话给 MSK 癌症治疗中心,预约了一名肿瘤医生(V 医生)。为了寻求第二意见,我以前曾经见过她几次。她很年轻,不是治疗中心的名人,不过我一直都很喜欢她。最重要的是,我想要接触治疗中心的所有临床试验。我已下定决心,无论什么临床试验都要参加。不过除非有什么非常有希望的试验,不然我是不会出远门的。我是不会为了很有可能不会奏效的事情,把所剩无几的与家人相处的宝贵时间浪费在旅途中的。

MSK 癌症治疗中心是美国领先的癌症中心,对我而言幸运的是,它离我只有三十五分钟的车程。就在我登上火车去华盛顿特区的前几个小时,才取消了之前和 V 医生的预约。我抓住了这个机会。

出于本能,我感觉自己有必要去征求一下其他人的意见。A.C. 医生给我开了盐酸盐和曲氟尿苷复方片及瑞戈非尼片——被批准用于治疗结肠癌的最后两种药。V 医生认同这两种药物,但也主动邀请我参与一项临床试验。这项试验正处于第二阶段(意味着试验药物的安全性已经得到了检验），其中包括一种被称为SGI-110的化疗药物，要结合伊立替康一起用药。后者我已经用过了不少。参与试验的患者会被随机分为两组，一组使用SGI-110和伊立替康，另一组则使用盐酸盐和曲氟尿苷复方片或瑞戈非尼片中的一种（由患者自行选择）。即便患者被分配到了后面一组，一旦盐酸盐和曲氟尿苷复方片或瑞戈非尼失效，他或她也会被分去另一组，所以患者迟早都能接受试验药物的治疗。

第二天早上，我见到了M医生。尽管我对环境不太熟悉，但见到他时，我还是如释重负。他是个非常友善的人，对待患者态度很好，也清楚自己在说些什么。他安慰了我，先是问我情绪如何；通过查看扫描结果他已经了解了我的状况，但还是想要更加深入地了解我过得怎样。我告诉他，我已经筋疲力尽了，厌倦了做决定，只想找个可以信任的人直接告诉我该怎么做。

M医生理解我的疲惫。他抽出一张纸，开始写下具体应该做些什么：对我5月份从手术中取出的卵巢肿瘤进行凯瑞思基因检测。最新的基因检测有10%的机会能够帮助我决定未来的临床试验。鉴于他可以进行超出标准程序的测试，如果我能处理好文书工作，他可以为我安排。盐酸盐和曲氟尿苷复方片和瑞戈非尼片平均六个月内的起效率为40%，其中有些患者还将经历长尾效应。二者能够带来的都是稳定性，而非收缩性。不管博客圈和互联网上怎么说，瑞戈非尼其实没那么可怕，尤其是在服用适量的时候——它的起始剂量是120毫克，服用盐酸盐和曲氟尿苷复方片时，会配合阿瓦斯丁，但瑞戈非尼片就不需要配合阿瓦斯丁。二者选一，只不过是我更愿意忍受哪种副作用的问题——恶心、乏力，还是手足综合征。他知道SGI-110试验，认为我参与这项试验是"合情合理的",还认为我应该允许随便哪几位神明替我来做一个决定。

至于我还有多少时间,他并不清楚。我并不处在任何紧迫的危险之中。他问我是否看过自己的扫描图。我告诉他,我一直不敢看。于是他带我浏览了一遍,说明了我没有太多疾病的地方。我们还讨论了我体内什么地方的疾病最危险,是肺部还是腹膜。换句话说,就是看哪一部分的疾病会真的要了我的命。我一直非常害怕腹膜疾病,因为在我的印象中,它生长得十分迅速。他说如果让他来选择,他会说腹膜更危险。这并非是因为它的发展速度太快,而是因为它对生活质量的影响。腹膜疾病会引发肠阻塞,从而给生活质量带来巨大的影响(即疼痛、无法进食、无法饮水)。不过,到了那个时候,我们还是可以选择通过静脉注射摄入人工食物。我肺部的肿瘤还小,这里一厘米,那里一厘米。可一旦肿瘤发展到一定程度,我的肺部就会衰竭,从而导致死亡。肺部衰竭是没有人工方法能够解决的。

与 M 医生的会面是我看病以来最卓有成效的一次。通过与他交谈,我意识到自己对 A.C. 医生的疑虑已经有一段时间了,心里总是怀疑他怎么永远都不回答我的问题,或者似乎总是在拖延回答我的问题。A.C. 是那种我可以与之建立合作关系的医生,是我可以在一天中的任何时候给他发短信、发邮件的医生。但我现在已经不需要这些了。M 医生谴责他竟会允许我去接受放射与免疫疗法的结合治疗。他生气的原因在于,我如今已经失去了参与其他使用相似药剂的免疫疗法试验机会。我十分清楚其中的风险,A.C. 医生也一样,可他对此似乎不予理睬,而我也是如此。如今,我认同 M 医生的观点,对自己竟会随着 M 医生附和 A.C. 医生的"疯狂之举"追悔莫及。不过,正如一位朋友告诉我的那样，考虑到每个转折点我们都必须做出众多的决定，在抗癌之旅的过程中，没有悔恨是不可能的。但我不认为绕道而行最终会带来多大的改变。我还是会死去。

我去见了 V 医生，让她签署了允许我参与 SGI-110 试验的同意书。我告诉她，我会把治疗转到她和 MSK 癌症治疗中心这里来，试验结束后也是。癌症治疗中心的机构属性——冗长的等待时间、进电梯的队伍以及一切非人性化的属性总是令我反感，不过我已经不在乎了。我想要获得机构的支持。我相信自己如今剩下的只有几个月而非几年的时间，所以希望癌症治疗中心这样的机构能够给予我支持。

既然计划已经有了，我现在的感觉也就好多了。近来发生的事情为我带来了一种奇怪的平和与冷静。我的腹痛消失了，多年来我还第一次去泳池里游了泳。虽然正确的技巧总是令我呼吸困难，那天我却在一个朋友和隔壁泳道的陌生人帮助下学会了游泳。

不管我刚刚写了什么，我都不会憎恨你们任何人。

2017 年

信仰，历史的一课

◇

我很高兴看到2016年过去。这意味着我离终点更近了，但我不在乎。许多刻薄的话语也随之消失了。我会重新致力于为米娅和伊莎贝尔留下回忆。

智利作家伊莎贝尔·阿连德（她最著名的作品是《幽灵之家》）在她的回忆录《宝拉》中讲述了她的女儿宝拉非凡的一生。因为卟啉病引发昏迷，宝拉一直卧床不起，再也没有醒来。虽然我是在十五年前读的《宝拉》这本书，但书中第二十三页某个片段记录的一系列观点却永远铭刻在了我的心中，如今比以前更加强有力地浮现在我的脑海里。阿连德对女儿讲述了自己的过去。她将那里称之为"内心最深处的花园，一个连我最亲密的情人都不曾瞥见的地方"。"带走它吧，宝拉，"她告诉她，"也许它会对你有用，因为我怕你的回忆已经不复存在了，在漫长的睡眠中不知被你丢在了什么地方——离开回忆，没有人能活得下去。"

我热爱回忆，热爱过去，热爱历史。上大学时，我主修的是历史，研究美国、中国、欧洲、非洲，社会、经济、政治和文化历史。

我觉得一些独一无二、魅力超群的人物，以及托马斯·爱迪生和史蒂夫·乔布斯之类能够改变人类历史进程的革命性发明家，都十分有趣。我们这些剩下的人只会被其他人掀起的狂澜、被过去和现在、被完全超出我们控制的力量（即大自然或充满随机性的宇宙，这取决于一个人的宗教和哲学观点）引发的事件驱使。

但我发现最有趣、最有价值的其实正是我们这些剩下的人——从虐待成性的丈夫身边带着三个子女逃往纽约避难所的加勒比黑人女子；独自在海上漂流数月，后来又被日本人折磨多年的美国二战战俘；1972年，在安第斯山脉坠机后具有让人难以置信的求生意志的乌拉圭橄榄球队队员；被诊断出患有转移性结肠癌后还能存活十五年的女人。事实上，我们的人类同胞经历过的真相比最伟大的故事作者编造的任何故事都更鼓舞人心。

不过，阿连德提醒了我们，每个人的记忆、过去和历史都是有价值的；毕竟我们不就是自身所有经历的产物吗？有些时候，我们必须审视内心，去发现和了解自己的故事，而不是向外界寻找灵感、力量与希望。不管怎么说，人的内心是存在奇迹的。当然，审视内心的过程困难重重，因为我们必须要面对令人痛苦的错误，面对我们的恐惧、弱点和丑陋。

刚被确诊癌症时，我的手术和病理报告似乎被乔希看了一百遍。而我几乎一次都没能读完这些手术报告，因为这些报告会让我想起身体零件被移除的画面，这让我觉得恶心。乔希还在网上找来了所有相关的医学研究，读了好几遍，学习陌生的医学术语，就为了能针对我的预后得出令他更充满希望的合理结论。我读了某项研究中的一句话，便感觉昏昏欲睡——将医疗护理问题掌握在自己手中的努力就这样结束了。乔希相信基于数字与理性的科学。我相信的则是自己和某种更加崇高的力量。这样的信仰表面上看来不具备任何有形的依据，因此有些人认为相信它们是完全没有道理的。

尽管看起来没有道理，我的信仰却是源于我的记忆，源于我对自身经历的理解，再不济也是基于我对我的父母及其前辈经历的理解。我大脑中最初的记忆是爬上位于越南三岐市那个家的狭窄楼梯。那里并没有护栏可以保护我不会跌落在满是尘土的水泥地面上。我的第二段记忆是坐在祖母的大腿上，身处那艘在海中漂荡的越南渔船上，头顶上晃动着一只光秃秃的昏暗灯泡（几近失明的我还是能够觉察到一些光和运动的），耳边回响着三百人乞求安全到达难民营的哀叹。到达美国一年后，在加州大学洛杉矶分校医疗中心的朱尔斯·斯坦眼科研究中心，我还记得自己在第一次接受视力手术之前，曾试图挣脱输送全身麻醉剂的面罩。我还记得我拖着大字本走来走去，任由其他孩子像看怪物那样盯着我。我还记得高二那年，我无法填写初级学业能力倾向测试的答题卡，因为我用放大镜都看不清上面的框。感觉到自身受限的种种压力，那个周末剩下的时间里，我一直都在啜泣。我还记得通过电话告诉父母我被哈佛法学院录取的消息时那种兴高采烈的心情，记得父亲鼓起掌来可能比我还要热烈，就像一个小男孩得到了自己想要的圣诞礼物。

回忆太多，既有欢乐的，也有痛苦的。不过基于这些回忆，我想大部分人都能理解我为何对自己和"某只看不见的手"充满了信仰。我这一生曾不止一次感受到上帝的存在，也感受过他的缺席。在上帝忙于其他事务的那些日子里，我通过羞愧、沮丧、心痛、自怜和自怨自艾找到了连自己都不知道的力量与决心。

做完结肠镜检查之后的那一天，也就是我得知患上了结肠癌，却还没有被转去 UCLA 医疗中心做手术的那一天，我凌晨 4 点钟醒来，沉浸在了被我称之为"此生最黑暗的时光"之中。意识到这是一个无法醒来的噩梦之后，恐惧席卷了我的心头。在那可怕的医院的孤独的黑暗之中，我歇斯底里地抽泣着，简直无法呼吸。未来——无论它是近还是远——隐约出现在了我的眼前，如同一团漆黑的东西，和我体内的那团物质形状大致相同。于是我深深地挖掘自己的过去，寻找另一个可以与之相较的恐惧时刻。事实上，我从未经历过可以与它相提并论的恐惧，不过有一段记忆是与之相似的。在法学院读大一的那个夏天，我去了孟加拉国，尽管渴望能够拥有一段丰富的经历，我还是害怕了。一个视力不佳的亚裔小姑娘，在对语言或文化都一无所知的情况下，即将只身前往一个贫穷的国家，这还是有些令人畏缩的。在我出发前的那几天、那几个月中，孟加拉国似乎一直笼罩在阴影之中。要是我被抢劫了，或是遭遇了什么可怕的意外，抑或是染上了登革热可怎么办？我记得我承认了内心的恐惧，于是在可控的范围内想尽一切手段，来降低这些风险——我让母亲在我的内衣里缝了几个内袋，用来放钱和护照；我还努力锻炼身体，好让自己变得更加强壮，以便在遇袭时能够尽力猛烈还击；我还买了旅行保险。后来我放下了其他一切，选择相信自己和更加崇高的某种力量，就这样向前走去，克服恐惧，踏上了不可思议的冒险之旅。孟加拉国并没有笼罩在阴影之中，曾经且现在一直都是一个美丽的地方，充满了生机勃勃的色彩与善良和蔼的人民。我的悲观预测是错误的。

那晚在医院的病房里，我强迫自己再次承认恐惧，要尽我所能操控自身的命运，任一切顺其自然，然后命令自己向前看，再一次克服恐惧。

阿连德把她的生活描述为"一幅只有我能解读的、多层次的、不断变换的壁画，里面的秘密只有我一个人知道。思想可以选择、提高和背叛；事情会在记忆中淡去；人们会彼此忘怀，最终剩下的只有灵魂的旅程、那些罕见的精神启示时刻。真正发生了什么不重要，重要的只有留下的疤痕和明显的痕迹。我的过去没有什么意义，我看不到它有什么秩序，看不出它有什么条理、什么目的或什么路径。这只不过是直觉引导下的一场盲目的旅行，是超出我控制的事件造成的弯路。我并没有深思熟虑，只是怀着良好的愿望，隐隐感觉有什么更加伟大的计划在决定我的步伐"。

我们每个人都有自己的故事，都有可以从中汲取力量、将其作为自身信仰基础的经历。问题就在于，我们是否愿意停留在不愉快的回忆中，从自身的经历里吸取教训，找出灵魂之旅的秘密。正如阿连德试图把她的人生故事、过去与回忆全都告诉女儿那样，我发现我也想为自己的女儿这样去做。

家

◇

新年刚过，扫描结果显示，我在MSK癌症中心接受的临床试验失败了（或者更准确地说，是试验在我的身上并未奏效）。扫描片显示，我的腹部淋巴结和肝脏的两处新损伤上都有赘生物（我猜这比肝脏上又添了新的损伤要好一些）。虽然这个消息并不意外，却依旧令人沮丧，因为肿瘤如今已经扩散到了另外一个重要器官。实际上这表明它又多了一种可以杀死我的方法。是肺还是肝？我肺部上的几处赘生物有些萎缩，胸部的肿瘤总数并未发生改变。可怕的试验令我失去了头发，还让我遭受了令人难以置信的疲劳、接受了残忍的肺活检。这都是为了什么？什么用都没有！

根据治疗规范，V医生主动提出为我使用盐酸盐和曲氟尿苷复方片。口服化疗药物对一小部分结肠癌患者的疗效有限，且最多只能维持几个月的稳定。10月，我在乔治城大学咨询M医生时，他曾告诉我，他总是会为盐酸盐和曲氟尿苷复方片配合着开些阿瓦斯丁，因为它们的作用途径不同。根据他的建议及阿瓦斯丁的耐受性，我也想这么做。V医生告诉我，MSK癌症治疗中心是不会这么操作的。为什么？V医生告诉我，因为这样的组合是没有必要的（也就是说，既没有研究反对这样的组合，也没有研究可以支持这样的组合）。离开她的办公室，我在地铁上给 A.C. 医生发了一封电子邮件。他几分钟就给了回复，表示假设保险公司不会反对，他可以为我开具盐酸盐和曲氟尿苷复方片搭配阿瓦斯丁的处方，并且可以在两周之内努力为我拿到这两种药。

我 17 岁就离开家去上大学，除了短暂停留，再也没有回去过。多年来，我住的一直都是宿舍、海外寄宿家庭的房子、转租公寓和短期租赁公寓。我四处奔波，上学、留学、旅行、工作，然后再上学、再工作、再旅行。我渴望新鲜的事物——新的地方，新的人，新的挑战。陌生的东西是可怕的，但又多半是令人兴奋的。虽然不曾拥有属于我自己的家，但这对我来说并不重要。大部分时间里，我都十分贫穷。不过居住的地方越不舒服越适合那时的我，因为那意味着我正在存钱。

那时的我以为自己能够长命百岁，是不可战胜的，于是用只属于年轻人的放任拥抱着自由。和其他任何十八九岁、二十多岁的人相比，我并没有什么不同。但是衰老、子女和赚钱谋求体面的生活改变了我，癌症更是如此。我变成了一个渴望舒适、渴望安全感、渴望家庭的生物。在 MSK 癌症治疗中心缺乏人情味的陌生环境中，我曾歇斯底里地放声大哭；后来返回纽约大学医院时，我又是多么心怀感激。眼下，我其实只想时时刻刻都待在家里——我的渴望就是如此显而易见。

尽管癌症的乌云无处不在，但经过八个月的施工，我又花了几个月的时间核查竣工事项，在墙上悬挂装饰品，购买钢琴（最后一件新家当），我与乔希大胆梦想的家成了现实。我无法判断我在这个新家中最喜欢什么：是卧室墙面上凸出的橡木花纹镀金壁纸，是新电子壁炉上那座用回收胡桃木制成的壁炉架，是开关柜门时照明灯会自动开关的定制衣橱，还是浴室地板的辐射供暖抑或是机械化的窗户？我知道这里将是我居住的最后一个地方，也必定是家人和朋友在我弥留之际前来探病的地方，这里还是我走向死亡的地方，因此所有的设计决策都是我做的——谢谢你，乔希，给了我这么多选择的自由。在我和乔希能够负担的限度内，我想让它变得尽可能奢华。

更重要的是，我设计这座房子时还知道它将成为两个孩子长大成人的地方。我必须考虑到她们的衣柜架子的可调节性，考虑到从长远来看，浴缸比淋浴室的功能更多，我还考虑到某天如何能够把多出来的房间用作游戏室，使它成为青少年远离成年人的单独聚会地点。我把这套公寓看作送给两个孩子的礼物，是我希望她们能够珍视多年的有形家庭遗产。

多少个夜晚，我躺在米娅或伊莎贝尔的床上，抬头凝视着头顶悬挂的"之"形吊灯，都会回想起我小时候及少女时期躺在自己床上的那些夜晚。当然，那时我的床垫疙疙瘩瘩、凹凸不平，眼前是吸音天花板和中间固定着一颗巨大黑色螺丝的丑陋的方形吊灯。不过正是在童年的那间卧室里，在那间早已和房子其余部分一起被拆除的房间里，我幻想着我的未来，幻想着某天会娶我的那个不知长相、不知姓名的男人，幻想着我即将在遥远的大学里度过的漫长四年。正是在那里，我梦想着能够见识这个世界，能去旅行，能去冒险，能够邂逅浪漫。我会担心考试，担心自己现在已经记不得的友情闹剧。此时此刻，我躺在两个女儿的床上，不知道她们躺在同样的位置上时，脑中会闪过什么样的念头,什么样的恐惧和什么样的梦想。我目不转睛地凝视着我为她们装修的这些房间,暗自心想,要是我足够全神贯注,就能把自己的一小部分留在这个地方,这样她们在筋疲力尽、充满焦虑或满怀希望地躺在床上时,就能和我在这里分享那些最私密的想法与情绪,让我灵魂的一部分永远陪在她们身边,尤其是在这个地方。我希望她们的卧室、浴室,乃至整间公寓、整个家都能让她坚信,母亲是深爱她们的。

家就是我现在所在的地方。从某种意义上来说,家将是我永远的归宿,即便我的肉体已经离开这个世界。

相信

◇

我爱罗杰·费德勒,他是大多数人心目中有史以来最伟大的男性网球运动员。相比网球,我更喜欢费德勒这个人。这一切始于我遇见乔希的那个时候。除了曲棍球和足球,乔希什么运动都喜欢,过去如此,现在也是如此,但网球似乎总是很容易令他陷入极度焦虑与极度兴奋的情绪交替之中。罗杰·费德勒更是令他如此。乔希会通过录像回看温布尔登或澳大利亚公开赛,在费德勒输掉一局时陷入极度的绝望之中。当时我一点儿也不了解费德勒,还以为乔希只是疯了;他竟然会关心两个男人来来回回地击打一只小球,多么愚蠢啊。我偷偷上网查了查,发现费德勒赢得了那场比赛,便怜爱地告诉他:"会没事的,亲爱的。"但乔希讨厌和任何已经知道结果的人一起看比赛。当时的费德勒正处于巅峰状态,在力图打破桑普拉斯十四次大满贯纪录的同时,以惊人的速度夺得了大满贯冠军。和大多数人一样,乔希喜欢看别人占据统治地位,喜欢惊叹人类健美的体魄。在人类的肉体所能做到的不可思议的壮举方面,费德勒就是其中的典范。我对篮球和足球佯装的兴趣在我们订婚特别是结婚后就逐渐消失了。但我对费德勒的爱却一直都在。

2007年秋天，我们的婚礼之后，费德勒的体力开始衰退。随着他获胜的概率逐月、逐年降低，乔希与我共同观看比赛时的压力也更大了。2009年的澳大利亚公开赛上，在费德勒试图追平桑普拉斯的记录时，我们凌晨3点就爬起来观看他与劲敌拉斐尔·纳达尔之间的决赛。纳达尔也是史上最伟大的球员之一。这场比赛对费德勒而言就是一场灾难，他在历史记录的压力下崩溃了。那一天，我们两人都陷入了悲哀的情绪之中。不过我非常肯定我就是那一晚怀上米娅的——正如他们所说的，从失败的灰烬中……

怀着米娅七个月时，我们还花过一大笔钱，在劳动节那天去看费德勒在美国公开赛中的第四轮比赛。我们坐在前排，就在发球线的后面。人们一整天都能在电视上看到我。能够如此靠近自己的"网球之神"，我简直是欣喜若狂。

在那一届的美国公开赛中，费德勒闯进了决赛，却输给了阿根廷人胡安·马丁·德尔·波特罗。乔希去现场看了决赛，我则留在家里观赛。他会在插播广告时给我打电话，说说他对球场的印象。我则会告诉他约翰尼·麦肯罗在电视上都说了什么。我已经变得和他一样疯狂了。

不过，费德勒还会赢下更多的大满贯。他上一次获得第十七个大满贯冠军是在2012年的温布尔登锦标赛上。2013年7月7日，我去做结肠镜检查的那天早上，也就是我被诊断出结肠癌的那一日，诺瓦克·德约科维奇在温布尔登决赛中输给了安迪·穆雷，费德勒早在前一轮就被淘汰了。多巧啊。那天早上早些时候，乔希还在赶来医院陪我之前看了比赛。那时，我已经被车推走了。身在加利福尼亚意味着我们与比赛的时差更大了。那一年的温布尔登网球公开赛几乎没有给我留下任何印象。

第二年，费德勒再次打进了温布尔登网球决赛。和之前的许多次一样，我是在公寓里观看比赛的，目不转睛地盯着电视，紧张时还会在头上蒙上一条毯子。虽然知道这很荒谬，但我还是告诉自己，如果在网球界"年事已高"的罗杰·费德勒能够赢下另一个大满贯，我就能战胜癌症。当然，那个时候，我的肿瘤还没有转移到肺部。在五局三胜制的比赛中，费德勒输给了德约科维奇。我悲痛欲绝，既是为他，但多半也是为了自己。

接下来的几年间，费德勒都没有赢球。他在许多大满贯赛事、四分之一决赛和半决赛中都有收获，却无法进入决赛。迈入35岁的他已经开始伤病缠身。我不再看球了，对乔希说我们深爱的"费德勒时代"已经结束了，是时候让他以优雅的姿态退役了。我不希望让他受到一些年轻人的羞辱，可乔希从来没有放弃过他，从来都没有。我从未见过任何人能像乔希那样相信自己。他一直告诉我，只要费德勒能够打进大满贯赛事，就还有机会。

为了从膝伤的手术中复原，费德勒提前六个月便结束了2016赛季。包括费德勒在内，谁也没有对今年的首个大满贯赛事——澳大利亚网球公开赛怀抱太大的期望。尽管如此，他在决赛前几轮中的表现看起来还是不错的。我依旧没有看。乔希对费德勒是否应该努力进入决赛表示了质疑，因为他似乎越来越有可能碰到纳达尔了。费德勒已经在这个人的手中遭受了太多的失败，纳达尔早就理解了费德勒的心思。费德勒还能经受住另一次失败吗？我们能吗？我告诉乔希，我已经无法忍痛看着费德勒再一次失败了，更别提是输给纳达尔了。这简直会将我压垮。乔希一早就起来了，正通过录像带观看决赛，在那之后不久，我也起床了。当然，在此之前我就在网上看到，他在五局比赛刚开始时就遭遇了问题——情况一点儿也不乐观；几乎可以肯定的是，他正在走向失败。但我还是起床去支持我忠诚的丈夫了，对最终的结果仍抱有一线希望。发现我想要偷偷再看一眼实时现场，乔希没收了我的手机。我真的不知道接下来会发生什么。

不知怎么回事，在势头对自己不利的情况下，费德勒通过某种方式深入挖掘自身，保住了发球局，进而破了纳达尔的优势，扳平了比分，然后再次轻松保住了自己的发球局，再次打败了纳达尔。此后不久，他就在比赛中大获全胜。我与乔希都心跳加速，上蹿下跳，高兴得手舞足蹈，还拥抱、亲吻和击掌。两个孩子肯定会以为我们疯了，不过我们把她俩关在了公寓远端的卧室里，不间断地播放《怪物高中》给她们看。在赛后的采访中，考虑到为了这场胜利他付出了太多时间和太多努力，考虑到他的年纪和所有否定他的人，他说这场胜利是那么的美好。

乔希从未停止过相信费德勒，也从未停止过相信我，永远不会——即便是我表示游戏对我而言已经结束了，我就要死了。我曾经告诉过他，上一个生日就将是我的最后一个生日了。我强有力的声明和令人灰心丧气的扫描结果无疑令他对自己的信仰产生过质疑，可他最终还是选择深信不疑。我告诉过他，他这是在痴心妄想，可他就是无法接受我的死亡。为了保持清醒，他必须告诉自己我还有一线生机。他会看我的皮肤，注视着我的一举一动，然后说，你不会死的。他会说，只要你没有"退赛"，就还有机会。

费德勒赢了，我觉得这是1月末的一个信号，预示着我真的必须开始听从丈夫的话了。最恐怖的是，我还能做些什么呢？

疼痛

◇

一个星期了,我一直在尝试写作,却什么也写不出来。没有了行云流水般的思绪,没有了精雕细琢的词句,我陷入了混乱之中。在这种情况下,我是不可能写出什么好东西来的。

我一直无法说服放射肿瘤科的 Y 医生将放射疗法转移到我的脊椎上来。他没有察觉任何迫在眉睫的危险,还说肿瘤似乎是在往我的骨头里生长,而不是朝着脊髓生长。考虑到 6 月 5 日接受放射治疗前我并没有瘫痪,我猜他是对的。事实上,疼痛似乎在这段时间内已经得到了缓解。我十分震惊,把这归功于我有意识地采取了恰当的睡觉姿势。连续几天,我接受了三种放射治疗。治疗本身又快又轻松,平淡无奇。我没有料到的是它们的后果——那种疼痛。上背部右侧令人难以忍受、一抽一跳的疼痛会令我在夜里坐起身来,绝望地想把那一部分从我的身体上扯下来。我会求助于羟考酮。它能减轻我的疼痛,却会在第二天让我感觉筋疲力尽、睡眠不足、恶心难受,十二小时内呕吐好几次。显然,放射治疗后的痛感先重后轻是正常的。当然了,这种事谁也无法告诉我。我想了许多次,疼痛要是实在难忍,就必须去看急诊——情况就是这么糟糕。幸运的是，不到一个星期，疼痛便有所好转，后来已经几乎彻底消失了。

不过眼下，我又有别的地方在疼了。过去的几周时间里，左臀和左腿的痛感一直在恶化。我相信自己的腰椎里可能长了新的转移瘤。

我还经历了不规律的阴道出血——要是我说得太多了，抱歉。不过，考虑到我在别的事情上总是无话不谈，为什么要隐瞒这一点呢？当然，我担心这会是第二次原发性癌症，于是花了好几个星期，才预约到 MSK 癌症治疗中心的妇科肿瘤医生。她为我做了巴氏涂片和子宫活组织检查。虽然在结果出来之前还无法确定，但她认为我出血更有可能是由结肠癌转移瘤引起的。我不知道自己若是得了第二种原发性癌症会怎样。这似乎不堪设想，不过老实说，我在过去的四年中忍受的一切在某一时刻似乎都是不堪设想的。

终于，肚脐旁的肿瘤再一次令我不堪其扰。也许是体重急剧下降的缘故，我现在能够轻轻松松地感觉到它了。目前使用的试验药物剥夺了我好几个星期的味觉，导致我瘦了许多，因为你对食物已经失去了兴趣，仅仅是为了不饿才会进食。现在，我已经能够尝出味道来了，虽然什么味儿都不对，胃口还是大不如从前。不仅如此，鸦片类药物引发的呕吐对我的胃口也没有任何的帮助。

说回肿瘤的事情。我会玩弄它、消磨它、想象它、测量它。我会用拇指和食指来确定它的长度，然后再用尺子比着手指去测量——大约有 2 厘米，就像上一次扫描报告中提到的那样。我还会触碰它、爱抚它、膜拜它，仿佛它是一只幸运兔脚，是上帝显灵，可以让我为了得救而祷告。有时，它仿佛是在回应我的祷告，会平静下来，甚至还能缩小。有些时候，它会为我试图支配它的意愿而大发雷霆、怒不可遏。最终，我的情绪总是被它左右。它冷静的时候，我就会冷静（甚至十分乐观）；它生气的时候，我就会生气（而且既害怕又沮丧）。然而，更重要的是，我知道它还控制着我是生是死，何时生、何时死。

6月中旬，我又预约了一轮扫描。如果用疼痛和我的整体健康状况作为标准，扫描的结果很有可能十分糟糕。我努力让自己为最坏的情况做好打算，却还是不知该如何是好，不清楚下一步会怎样——如果我还有下一步可走的话。相反，我正挣扎着接受死亡。我告诉自己，我这一生已经过得很好了，不用害怕死去，因为我已经身心俱疲、疼痛难忍，想现在就去赴死。大多数时候，这些都是真的，可我还没有完全做到，还未彻底找到内心渴望的平静，那种能让我接受糟糕的扫描结果、心知死亡正在迫近的平静。其实，我想要的只有平静。问题是，我怎么才能找到它呢？

死亡 2

◇

我是爸爸的乖乖女,是他最喜欢的孩子、最珍视的宝贝,是他的金子。他会用越南语或中文把这些话告诉所有人,却令我感到十分尴尬,尤其是少女时期的我。不过我也爱他,即便他在其他方面太爱管闲事、招人讨厌。这也许是因为几个孩子中我最像他,对世界和人类充满了好奇与兴趣;也许是因为他在我的身上看到了自己的潜力和永远无法实现的梦想——知识分子、无畏的环球旅行者、会赚钱的专业人士。在他的身上,我看到了一个爱我至深的男人。他愿意花上好几个小时开车去机场接送我,愿意送我去参加比赛、学习小组,还愿意送我去看牙齿矫正医师。他相信,只要我情愿,在月球行走也不在话下。有些时候,我会为哥哥、姐姐感到有些难过。他当然也深爱着他们,但那不一样(不过,众所周知,哥哥是我母亲的最爱,姐姐是我祖母和叔叔们的最爱,所以我并不觉得有多难过)。我们经常一起开车出门。有一次,我问父亲:"难道你不觉得爱我胜过爱哥哥、姐姐是不对的吗?"他把右手从方向盘上拿下来,伸向了我,还摊开了手掌。"看看我的手,"他说道,"看到我的手指了吗?它们一样长吗？不一样。对子女一视同仁是不可能的。"就是这么回事。我的父亲——这位贤明的哲学家——就是这么说的。

总之，我心知他爱我就像我爱他一样，当他无助地看着我动身前往离家三千英里的地方上大学时，当我出发去各种遥远的地方冒险时，当我奔赴我们冒着生命危险逃离的那些贫困地区时，我都会为他感到分外难过。他曾经是个喜欢杞人忧天的人，现在也是。他会愁眉苦脸、耷拉着双肩看我为下一次冒险收拾行装，他会双手交叉，用手指梳理那一头几乎并不存在的头发。没错，我会为旅行感到紧张，对自己将要面对的一切感到有些害怕，但多半还是会为有希望、有可能映入我的眼帘、让我能够亲身去体验的新鲜事物感到兴奋和痴迷。我是去寻找乐趣的，是去成长、去学习、去改变、去挑战的；我的父亲则会留在家里，忧心忡忡。他的一生都以我为中心，而这个中心就要离开了。我那时就发誓，永远不要做被留下来的那个人。即便也会有自己的孩子，我还是永远都要做一个无畏的旅行者和冒险家。

手握最近这次糟糕的扫描结果，我好像就要继续兑现很久以前的承诺，成为一个英年早逝的人了。在众多的亲朋好友之中，我将成为"第一人"，踏上最伟大的冒险旅程，踏上超越今生、迈入来世的旅程。要是让我来选，我会选择再待得久一些，看着孩子们长大成人，陪着丈夫白头偕老，埋葬我的父母，多看看我如此深爱的世界。可选择权并不在我的手中，也永远不会在我的手中。

此时此刻，我就是在忙着收拾行装，列出清单，留下指示，整理最后的财产规划文件。我正在创造的是自己最后的回忆，向所有人一一道别，说我爱他们，写下我的遗言。我要特别提起的不仅是我会想念的所有人，还有生活中的那些日常用品。我会想念铸铁长柄锅烹饪了无数顿菜肴后留下的光滑铜锈,我会想念去好事多超市购物,想念陪乔希一起看电视,想念送孩子们去上学。我会十分想念这样的生活。他们说,青春是被年轻人浪费的。如今,在行将就木之际,我才意识到健康是被健康的人浪费的,生命是被活着的人浪费的。直到现在,直到我认真地准备离开人世时,我才明白这一点。

睡眠已经不再重要了。在与时间赛跑的过程中,趁着痛苦到来之前,趁着我的头脑被麻醉之前,我告诉自己之后有的是时间睡觉。可悲的是,这一次无助地坐在一旁的人不仅是我的父亲,还有乔希和两个孩子,以及我的母亲、哥哥、姐姐、表亲和众多的朋友。对此我十分抱歉,抱歉要让别人来收拾残局。这是一种自私的行为,也许是我很久以前许下的某个自私的承诺在不知不觉中造成的。但是请相信我,这不是我有意识的选择。

我知道,我不久以后就能站在某种非同凡响的、超越人类想象的伟大事物的边缘。相比我对上帝的信仰,我更相信生命不止如此。我心里一直在想自从四年前确诊以来认识的所有已逝之人——黛比、卡莱尔、瑞秋、柯林、克里斯、珍,还有更多——我意识到他们教会了我如何死去,意识到我会跟随他们的脚步,意识到他们和我家里的其他人也会等待着迎接我,帮我渡过难关。这让我十分幸福。怀着米娅为生产感到紧张不安时,我曾安慰自己,数千年来的数十亿女性都在做着同样的事情,所以我没有理由做不到、做不好。同样,想到自己认识的且已经死去的那些人,以及数千年来死去的数十亿人,我没有理由不能接受这一仪式,并把它做好。

我的目标是死得平静,死得安详,对人生不留遗憾,心中骄傲而满足。为何我们总是认为理想的生活中的人应该是长寿的呢?为何我们总是认为英年早逝很可怕呢？那些英年早逝的人有没有可能过得更好呢？死亡是否能比活着带来更多的智慧与快乐呢？那些英年早逝的人能不能更幸运地提早得到这些馈赠？也许这些不过是一个人绝望地试图接受自己的早逝时心头的沉思。不过我可以向你保证，我并没有感觉到绝望（除了要赶在为时已晚之前完成所有的准备工作），心里几乎只有完整而彻底的平静。

我不知道平静是否会降临在所有人的身上，还是只会眷顾那些追寻它的人、那些愤怒的人，或是那些投降的人。但在2017年的那几个月里，平静降临到我的身上了。

准备

◇

米娅已经读三年级了,伊莎贝尔还在读一年级。开学那一天,家长们聚集在一起,加入某种版本的"高人一等"游戏。人人都试图胜人一等,披上"最棒、最酷暑假"的斗篷。暑假去法国旅行,去西班牙旅行,去意大利旅行——废话连篇。当然,我也参与了这个游戏。我想我需要参与,不管怎样我仍旧可以给孩子们一个可以与任何人匹敌的、近乎正常的童年与暑假。"米娅和伊莎贝尔去了加利福尼亚南部探望外祖父母,正好可以观看日全食。她们爱死日全食了,永远都不会忘记这段经历。"我吹嘘道。即便嘴里说着这些话,我还是不知道在人生的这个阶段,我为何还要操心,为何还要参与这种愚蠢且索然无味的游戏,为何这一切会如此重要。

我本该只是张开嘴,用事实令他们目瞪口呆:"两个姑娘去了加利福尼亚南部探望外祖父母,观赏日全食。但我一直在为是否该让她们去而感到苦恼,因为我担心在她们离开的这十二天里,我会失去与她们相处的时间,或者更糟糕的是,我将在她们离开时死去。但我意识到自己必须让她们去,因为这是为死亡做好准备的过程中必不可少的一部分，也正是我这个夏天要做的——为死亡做好准备。她们可能还未意识到自己也在为我的死亡和离开做着准备，准备在没有母亲的情况下，在这世上走出属于自己的路。这就是我们一家今年夏天所做的事情。你们谁能比得过？"

哦，要是我真把这些话和盘托出，该有多高兴看到他们脸上的表情啊——他们听到彻底的、令人不安的真相时脸上的震惊之情。

6月末的扫描标志着孩子们暑假的开始，也标志着我的生命真正要开始走向终点。我心知肚明。两个月了，这项最有希望的临床试验，这项第一阶段数据曾在当月早些时候被拿到临床肿瘤学家年度大会上展示（专门为最令人兴奋的早期研究成果保留）的试验起作用了。它似乎缩小了肿瘤，缩小幅度甚至还很可观！我时常注意到，转移瘤似乎能和它寄生的身体暂时找到某种平衡，一种介于稳定或缓慢发展与治疗之间的平衡。二者可以在互不打扰的基础上，相对和平地共存。然而在我为肿瘤烦恼时，它就会变得极其疯狂。你怎么敢与我作对？它会火冒三丈。为了回应我对它发动的进攻，它长啊、长啊、长啊，一直滋长。我已经惊动了那头野兽，为此付出了代价。如今，我肚脐旁的转移瘤感觉就像一颗高尔夫球，附近还长出了更多的赘生物。我骨盆里的转移瘤也在飞快地长大，让我一度以为它们会堵塞消化道，导致我再也无法进食。到了那个时候，我就得考虑人工喂食的可行性与可取性了。但死亡只有在重要器官衰竭时才会降临。眼下，我的肺和肝运行都很正常，虽然我不知道这样的情形还能持续多久。据我的观察，癌症在接近尾声时会变得更具侵略性，以更快的速度增长，直到侵蚀掉它赖以生存的身体。说真的，癌症是多么愚蠢啊，要是我们能协商休战就好了。但不管看起来如何，癌症并不是什么聪明、理性、有感知能力的生物。

哀悼也是准备过程中必不可少的一部分,所以这就是我今年夏天要做的事情——哀悼。拿到扫描结果后,我要为自己永远不可能拥有的完整人生而哀悼;为陪伴乔希去大溪地岛度假的梦想无法实现而哀悼;为女儿们将在没有我的情况下去非洲长途旅行而哀悼;为她们将跟随我的姐姐而非我去越南探访母亲的出生地而哀悼。我还会为日渐衰弱的身体而哀悼;为去隔壁塔吉特百货或银行如今竟然成了一件大事而哀悼;为萎缩的肌肉和下垂的皮肤而哀悼;为害怕离家、离床或离沙发太远而哀悼;为完全不在乎别人怎么想、看不到长凳就得蹲在人行道上以缓解腹痛的身体而哀悼。我时常在想,难道这就是迅速衰老的感觉吗?

我叫来了我的父母,想让母亲做些我最喜欢的汤,让父亲买些我最喜欢的中国点心。起初我还十分犹豫,因为我觉得看着父母接受我的死亡实在太难。没有什么比看着自己的亲生子女死去更加残忍的事了。我也做了母亲,现在可以体会这一点了。可姐姐坚称,大家一起悲哀总比各自伤心要好,和我在一起的感觉也会比离开我更好。于是我和哥哥、姐姐为他们买好了单程票,让他们能够痛心地、无限期地逗留。有那么一段时间,母亲坚持要我喝一些我不相信的古怪中药,还会阻止父亲去买我想吃的那些不够健康的中国点心,简直就要把我逼疯了。我告诉她,我现在想吃什么就吃什么。父亲也会对她吼上几句,实际上就是告诉她闭嘴。每天晚上,父母回到我姐姐的公寓里时,姐姐和父亲都会告诉母亲不要管我,让我尽情享受剩下的时光,相信我清楚自己想要什么。母亲一度缠得我焦头烂额,以至于我扬言要把她赶出家送回洛杉矶。在那之后,她便罢休了。

我整个夏天都在道别。我叫来了哥哥,想让他来帮我磨刀、为切菜板上油、更换厨房水池下的滤水器。我还想和他一起最后去趟好事多超市,因为这是华裔兄弟姐妹喜欢一起做的事情。7月末,哥哥只待了一个周末的时间。他离开的前一天晚上,我们五个人——爸爸、妈妈、姐姐、哥哥和我——坐在我家的餐厅里,谁也没有多说什么,心知这将是我们最后一次真正在一起相处。哥哥下一次再从几千英里以外飞来纽约时,我距离死亡可能就只有几天或是几个小时的工夫了。我和茂不停地嘱咐着姐姐如何去做一位代理母亲,但在屋子里能够引起共鸣的,却是那些未曾说出口的话。我们暗暗在心里告诉彼此,这些时光是多么珍贵而短暂,于是纷纷掏出了手机和相机。四十一年来,我们一直是五个人。即便我们这些子女已经长大,拥有了属于自己的生活和家庭,但这就是我的家,仍是我的家,是我们的家。我知道,未来的家庭合影中将会出现一个明显的空缺,一个永远无法填补、令人心碎的空缺。我的父母不会再有一个女儿,哥哥、姐姐也不会再有一个妹妹。四十一年共度的时光就在那一晚的那个房间里结束了。

我整个夏天都在计划,为米娅买了新床垫,因为旧的那张已经凹凸不平了,而且如果我不买,也许永远都不会有人去买。天知道米娅会在一张不舒服的床上睡上多久。我给两个女儿找了一位儿童心理学家,并为她们和乔希找了一位做饭的厨师。我还开始为女儿们寻觅一个能够陪她们去上音乐课的高中生或大学生,以便监督两人练琴。过不了多久,这一项就能被我从清单上划掉了。我要是不能保证她们在音乐方面的进步,就算不上是一个真正的华裔"虎妈"了。

我为自己买了一块墓地。我将被安葬在格林伍德,一片位于布鲁克林中心地带、历史悠久、美得出人意料的公墓。这里还埋葬着许多非常有名的人，听说是"一墓难求"，不过我很走运。四年来，我一直在计划火葬的事情，还常告诉乔希，我希望自己的遗体能被火化，将癌症烧个精光——这是它们罪有应得。然而，当着手安排后事的时刻到来时，我才意识到我无法忍受遗体被火化的念头。燃烧肉体、重创癌症的渴望来自仇恨与怒火，而我无法允许它成为我肉体发出的最后讯息。尽管我是如此地憎恶癌症，但这副躯壳几十年来一直在尽心尽力地为我服务，带我周游世界，还给了我两个美丽的女儿。我不能让癌症毁掉所有曾经的美好。老实说，我一直都很讨厌火，甚至不喜欢划火柴。一想到我的身体会被放进冰冷的公共火葬场，我就更是心生厌恶。此外，乔希希望能有个地方可以让他来探望我，他也会带着两个女儿来看我。他想要躺在我的身旁休息。结果，我想要的正是乔希想要的。

但更重要的是，我整个夏天都在思考自己想要怎样生活，怎样度过生命中的最后几个月。

两年前的夏天，我去了加拉帕戈斯群岛，与乔希和另外三十名乘客乘船从一座岛屿前往另一座岛屿，观赏长着蓝色脚蹼、胸部鼓起来如同巨大红心的疯狂小鸟；徘徊在百岁海龟之间；畅游在陪你浮潜的海狮（它们就是海洋版本的小狗）之中。在某座岛屿上，我们看到了一只早已死去的海豹留下的骨架。它无疑已经被食腐动物吃掉了，但骨架一百英尺外就是一只生龙活虎的母海豹和一群幼崽。正是在这种偏远的地方，我们才知道自己正在见证生命原始的根源，见证大自然最原始的形态——数百万年来未被人类活动干扰过的原始生活；毕竟，查尔斯·罗伯特·达尔文适者生存的理论和进化论当初就是在这里诞生的。

某天晚上,在船上吃过晚饭后,有人发现一条鲨鱼正在水中游动。船停了下来,好让我们能够观察一下那条鲨鱼。船上的灯光在鲨鱼光滑的身体上投下了微弱的亮光。很快,我们意识到,鲨鱼其实正在追逐一条鱼。我想那应该被称为"飞鱼"。这条不顾一切想要逃脱的鱼跳出水面,"扑通"一声正好落在了甲板中间,它开始四处翻腾,仿佛是在惊慌失措地寻找自救的方法。我们该如何是好呢?我们是无法拯救这条鱼的。我猜我们可以把船开到别的地方,然后把鱼丢回水中。但可以肯定的是,缺乏抵抗力的它还是会被鲨鱼或其他捕食者发现。最终,其中一名导游把鱼丢回了深邃的大海之中。它被鲨鱼一口吞了下去。海水又恢复了往常的平静。

从那以后,我常常会想起那条鱼。我知道它求生自救的原始本能也存在于我的内心,因而我了解它心底绝望的感受。每次发现肿瘤又有所增大时,我都能感觉到那种让人恐慌的绝望。在其他面临死亡的人身上,我也看到过同样的本能。有个男子在肺部就快被癌症耗尽时还在谈论潜在的临床试验,五天后,他就在医院里去世了。(你可能会好奇,当一个人需要通过插管来排除身体不需要的液体时,通常就预示着他的大限之期已近,身体健康状况不足以让他参与临床试验了。)互助小组里也会有人提出极其愚蠢、轻率的建议。这同样反映了他们心底不惜任何代价求生的本能。对于考虑停止一切治疗、转入临终关怀医院的病人,他们总是会说:"你必须坚持下去。放弃不是一种选择。"一位最终还是去世了的母亲在从医生口中得知自己还有十八个月时表示(她去世时,时间还不满十八个月):"死亡不是一种选择。"我当时就心想,真的吗?当死亡在她自己看来都如此显见时，她是怎么想的呢？她还会认为死亡不是一种选择吗？事实上，活着是可以选择的，死亡才是真正不可避免的。

能够说出这些言论的人正是那些信口开河声称希望自己永远存在的家伙。他们着眼于自身癌症病情较轻的状况，才说得出这种话来。可对我和其他那些与我相似的人来说，希望又在哪里呢？对我那位确诊一年后便去世、丢下两岁女儿的朋友艾米来说，希望又在哪里呢？对于数百万死于癌症的人来说，希望又在哪里呢？

某一刻，终将走向死亡的现实不可避免，必须得到承认与接受。那些面对死亡还能发表如此轻率声明的人，是在任由自己被低劣的本能摆布；他们的选择更像是原始的鱼类，而非进化后的人类。他们害怕死亡，以至于无法用一种与进化后的灵魂相匹配的尊严与优雅来对待死亡。

我也可能拥有那条鱼的某些本能，但我不是它。作为人类，我们不是那条鱼，是进化过的、有理性的，是能够超越原始根源、会思考且有意义的存在。这正是我渴望做到的。我敢说，这也是所有人都该渴望做到的。最美好的人性意味着我们可以控制低劣的本能，压制住恐慌与恐惧，用理性、智慧、同情、诚实、信仰与爱来战胜它们。

我们与鱼类的区别也在于，我们拥有决定自身命运的能力。自我意志与自我判断是生而为人的基本特点，是我们应该珍视与歌颂的特点。在一定范围内，即使有那么多无法控制的事情，你和我还是可以选择自身的命运。当我或其他任何人得知自己别无选择、必须依据一些盲目的本能行事时，我们也就被剥夺了人性与个人选择之美。这适用于任何生活情景，不仅仅是癌症。对一个选择与抑郁作斗争、每天早上无论如何也要挣扎着起床的人，我会鼓掌；对与抑郁作着斗争却想自杀，意图通过运用自主权掌握自己人生的人，我也会鼓掌，只要这样的选择能够令人信服。同样，对于那些通过深思熟虑，选择临终关怀，舍弃更多的治疗与临床试验的人，或是与之相反的人，我都会为他们鼓掌。我要赞美他们。棒极了！

在我死后，无论这个世界或两个孩子会如何看待我，我都希望至少没有人会认为我是个缺乏思想、没有头脑、拼命想要活着的人。我希望这个世界知道，我是清醒地面对死亡的，所作的决定也并非是出于恐慌，而是出于理性、智慧、同情、诚实与爱，是出于人性中最美好的部分。至少，这是我的目标。

拿到扫描结果不到一个礼拜，我预约了西奈山医院，讨论自己参与的果蝇研究的结果。十八个月以来，西奈山医院的研究员一直在致力于为我创造一种果蝇替身，让它们身上含有我最初的原发性结肠癌肿瘤，并且已经确定了一种可能的药物组合。在 FDA 批准的一千二百种药物中，某两种药物的组合使我的果蝇活了下来。该试验测试的并不是缩小果蝇体内肿瘤的医疗手段是否有效，而是为了简单地证明，当一切该说的话、该做的事都完成时，果蝇是否还能站着。只有这两种药物的组合能让患上癌症的果蝇存活下来。其中一种药物很容易便得到了保险公司的批准，另一种黑色素瘤药物却未被批准用于结肠癌，因此保险公司不愿为它买单。制药公司也拒绝为我供药，因为我不符合他们实在有些苛刻的收入限制。我倒是找到了一家特殊的邮购药店，它愿意以每月 7000 美元的价格为我提供这种药物。从理论上来说，我可以支付两个月的药费。如果扫描结果显示药物组合确实有效，我还可以与保险公司进行辩论，要求报销。

从长远来看,一个月 7000 美元对于我和乔希来说算不上是什么大数目,我可以舒舒服服地花上好几个月。然而没能打动我的事实在于,还没有机构愿意支付这些药物的费用。在我看来,这首先说明研究人员对自己的发现并没有多少信心;其次,我还是怀疑果蝇试验的结果能否被有效地复制到人类身上。将老鼠的试验结果复制到人类身上就已经够难的了,尽管这两种生物拥有非常相似的生物学特性。此外,试验是在我的原发性肿瘤上进行的,而原发性肿瘤肯定无法从生物学的角度准确地反映我的转移瘤;再次,是花在这个试验或其他任何试验上的时间与精力问题。我已经参与了三种试验性治疗,其中两种是临床试验,因此十分清楚这需要大量测试。此时此刻,我已经没有那么多的时间或精力可以浪费在失败率为 99.9% 的事情上了。我宁愿和孩子们待在家里,或是和朋友们出去玩、写写东西,甚至是懒洋洋地赖在沙发上看电视。

我累了。

MSK 癌症治疗中心给了我一个免疫疗法的试验名额。试验看起来还不错,可在我签好同意书之后,他们就把名额拿走了。耶鲁说我的身体健康状况足以参与另一项临床试验,不过我想要的试验已经没有名额了,反正我也不愿花费单程两个小时的时间前往纽黑文。从某种程度上来说,和我发誓永远也不会喝下的墨西哥绿色污泥相比,这些著名机构提供的临床试验也没什么两样。它们就是医生在老鼠身上进行科学实验的拙劣掩饰下的令人难以接受的绝望之举——所有的临床试验都是如此。就我的自身经历来看,你可以说我已经有点儿倦了。我要对临床试验说不,决心重新启用我的第一个化疗组合 FOLFOX,并减少用药剂量。这似乎是最有可能奏效的治疗方法,而我也可以向女儿们表明，她们的母亲最终并没有完全放弃治疗。我接受过三次化疗，眼下已经不需要扫描结果来告诉我化疗是否有效了，我能感觉到肿瘤正在生长，这种化疗是没有用的。我很快就会停止治疗，然后就是临终关怀的时间了。当然，尽管我的本意是好的，低劣的本能还是起了作用。

我一直都知道自己应该早些引入临终关怀，因为我想让临终关怀的工作人员能够了解我和我的家人。我一直都想死在家里，而不是医院里。为了确保这一点，临终关怀必须尽早实施。我已经听说过太多次了，有的病人住院治疗后就再也没有出来过。癌症晚期和医院的干预措施会引发连锁并发症，这种情况是很难避免的。我也见到过一些家庭要求别人留给他们一些隐私，紧紧围绕在将死之人的身旁。我认为，这在很大程度上源于一种对濒死和死亡心怀恐惧的文化。这种文化喜欢隐瞒或羞耻地逃避死亡，直到最后还要假装死亡没有发生。我一直都知道，对我而言，这不是正确的选择。我热爱人类，热爱生活，希望二者能在我最终告别时围绕在我的身边。在可控的范围内，我会按照自己的意愿死去。这就是我对自己的承诺。我希望孩子们能够陪在我的身边，希望家里能够挤满亲朋好友。大家可以在欢笑与泪水中分享故事与美食——人生中最美好的部分。我希望孩子们能够以我的死亡为例，不惧怕死亡，理解它不过是生命的一部分。我想让她们看到母亲是如何被爱的，从而感觉到自己也是安全与被爱的。我知道，一次充满生机、安宁与爱的死亡将是我能够赠予她们的最好的礼物。四年来，我一直都在谋划我的死亡，如今终于可以执行这个计划了。

爱

◇

亲爱的乔希：

　　有些时候，在我尚未完全醒来、假装还睡着的那痛苦的几分钟里，我能感受到你目光的分量。你抓着我的手，紧紧握住，这可能就是起初弄醒我的原因。我能够感觉到你的爱，感觉到你正试图不顾一切地把我脸庞的样子藏在某个地方，某个也许可以不被时间遗忘的、特殊的地方。在你不情愿地想象没有我的生活时，我能够感受到你的恐惧。你该如何像我一样安抚两个女儿？你该如何策划生日派对、安排女儿们的日程？你该如何修理家里所有坏掉的东西？你该如何在做到这一切的同时，还能从事高要求的工作，维持职业生涯的辉煌？但在我的脑海中，我看到你清理掉了壁橱和浴室抽屉里所有属于我的东西，看到你捧着鲜花来到我的坟前，看到你在女儿们睡着后孤独地坐在黑暗中观看我们曾经最喜欢的电视节目。电视在你那张似乎永远都笼罩着悲伤的脸上洒下了一片诡异的蓝光。我为你感到心疼，却又不知能如何帮你。除了解决由我的死亡引起的所有问题，如果有可能的话，我还想说些什么、做些什么来减缓那份痛苦，让失去我对你来说容易一些。正如我觉得有必要给女儿们写下一封信那样，为了帮助你，我也想为你写下一封信，因为要是我连这一点都做不到，就枉为你的妻子了。

如今，在我拥抱你时，在我挠着你的脑袋时，在我躺在你的臂弯里时，我都能清楚地感觉到我们此生共度的时光是有限的。我如此努力地去感受和记忆每一次所能触碰到的一切，身体和灵魂的每个毛孔都在向你敞开，而且只向你敞开，仿佛我不知怎的就能将你的皮肤、头发和精髓都铭刻进我的灵魂，这样就能带着你离开这个世界了。不知道这些对你有没有帮助？乔希，你要明白，在30岁认识你之前，我似乎毕生都在等待着你。知道这些对你会不会也有帮助？我一直相信灵魂伴侣的存在，相信一个人（或许是两个人）能够毫不费力、轻而易举地溜进我的人生与心灵，仿佛他一直都在那里。10岁、12岁、14岁、16岁和18岁时，我会在夜里躺在床上睡不着觉，不知道那一刻的你身在何方。那个有一天会成为我毕生挚爱的男人，我的达西先生[①]——高大、黝黑而英俊的达西先生，我还能说些什么呢？我一直都是个无可救药的浪漫主义者。

其实无论我说些什么、做些什么，都不如时间对你的帮助大。时间，这个无法被定义的东西，记录着每一秒、每一分、每一小时、每一天、每一周、每一月、每一年、每十年……的流逝——这个似乎常常痛苦地延伸到永恒，却又能残忍地稍纵即逝的东西；这个既不会等待也不会催促，亦不会赦免任何事、任何人的东西；这个能让我们遗忘，或者至少能够模糊好坏的东西。还记得米娅过了预产期一天还

[①]《傲慢与偏见》男主角。

未出生,你不耐烦了,疯了似的要求我去催产吗(但我没有理会)?如今她已经快满8岁了。在此期间,我们的容颜渐渐衰老,虽然在日常生活中不易察觉,但在某些特殊的时刻回想起来,却格外引人注目,因为在记录时光流逝方面,照片是不会撒谎的。时间几乎让你我都已忘怀我们步行穿过布鲁克林那一晚的所有细节,那个我们坠入爱河的夜晚。那天的气温是五十八华氏度①还是六十华氏度?我们抬头望向组成曼哈顿天际线的万千灯火时,是不是还刮着风?你穿的是什么?

无论好坏,时间都夺走了我们脑海中那些美丽而丰富的细节,也剥夺了我们坠入爱河时那种独特的快感。相爱时强烈的兴奋感与焦虑感如今只是记忆,几近客观,仿佛那一切都发生在另外某个人的身上。有的时候,我希望自己能够重温这些时刻,只要按下一个按钮,花上几分钟的时间就能回到过去,成为那个欣喜若狂的年轻女子,重新爱上她的梦中情人。然而这是现实世界的法则所不允许的。出于同样的原因,我也已经忘了我们无数次的争吵,就连其中最糟糕的、扬言要离婚的那些也不记得了。这些争吵都是因为什么已经被我遗忘,我知道自己有时气得很想一拳挥向你的脸,现在却无法感受到那样的怒火了。时间不在乎你是不是我的梦中情人,也不在乎我们对彼此犯下过什么滔天大罪;它不关心这些经历和情感是我们需要的还是不需要的,是有爱的还是含恨的。它对一切都一视同仁。最终,时间会让一切都黯然失色。它会抹去最纯粹的快乐,也会浇灭最炽烈的怒火——没错,甚至是最令人心碎的悲伤。

---

① 摄氏度=(华氏度-32)÷1.8。

我记得祖母去世时，我 20 岁；那是我年轻时最痛苦的经历。在坐飞机返回学校的航班上，我记得自己哭了，期中考试考到一半时还在哭。我和家人（我在家的时候）常会去给她扫墓。她曾是我们家族的中心，人人都很想念她。然而随着时间的推移，扫墓变得越来越不频繁了，从每周一次变成了每月一次，后来只有节假日才会去，再后来是一年一次，然后就彻底不去了。我已经十五年没去过她的墓地了。我的生活和其他所有人的生活都在继续。我们全都长大了，结婚了，有了自己的子女。大家都在继续过着自己的日子。

不久之后的某一天，我的整个存在，我所代表的一切和对你而言的意义，都将成为记忆，随着每一天的流逝变得越来越遥远。总有一天，你醒来时不会再那么容易就能想起我的面容，也不会再记得我的气味，不会记得我喜不喜欢巧克力和冰激凌。许多你以为永远无法忘怀的事情也都会渐渐被你遗忘。或许有那么一个小时、两个小时或三个小时，抑或是某一天，你会想不起我来。你甚至不会再定期来为我扫墓。我想让你知道，这都没有关系，事情就该如此，这也正是我希望的。

时间赋予我们的遗忘能力是必然的，也是健康的，因为它可以激励生者为新的体验、新的情感留出空间。这就意味着我们要投入当下、致力于未来，把回忆放在它们该在的地方——也就是过去，在我们需要、想要的时候再将其拿出来。也许对我们而言最重要、最息息相关的是，时间能让陈年的伤口愈合，让我们继续前进，就连最痛苦的经历也能被客观地记住，让我们得以从中学习和成长。我希望你能继续生活下去，乔希。我希望你可以沉迷于体育，去高档餐厅吃饭，去周游世界。我希望你可以尽自己所能养育我们的孩子，这就要求你活在当下，专注于眼前。

在恣意生活的过程中，我甚至希望你能再爱一次。虽然这对我来说难以启齿，但我真的这么希望。

过去的四年中，我们花了很多时间讨论你的"二婚妻子"。这是我在确诊后几天之内为那个终将替代我的女人起的名字。老实说，一直说起她的人是我，而你只是翻着白眼。我无法将这个过程称为"谈论"，因为那更像是在辱骂、威胁和咆哮。有些女人会在临终前给自己的接替者写信，祝愿她一切安好，不过抱歉——我是做不到的，我可没有那么大方。

我担心她会是个拜金女，在你脆弱时敲诈你。我担心她是像灰姑娘的那邪恶的继母。我担心她会试图抹去你和女儿生活中有关我的一切痕迹。我害怕她不会优先考虑让女儿们去洛杉矶待些时间，维持她们与我家人之间的关系。我害怕她不会注意保护我的遗产，担心她会说服你，让你在生活的压力与现状中忘了对我而言什么才是重要的，忘记你曾对我许下的所有誓言——你承诺要实现我对女儿们的期许。她会不会彻底重新装修这间公寓，尽其所能地把我从我为你和女儿们建造的家园中抹去？或者更糟的，她会不会强迫你卖掉我为你和女儿们创造的、可以在未来享受许多年的公寓？如你所知，我的心里还有上百个这样的疑问。你告诉我，要相信你；你告诉我，要相信你有能力做出正确的选择。但这对我来说真的很难。

针对你多久之后开始约会、订婚、结婚才合适的问题，你还记得我们曾经的激烈争论吗？你在谷歌上搜索了一下，配偶死后，幸存的那一方多久之后才会发生性行为、建立认真的恋爱关系、结婚，还为我复述了数据与百分比。寡妇与鳏夫之间存在着巨大的差异。鳏夫出现上述行为的速度要比寡妇快很多。比如说，7%的寡妇会在丧偶后的一年之内发生性行为，而鳏夫的比例为51%。我既害怕又厌恶。男人天生就是如此脆弱，既不能照顾自己，也无法独处。你说你会在我死后一年订婚，最迟两年后结婚。我很生气，对你大发雷霆。你就这么软弱可悲吗？

诚然，你为我的死已经准备了很长时间，和我意外死亡是不一样的。可即便如此，我还是本能地认为你应该留些时间表示对我的尊重。但是多长时间才是合适的呢？

对于这个问题，我想了很多。以下就是我的答案。我将以一种迂回的方式，通过故事来回答你。

正如之前所说的，我一直都是个无可救药的浪漫主义者。我猜这反映了我在童年时期完全缺乏浪漫（当然，除了我在银幕前看过的电影和悄悄读过的爱情小说——父亲禁止我读那种书）。在我这种移民家庭里，实用主义才是爱情与婚姻的指导原则。你见过我的父母接吻吗，即便是吻在脸颊上？没错。我也没有见过。他们带着任何一种喜爱之情触碰彼此的次数，我用一只手就能数得出来。跟着祖父、祖母长大的过程中，我也从未在他们之间看到过这种行为。浪漫的爱情根本就不是我们家的传统。

尽管我的祖父母生活在不同的国家，两人的婚姻却是小时候就订下的。我的祖母来自海南的一个小山村，这个小山村位于中国南部沿海一座郁郁葱葱的岛屿上。祖父的父母也出生在海南，但他本人是在父母移居越南后出生的。他的家族的香料生意和象牙、犀牛角[①]等其

[①] 在我国买卖象牙和犀牛角都属于违法行为。

他贵重物品的贸易做得十分成功。两家人互相认识，也很喜欢对方。祖父的家境十分富裕，祖母则年轻力壮、身体健康。14岁时，她就被一个陌生人——她未来丈夫的外祖父——从她熟悉的人和事身边带走，坐了好几周的船来到越南。在那里，她不得不学习一门新的语言，学习以商业而非务农为中心的新生活方式。在那里，她要满心怨恨地遵照跋扈婆婆的命令行事，尽管我的曾祖母大部分日子里都在赌博。在那里，她还要照顾好少不更事的丈夫和他的七个弟弟、妹妹，甚至在用母乳喂养长子时还得喂养丈夫最年幼的那个弟弟。祖母得做饭、打扫、缝纫，甚至还得给曾祖母按摩脚跟；在曾祖母长大的那个年代，不超过三寸的裹脚是美的标志，所以她一定会谴责祖母那双可笑的大脚。祖母其实就是自己家里的一个仆人，而她少不更事的丈夫也没有做过任何能够改善她境况的事情。他会遵循母亲的意愿行事，把妻子的痛苦视为长达几个世纪的婆媳权力之争文化中的一部分。祖父母之间不存在任何浪漫的爱情，至少不是我想要的那种爱情。他们的爱源于熟悉、习惯与义务。我的祖父至少有一个情妇，并且和她生过至少一个孩子，是个女孩。我相信祖母也知道他们的事情，因为她无所不知，只是从不会提起。结婚近六十年之后，祖母去世了，祖父为她哀悼了一段时间，便前往中国接来了祖母的妹妹（一个寡妇），还和她结了婚。晚年一直是那个女人在照顾他。这就是无法应付困难局面的男人的最佳范例。

我父母的故事就好多了。说实话，我的母亲是个美人。在我后来出生的小镇上，母亲的美貌引起了祖母的注意。她的长子已经24岁了，是时候结婚了，于是她四处打听这个漂亮姑娘的情况。她在学校里教一年级，每天往返都要经过祖母家的房子四次。虽然她出生在越南,但是父母也来自海南,是家中六个孩子中最年长的。她并非出生在富裕人家,但家境也十分体面,何况她的美貌是不容忽视的。于是,祖母找了个媒人前往她会安的家中,讨论联姻的可能性。我的外祖父母欣喜若狂,母亲却并非如此。她曾远远望见过我的父亲——一个肤色苍白的男人,足够英俊。但母亲觉得自己才22岁,太过年轻,还不适合结婚。她渴望去冒险,想要换一份教书之外的差事,比如在军队商店里为美国人工作。可是她的父亲不允许她和美国人交往,因为这样会招致堕落、丑闻与毁灭。

她的父母强迫她答应了这门婚事。他们说,母亲是找不到更好的工作机会的。考虑到我父亲家族的名声与财富,嫁得好将是她对父母和弟弟、妹妹唯一的、最重要的责任。她同意了,从而展开了一段不得不围绕战争安排的短暂恋爱。父亲应征入伍时,祖母贿赂了许多人,才确保他成了上尉的司机,不必奔赴前线作战。每个星期六,他不值班的时候就会骑上摩托车去会安看望我的母亲。为了踏上这段两小时的旅程,他必须等到上午晚些时候才能出发,这样美国与南方部队才有充足的时间清除游击队趁着夜色在路上埋下的地雷。

猴年农历十一月初六那天,也就是1968年的圣诞节,我的父母结婚了。之所以选择这一天,是因为懂行的人认为那是吉日,预示着好运与众多的福祉。婚礼是在岘港举行的。我的母亲及亲友提前好几天便赶到了那里,在一家酒店住了下来,以免庆典被战争带来的麻烦与不便——道路被毁、小规模冲突爆发打断。

当我问起母亲,她嫁给父亲时是否爱他时,她摇摇头。她表示,自己是这些年来才逐渐爱上他的。他们的爱情也是熟悉、习惯与义务的产物,源于两人在战争中幸存、又共同经历了移民。从小到大,我从未见过他们之间有爱情，大多数时候看到的都是无尽的争吵，主要是父亲朝着母亲大吼大叫，以至于我觉得他是个言语粗鲁的人。也许他的怒火源自在一个新的国家重新定居的压力，毕竟这里并没有他曾经拥有的一切。随着时间的流逝，随着年龄的增长，父亲成熟了，母亲也对这个新的国家越来越有信心，还学会了反击。尽管如此，我还是发誓永远也不要这样的婚姻，无疑也不想要这样的爱情。

父亲似乎一点儿也不希望我得到爱情。上高中时，我曾经问过他，我什么时候可以交男朋友。当时，我的许多亚洲朋友都已经在背着父母偷偷约会了。他说在我大学毕业之前是不可以的，还说"男女朋友的愚蠢行为"会让人从学业中分心，他是不会允许这种愚蠢行为发生在我身上的。还记得我们送姐姐去伯克利上大学一年级时，大家开着车在校园里转了转。父亲指着那些身着暴露背心、化着妆的女生，用极尽嘲讽的语气说道："看看现在的这些姑娘。"我刚上八年级，却对此话的含义一清二楚。父亲不想让我成为这样的姑娘。我不能有男朋友。我必须专注于学业。考虑到我因为视力问题无法开车，父亲总是梦想着有一天能够成为我的司机。他已经全都计划好了：我给他弄部手机，再为他买辆汽车。无论我何时需要乘车，只要打电话给他，他就会来接我，送我去我要去的任何地方。在开车的问题上，父亲拥有无穷的耐心，尤其是开车载我。他描述梦想的情境中时从未提起过什么我的丈夫或是孩子。我有些好奇，不知道父亲会不会开车送我去约会，或是晚上送我和朋友出去玩（最可怕的是，我可能会为此穿着性感）。

直到很久以后，我才意识到他为何从未在我面前提起过我的丈夫或是孩子的事情，为何总是要强调教育（比对哥哥、姐姐强调得还要多）和经济独立。在母亲坦承祖母曾试图杀了两个月大的我，而我的父亲也参与了那次事件时，一切就都说得通了。当时，在越南，他们只是想把我从可悲的失明、嫁不出去和膝下无子的人生中拯救出来。毕竟，当时一个女孩的价值完全取决于她结婚生子的能力。虽然移居美国确实挽救了我的一部分视力，虽然美国能为残疾人提供更多的帮助与机会，但我的父母已然把我视为一个无助的盲童，身体有缺陷，不受欢迎，对他们来说，我还是嫁不出去的。

到了17岁去上大学时，我还是心灰意冷的，而且在那之后还会继续心灰意冷许多年。我是如此愤怒，为什么是我？为什么我要成为那个双目失明的人？为什么我就必须戴着又丑又厚的眼镜？无论我走到哪里，眼前看到的都是我做不到的事情。我忍不住也相信自己是残缺不全的，有着很大的缺陷，还憎恨父母把我带到了这个世上让我活着。有一次，我甚至朝着父亲歇斯底里地尖叫，问他为什么要允许这种事情发生，几乎没有意识到自己差一点儿就击中了他的要害。讽刺的是，出面安慰我的人竟然是祖母。最重要的是，我憎恨我自己。

所以，即便那个浪漫的我梦到过你，却从未想过能够真正找到你，或者即便你真的存在，你是否愿意接受我？你总是问起我之前交过的男朋友，而我总会变着法子逃避你的问题。原因在于，我在你之前一个男朋友也没有。当然，眉来眼去和外出度假时的大献殷勤还是有的，不过那些家伙从未逗留超过一个星期。也许他们应付不来威廉姆斯学院与哈佛大学的学位。也许我的祖母和父母是对的，没有人愿意找个像我这样存在缺陷的人。男人们得知我的视力问题时，肯定会感到非常不自在。也许我相信自己不值得被爱，因此祖母和我的父母一直都是对的。

我没有做出过任何"男女朋友的愚蠢行为"。是的。相反，我把精力都放在了学习上，就像父亲希望的那样。但是，不知不觉之中，我的精力也被用在了修复破碎的内心方面。收拾好行李，我动身去了离家三千英里的威廉姆斯学院。父亲可能一直以为，让一个女孩去离家那么远的地方接受教育，还要冒着很大的潜在风险，是没有什么货真价实的价值的，但他无法抗拒这所大学在《美国新闻与世界报道》中排名年度第一的诱惑。何况，考虑到我拿的是全额奖学金，他对我取得的成绩其实无话可说。我学的是中文，就是母亲因为我的视力问题觉得我永远都学不会的那门语言。大三那年，我去了中国留学，每逢假期我就会去周游这个幅员辽阔的国家，同时还要尽可能地少花些钱。大学毕业之后，我去塞尔维亚学了五个星期的西班牙语，随后又独自背包在欧洲旅行了五周的时间。法学院第一年结束后的那个暑假，我去了孟加拉国实习。参加完律师资格考试之后，我又先后去了智利、秘鲁和泰国，然后时隔二十三年第一次陪伴父母回到了越南。开始工作后，我还经历过几次冒险，去了南非和新西兰。就在遇见你之前，我又去了南极洲。在那之后，我就能自豪地说自己30岁前足迹就已经遍布七大洲了。

在此期间，我乘驳船沿长江而下时，曾被满客舱的小鸡的尖叫声笼罩；在中国西部尘土飞扬的某省份乘坐大巴时，车门还曾飞走；在紧挨喜马拉雅山山脚的道路上蜿蜒而下时，我曾为自己的生命祈祷。在南极的冰原上露营时，在坐看马丘比丘神秘的美景时，我心中破碎的地方得到了修复。没有什么比周游世界更能让我面对自身的局限了；没有什么比站在罗马的大街上、拿着地图和放大镜努力寻找过夜的地方，更让我沮丧或自我仇恨了；没有什么比划着独木舟穿越南极水域更能让我感到自豪与自爱、深深感激自己所能做到的事和所拥有的远见卓识了。我明白，没有人可以告诉我什么能做、什么不能做。只有我能够设定自身的极限。我学会了欣赏自己所做的每一件事。事实上，某些视力正常的人都不可能像我一样孤身环游世界。我还学会了接受自己，学会了耐心对待和深爱自己。

后来我遇见了你，在我已经准备好遇见你时，在我感觉自己配得上你时，和你在一起，与你坠入爱河，是我做过的最简单的事。那种感觉真好。你是如此聪明——就算我并非智力超群，你也能与我旗鼓相当。你教会了我，挑战了我（不可否认的是，你使用的方式有时很讨人厌）。但你知道我最感动的是什么吗？当我们走下一段楼梯时，你会默默地伸出手牵住我；不用提示，你就会为我读出菜单；你还会欢快地充当我的司机。你从未怀疑过我的能力。姐姐告诉我，就在你准备通过视频请求我的父母允许我嫁给你之前（她会充当翻译），她曾经警告过你必须接受和爱我的本来面貌，包括视力残疾等。这正是你一直在做的，爱我并接受我的本来面貌和所有的不完美。

这封信不是用来计算我死后多少个月才是你找第二任妻子的合适的时机，而是与你有关。我的死会令你心碎，让你的心碎成无数片。但我希望你能独立修复好自己，希望你能利用这个机会和女儿们建立一种不可思议的联系，毕竟这在我活着的时候是不可能的。尽管你有时会感到孤单，但是我还希望你能想办法管好孩子，管好公寓和自己的事业。请不要因为你需要一个妻子或孩子们需要一位母亲就轻易和一个女人在一起。要知道，没有哪个女人能让这一切变得更加容易，也没有哪个女人能够修复你内心的创伤。我希望你能通过自身的努力重新变得完整。只有在那个时候，我才相信你可以找到真正健康的爱情,找到某个配得上你和女儿的人。谁知道呢?她有可能会是个连我都会喜欢的人呢。

  我爱你,亲爱的。保重。再会……

朱莉

2018 年

走在生命的尽头

◇

去年 5 月,我们全家从奥斯丁飞回纽约。乔希和米娅在另一个地方坐着,我则在逗伊莎贝尔玩。望向窗外时,我问道:"伊莎贝尔,如果我们能到外面去坐在云朵上,会不会很有意思?"

她答道:"妈咪,别傻了,你会直接掉下去的——那就是空气。"

我说:"你真的这么觉得吗,伊莎贝尔?我是说,天使不都是坐在云朵上的吗?"

她回答:"你觉得天使是真的吗,妈咪?"

"我不知道。"我说,"也许……"

她说:"你觉得我们死后会发生这样的事情吗,变成天使?"她停了一下,思索了片刻,然后低声说道,"我想变成一个天使。"

"为什么?"我问。

"不然我就死了。"她回答。

我笑着说:"哇,这真是个不错的理由。"

我 5 岁的女儿脸上带着认真的表情说出了一句让我自愧不如、深受感动的话。这些话似乎非常适合作为本书最后一章的开头。她说:

"但是，是为了你，妈咪，是为了你。我想让你在另一个女人的肚子里长大。"

如你所想，我一时间说不出话来。终于，我设法低声说了一句："我觉得这是个好主意，伊莎贝尔。我希望这能实现。"

"妈妈，"她答道，"你要好好地回来。"

我的两个女儿如今已经分别 6 岁和 8 岁了。她们喜欢听我讲故事，讲我和她们是如何出生的，她们对同一件事百听不厌。当然，这些故事不可能有太大的出入。我过去也总是缠着妈妈给我讲我的故事。

1976 年，我出生在接生婆家的两居室混凝土房子里。那是越南中部一座普通的省会城市，其实不过是座小镇。这个接生婆曾经成功接生过我的父亲和他的四个弟弟，在我之前还接生过我的哥哥、姐姐（以及镇上几乎所有的婴儿）。那里没有产前护理，没有机器，没有预产期，没有硬膜外麻醉。母亲告诉我，她已经忘了疼痛有多严重。兔年腊月初六的晚上，她胃痛，于是坐上姐姐的保姆驾驶的助力车，穿过了几条尘土飞扬的街区。我的父亲不在家，他要赶在新政权成立之前，去某个地方试着出售和交付我们五金生意的最后一批存货。母亲躺下后不久，我就出生了。我来到这个世界的准确时间并没有被记录下来，母亲也记不得了。

我的两个女儿都出生在曼哈顿上西区的圣卢克 - 罗斯福医院。生老大米娅时，我打了硬膜外麻醉，12 个小时后，医生又筋疲力尽地助产推了一个半小时，以至于产科医生忧心忡忡地最终决定用真空吸引术将婴儿取出来。在真空吸引器的帮助下，米娅毫不费力地钻了出来。几秒钟之后，下午 5 点 56 分，我就紧紧抱住了她扭动着的光滑的身体。伊莎贝尔是在夏天最热的时候降生的，速度很快。那天的气温有九十九华氏度，我在街上热得要命。我就是那种打不到出租车的孕妇——司机要不就是准备换班，要不就害怕孕妇会在车里分娩，我也说不清楚。于是我和丈夫绝望而焦躁地坐上了开往上城区的地铁，在大家担忧的目光的注视下，我忍着剧痛喘息，然后步行穿过两条长街，来到第十大道。在那里，一名保安推着轮椅前来迎接我，还叫我想象海浪，我差点儿叫他闭嘴。我的宫口已经开了八厘米，所以绕过了常规的入院程序，被匆匆送进一间病房，打了硬膜外麻醉，医生刺破了羊水。20 分钟后，下午 6 点 23 分，伊莎贝尔带着响亮的哭声来到了这个世界。

尽管新的人类生命是平凡而普通的，但从我年幼的女儿们坚持要听故事的表现来看，就连她们也能本能地认识到，每一个新生命都是不平凡的、不普通的；她们可以从自己出生的故事中看到各自的独特性，进而看到自身的伟大。虽然年龄还小，她们也想知道自己之前身在何处，又是如何来到这里的。用句老掉牙的话来说，这就是我们所说的"生命的奇迹"。

奇迹被定义为那些不能用科学规律来解释的事情，或是违反自然界所有已知规律的事情。在某种意义上，生命的奇迹根本就不是奇迹。科学规律可以解释人类生命的起源——我每个星期都会收到在 http://www.babycenter.com/ 上订阅的邮件，里面描述了怀孕时我子宫里发生的一切——卵子遇到精子，细胞迅速分裂，众多器官形成，各种系统发育——没有任何神秘之处。然而，生命的创造本身——开启整个过程的不可名状的火花——就是奇迹。从那时起，不计其数的事情都必须恰到好处。对我而言幸运的是,就我们所知——愿上帝保佑——我的两个女儿诸事顺利。不计其数的事情能够按照正确的顺序适时发生,这就是奇迹。作为一个先天双目失明的人,我对看似平凡的过程中那些微妙之处尤为敏感。毕竟一件具有深远影响的小事是多么容易出错啊。我猜我比一般的准妈妈更焦虑。

2013 年,我在得知自己患上了结肠癌四期时,就想把这些有关出生的故事写下来,要写的东西很多,但这些是最重要的。还有谁能告诉两个女儿,我是如何数着她们的手指和脚趾,确保它们一个也不少的?还有谁能描绘出我第一次见到她们时的那种惊奇呢?她们有着外星人一样的脸庞,仍旧潮湿柔软的皮肤散发着和我一样的怪味,几乎光秃秃的脑袋乞求着温暖,极度脆弱的身子渴望着滋养。我不曾从科学与事实的角度留意她们的存在是平凡的;和大多数母亲一样,我只把她们视为我的小奇迹。我惊叹于生命奇迹有形的一面,惊叹于皮肤碰触皮肤的感觉、能活动的四肢以及几秒钟前还不曾出现在这个世上的新生命跳动的心脏。

不过,我的孩子还有更多需要了解的东西,只有我才能解释——那些无形的方面,牵涉她们出生故事中那些不可思议的部分和她们的人生故事。还有谁能让她们理解自己的人生、我的人生、我们的人生,都是在远远超出我们控制的历史与家庭力量的影响下密不可分地交织着塑造出来的,而这一切从本质上来说有多不可思议?还有谁能告诉她们,她们的出生、她们竟是我生出来的,对我而言有多难以置信?还有谁能告诉她们,她们的生命很轻易可能就没有了,就像我的生命很轻易可能就没有了一样?

我的父母、祖父母,尤其是祖母,都不曾把我视为什么奇迹,无论是在肉体还是非肉体的意义上。恰恰相反，我被认为是存在严重缺陷的，是那个被遗忘的时间与地点里生命奇迹的重大失败，是个令人厌恶的东西，是种诅咒，是必须用最极端的方式解决掉的问题。

在去岘港求草药医生开些能够让我长眠的药时，母亲坐在大巴上怀抱着我，无声地哭了。她抚摸着我的脸，心想这个孩子是多么美丽，为什么必须要杀了她呢？她在身旁经过的那些脸庞上搜寻，所有人都对即将发生的罪行浑然不知，大家在微笑、大笑，看起来无忧无虑。这一切对她来说却毫无意义。她的眼泪如雨点般落在了我的身上。

不过，通过颇有良心的草药医生和下令别干涉我的曾祖母（"她生下来是什么样的，就是什么样的。"）的共同努力，我的生命竟然被一个我从不认识的男人和一个我几乎记不得的女人挽救了。由于曾祖母是家族里的大家长（膝下有五个儿子、四个女儿，她还是无数孙辈的曾祖母），她的命令就是我们家族的根本准则。没有人会再试图结束我的生命了。不管怎样，我活了下来，还长大了。

我幼年时，似乎不可能的事情发生了——尽管算不上完美，但是我获得了视力。母亲带我前往 UCLA 医疗中心，找到了一位祖籍密苏里的年轻儿科眼科医生。他从未见过我这样的病例，还告诫母亲，他不知道移除白内障后我还能拥有多少视力。要是我出生在美国，事情就容易多了。可我不是，所以事情一点儿也不简单。多年的白内障让我与世隔绝，致使大脑已经忘记了将其与眼睛相连的视神经通路，如今已经不知道该如何使用它们了。4 岁时，我的大脑里充满了它无法理解的视觉信息。即便是使用最好的矫正镜片，要想教会我的大脑，也为时已晚。

但这已经是我从未拥有过的了。我可以看到颜色和形状，可以自己走路，可以戴着视觉辅助工具阅读，也可以看电视。随着时间的推移，我还能利用获得的视力去工作，甚至不顾它所带来的严重局限茁壮成长，在这片全新的土地上拥有相对正常的童年、家庭、友谊，获得学业上的成功，拿到奖学金，进入高等院校，开展重要的事业，赚很多的钱，环球旅行，拥有英俊的丈夫和两个美丽的孩子。所有这一切都与祖母早年间对我未来的看法南辕北辙。

如果没有癌症，有些人可能会把发生在我和我人生中的事情称为奇迹。

我经常思考有关奇迹的事情，但并非是在"癌症群体"里大部分人都会滥用的那种背景之下，希望奇迹般地被治愈。通过某种方式，我实现了生命中不可能的事情。因此，当我被确诊为转移性结肠癌时，许多人都会辩称，要是有谁能够找到奇迹般的治愈方法，那一定就是我。我从未有过这样的念头。相反，得知自己患上了危及生命的癌症时，我竟会莫名地认为，这是已经去世十七年的祖母正在坟墓里试图再次要了我的命。在得知草药医生的事之前，我就一直认为自己是在借日子活命，因为我的人生已经被拯救过一次了——如果你认为视力的一点点恢复也能算是一种颇有助益的救赎，那就是两次——没有人能再救我第三次了。凭借直觉，我知道宇宙就是这样运行的。不，我从未渴望过奇迹。我已经创造了自己的奇迹。相反，我一直是在生命本身的背景下思考奇迹这个概念的——它的开始与结束，我的开始与结束，所有人的开始与结束，所有人生命中的奇迹。

多年来，当我看着自己寅吃卯粮，认为生活本不该如此时，我都会重新认识到我的存在（还有我孩子的存在）在以前、在现在并且一直都是个奇迹。尽管癌症缩短了我的生命，摧毁了我本可以再活的四十年，但是丝毫都不会有损这个奇迹。万物都会消亡，就连我年幼的孩子都明白这个基本的自然规律。有些事情的到来只不过比预料中的更早一些而已。

因此，生命的奇迹肯定会为每个人而终结。我只是碰巧知道自己的奇迹将如何结束，还痛苦地意识到了这一事实。那个奇迹终结——它是什么方式的，看起来、感觉上如何。诞生的完全对立面、生命奇迹的瓦解与结束、在有序可控的范围内又能坚持多久，对某种美的占有中又有多少是对我们丑恶、黑暗的人生脉络混乱的毁灭——这些问题在过去的五年时间里一直困扰着我，尤其是现在，在结局愈发迫近之际。但这一切本身也是一个奇迹。

我们生活在某种害怕奇迹会结束的文化中。这种文化是黑暗的，是可怕的，是可悲的，尤其是在一个人被视为英年早逝时。我被确诊之后便开始寻找和我一样的人，那些能够陪我探索黑暗、恐惧与悲剧的人。毕竟面对残酷的现实，积极拥抱现实才是对自我生命的救赎。但大多数时候，我找到的、并且一直都在寻找的是错觉与虚假的乐观，以及面对毁灭性的确诊时勉强的安慰。在这里，死亡和随之而来的恐惧必须被不惜一切代价地加以回避。出于回避真相的需要，人们会不假思索地不断对我说些陈词滥调。这些话有的来自充满善意的亲朋好友，但多半竟然来自病入膏肓的人和照料他们的人，这实在是令人困惑。"希望总是有的。你必须保持乐观，必须继续战斗，没有别的选择。"我会一边咬紧牙关一边心想，总有一个时刻是没有希望再继续活下去的。这就是事实。我为什么必须要保持乐观？消极有什么错吗？不是的，选择总是有的，选择去死的想法总是有的。最可怕的是，在针对死亡的正统观点中，这种说法就是离经叛道。

一位颇受欢迎的博主曾经写道，她在被确诊癌症时感觉十分兴奋，因为对于她年轻的生命来说，癌症是另一项挑战，而她喜欢挑战。我被确诊时就一点儿也不激动。如果这个女人真的激动万分，那也是她为了逃避体内正在发生的事情而对自己撒的一个谎。

还有一位距离死亡只有短短几周的博主，他似乎就是无法承认或接受种种能够说明问题的迹象——体重减轻、肝脏遭肿瘤侵蚀、脑部五处转移瘤。他是位临床医生，一位肿瘤研究者，因而他的否认与错觉更加令人震惊。后来，正如他在博客中所写的那样，他因为失去平衡摔了一跤，还将其归咎于放射疗法引发的炎症。他希望炎症可以消退，然后就能回归系统治疗了。我阅读并查看了他一个月之前在社交媒体上发布的照片，就知道他已经无法回归系统治疗了。他的末日已经近在咫尺。

在目睹了众多朋友的离世之后，我们这些熟悉癌症世界的人都能看得出他距离死亡有多近。可他就是无法看到这一点，以至于他和那些更加单纯的博客读者一直都心存幻想。不管是过去还是现在，谎言都令我厌恶。也许对于许多人来说，说谎是勉强度日和面对死亡的唯一方法，可我知道自己不是那种人。我想要诚实地面对死亡，睁大眼睛，即便心中恐惧也要充满理智和勇气，希望自己还能从中获得新的智慧。于是我开始在写作中搜寻真相，去理解生死的意义，理解充实的生活是什么，理解有意识地结束自己身上的奇迹是怎样的，从而去增长智慧。我发现还有许多其他人也在默默寻找自己的真相，想要和我一起探索——不仅是探索黑暗、恐惧与悲剧，也探索欢乐以及生死之美。

生命的开始，胎儿在子宫里的发育以及随后降生在这个世界，都与奇迹和美有关。我们对自己生命创造的美缺乏欣赏性认知，这是多么不幸啊。我就很想目睹自己的出生，却只能目睹自己的死亡。换句话说，尽管这个疾病已经变得如此可怕，我还是希望自己能够有此认知，希望复杂的大脑是最后一个丧失功能的器官。人在死亡中是很难找到任何美的，在我生命的奇迹中也很难找到诗意的结局。

七个月之前，我参加的第二次和第三次临床试验都彻底失败了。这尤为令人震惊，因为试验曾有好几个月都显示出了激动人心的效果——后来却不了了之。扫描结果显示，腹部和盆腔几处肿瘤的数量增加了一倍甚至两倍。这显然是我因梗死和阻塞、最终饥饿而死的先兆，除非我的肺部或肝脏因为肿瘤负担过重率先衰竭。我确定自己还有几个月的寿命。这是我的肿瘤医生在发表了五分钟的免责声明后给出的预测。我心里有一小部分因为痛苦终于走到了尽头、终于要踏上下一段冒险松了一口气。但最重要的是，我的最后一个夏天——2017年的夏天——我都沉浸在强烈的哀伤情绪中，没日没夜地哭了两个星期。伴随卷土重来的强烈哀伤，我再度第无数次意识到，我将错过女儿们人生中那些大大小小的瞬间：毕业典礼、婚礼、音乐会、与朋友的争吵；意识到我和丈夫曾经憧憬的所有梦境即将破碎——退休后在托斯卡纳的一间度假屋、更多的环球旅行。在之前的四年时间里，我似乎永远都不会为这些事情感到悲伤。

不过，让我第一次真正感到悲哀的是，在经历了四年的手术、化疗、放疗和其他试验性治疗之后，我感觉身体在挣扎着继续运转的过程中出现了前所未有的恶化，而且癌症还在恶化是不可否认的事实。

尽管服用了麻醉剂，我还是因为腹痛永远都得弓着背，癌症扩散到子宫与阴道后引起的出血不断在视觉上生动地提醒着我癌症的存在。四下无人时，全身无力的我会在短暂乘坐电梯往返公寓两层时，感激地蹲在地上。前往银行的两分钟路途变成了任务繁重的远足，不仅需要做好心理准备，还需要体能和精神力量的支撑，还有食物——这一方面尤其令人沮丧。虽然经历了这么多年的化疗，但我一直都是个美食爱好者，因为爱好美食就是积极生活的根本之举。如今，我已经无法忍受看到食物，也无法振作精神或满怀渴望地去烹饪了。要知道，那曾经是我非常喜欢做的事情。

毫无疑问，身体对生活基本需求与乐趣的排斥正是它不想活下去的迹象。我曾经是那样强壮，天生肌肉发达，还会通过频繁的高强度训练来增强这种与生俱来的力量。我曾经可以从乔氏超市背回三十磅的杂货，可以背上背着一个宝宝、怀里抱着一个宝宝上下楼。那个女人怎么了？她已经成了心中遥远的记忆。我很伤心，不是为了两个女儿或我的丈夫，而仅仅为了我自己，因为我意识到我已经失去了曾经的那个自己和我所爱的自己。这个濒死的女人，这个正加速老化的女人，正在被一个越来越瘦的丑陋生物代替。在我准备赴死，和生者之间的那道无形墙壁变得越来越厚、越来越高时，我正处在一个不断缩小的象征着孤独、孤立与黑暗的世界中，为濒死的自己默哀。

但是，悲伤的夏天一结束，我的视角就发生了变化，整个人都被一种平静所笼罩。我会为即将离开丈夫和女儿而难过，但也能感受到别的东西，为身体所发生的变化而惊叹。我无法看着自己出生，但可以睁大双眼看着自己死去。和其他所有事情一样，这也是一个奇迹。人很难在死亡中发现美，但我已经学到了什么，而且仍在学习。

20 岁那年，祖母的死曾令我心碎，因为我是那么爱她。后来母亲告诉我，祖母恨了我很长一段时间。在我们来到这个国家，我又获得了一部分视力之后，她过了很久才开始逐渐地爱上我。奇怪的是，在成长的过程中，我从未想过祖母会恨我。对于她的十三个孙辈来说，她是位了不起的祖母，每周都会为我们做饭，会时常打电话来询问我们是否吃了晚饭，还会过来为我们叠衣服。我们每个人生命中都有某个时刻是由她来帮忙抚养与照料的。她去世前的那个夏天（包括她在内，谁都不知道她就要死了），她还带着我在夕阳的阴凉中散步，一只手紧紧攥着我的手肘；我从不确定她是在利用我做支撑，还是在引导我，也许两者都有一点儿。她还去了机场，送我去上大学四年级——她以前可从没有送过我。在国外留学一年后回到学校，我记得自己有些紧张和恶心，在后座上把头靠在了她的肩膀上，任父亲大清早在高速公路上加速行驶。我记得我还拥抱了她，告诉她我们圣诞时再见。登上飞机时，她还挥手和我道别。

七个星期之后，我飞回家，在她弥留之际坐在了病床前。她的皮肤已经泛黄，身体浮肿了起来，无法开口说话，但身旁围绕着一大家子人。她的儿媳们会轮流守着她过夜，确保她永远不会一个人。我被围绕在她身边的所有爱意感动了。祖母的身上有种特别的东西，某种即使在她最黑暗的日子里也能把人们吸引到她身边的东西。

我徒劳地尝试着为期中考试复习，同时更加努力地接受着我真心爱着的人中第一次有人即将死去的事实，努力将这个还有几日就要离世的虚弱女子与我一直以来认识的那个占主导地位的女人合二为一。她年轻时就乘船奔赴异乡，那里有个与她从未谋面的男孩正在等着娶她。她从未学过如何阅读，却通过儿子和孙辈找到了梦想中才能获得的成功。她是个如此坚毅的人,坐上渔船离开越南时,即便身边所有的人都在朝着大海呕吐,她也从没有吐过。

探病的第四天结束时,我去和她道别,心知那晚一旦离开她的身旁,也许就再也见不到活着的她了。屋里挤满了她的子女和孙辈。我牵起她的手——它是那样温暖,像米纸一样干燥。和当时的大部分时间里一样,她仍旧闭着双眼。"我明天就得返校了,奶奶。"我用中国方言说道。我不确定她能否听到,或者她是否醒着。我又改说英语,因为有些话我用中文是不会说的。我知道,她起码能够理解其中共同的情感。"我爱你,奶奶。我会非常想念你的。我保证,一定要让你为我骄傲。"我含着泪,把她的手放回了她的肚子上,转身离开了房间,去走廊里找了个角落,好让自己能够哭一哭,独自悲哀。当父亲一把抓住我的肩头,强迫我再次转向祖母时,我几乎没有听到病房里那些人突然发出的啜泣声。祖母抬起了一只手,缓缓地前后摆了摆,做着道别的手势。我能够想象她为了这个简单的动作付出的痛苦和精力。我明白这是她表达爱的最终方式,因此哭了好几天、好几个月,甚至好几年。

自从确诊癌症,多年来我一直在哀悼,在黑暗中探索,但也沐浴在人们对我的爱与同情之中,就像大家对祖母的爱一样。我爱我的家人,而他们也比我没生病时更加爱我。我们还学会了用一种亲密的方式交流。要是生活能够如我所愿,我是永远也想不到会有这种可能的。面对死亡,因为我所坚持的诚实,两个女儿表现出了情感上的成熟、同情心以及同龄孩子身上少见的对生命的欣赏。我们曾四处旅行,在我的监督下,合并后的美丽公寓成了孩子们未来的家。我还在平凡的事情中找到了乐趣,那些被别人认为理所当然、甚至十分厌恶的事情——做饭、开家长会、强迫孩子做作业和练习小提琴，都让我很快乐。我在走向死亡的过程中活着，这其中就存在着某种美与奇迹。事实证明，这么多年以来，我一直都在审视自己生命中的奇迹，只不过都是我自己的意愿。

灯熄灭之前，我想说，第二任妻子，我不恨你。请全心全意地去爱这个曾经属于我的家庭。照顾好他们，替我过好我过不上的生活。

母亲，父亲，我原谅你们，还要感谢你们。

祖母，我很快就要见到你了。我有话要对你说。这些话我已经想了很久。

对所有也许正在阅读本书的人，我要感谢你们一路上的陪伴。我想冒昧地鼓励你们享受时光，不要被磨难阻碍，不要因为生活乏味而麻木，要尽可能多地说"是"，要蔑视概率。你们还要爱惜儿女，珍惜丈夫或妻子。去生活吧，朋友们。去生活就对了。去旅行吧，在护照上多盖几个章。

几年前，我去过南极洲。身处辽阔之地、超凡的美景之中，仿佛瞥见了另一个星球，我感觉自己也有可能瞥见来世。在那之前的一年，我在南非旅游期间遇到了一个来自印第安纳州的退休鳏夫。他告诉我，他去过南极，那是一趟精神上的体验之旅。此事在我的脑海中埋下了一颗种子。于是，2005 年 10 月，在结束了一项特别令人疲惫的业务之后，我预定了 11 月底前往南极的旅程，就在我 30 岁生日的前几周。我是一个人去的（或者说，你去南极的时候应该尽可能独行，但对于普通游客来说，除了加入旅行团，真的没有别的办法能够去那里），一路向南，奔赴南美南端的火地群岛。西半球所有前往南极洲的船只都是从这里出发的。我和来自世界各地的另外四十三名游客一起登上了一艘俄罗斯破冰船,踏上了为期两天的德雷克海峡颠簸之旅,前往南极半岛。

感恩节那天,破冰船在水面上破冰而行,载着我们靠近了陆地。站在甲板上,我目瞪口呆地凝视着水面上耸立的那些泛着无穷白色、蓝色和绿色的巨型冰山,还有由陈冰和新冰经年雕琢而成的雄伟拱门和崎岖山脉。它们简直比人类有史以来创造过的任何东西都宏伟壮丽。万里无云的蓝色天空,每年这个时候这里有一天二十个小时的光照,还有洁白无瑕的土地本身,都耀眼得几乎令人难以忍受。

在接下来的七天时间里,我远离船上的喧嚣,划着独木舟穿过最幽静、最平静的水面。浪花随着船桨的每一次划动而荡漾,水面上清晰地映照着蓝色的天空。与人们的普遍看法相反,南极洲并不全是白色的。在日出、日落的光线照射下,这里也可以是黄色的、粉色的、红色的和紫色的;而这个季节融雪后的沙滩火山岩则是黑色和灰色的。企鹅的喙是橘色的,浅海是绿色的,海豹的皮毛是棕色的。所有一切都蕴含着一种活力、纯洁与美丽,总能使我激动得喘不过气、眼含热泪,让我感恩上帝赋予了我视力,让我能够看到如此壮丽的景观。

身处南极洲,我感觉我好像已经离开了故乡,距离万物有何意义这个严肃问题的答案又近了一步。在这种地方,一个人是不可能不拥有远大理想的。你会忍不住想象上帝——我这里说的"上帝"指的不是任何宗教教义中描绘的那个人,而是很有可能由过去、现在和将来的所有生命组成的一种力量,一种精神上无法理解、但灵魂或许可以去感知的力量,就像没有逻辑却充满了感情的伟大诗歌。

身处如此壮丽的光影之中,我感到自己是那样渺小且微不足道。

在这颗小小的蓝色星球上，在太阳系中，在银河系里，在无限延伸的宇宙中，我就是一个只能延续一秒的渺小生命，是空间与时间中一个无限小的点。

在日常生活中，感觉到自己渺小且微不足道的情况是十分罕见的。果然，一从南极返回，我就再次被生活的细枝末节搞得焦头烂额。正是这些细枝末节时常让我觉得自己既关键又重要——我要应付家人和朋友的闹剧；要起草数百页的合同，直到深夜；还要激烈地与对方律师就一些无关紧要的小事进行谈判，仿佛一切都事关重大；要为有人插队感到心烦；要筹备婚礼；要购买公寓；要苦恼该买哪个婴儿床；要为了刷牙和看电视的孩子们争吵；还有数不胜数的各种家庭琐事。每天，我们并非生活在气势磅礴的阴影之下，而是生活在渺小却看似庞大的生活之中。这是一种自然的生活方式；毕竟生活还是要继续下去的。

紧接着，一些事情会把我们从自满的情绪中猛地拽出来，让我们再次感到自身的渺小与无力。不过我已经明白了，真理正是来源于这种无力，而有意识的生活正是来源于真理。

当那一天到来的时候，我会兴高采烈地长舒一口气，爬上我的床，心知自己再也无须起来了。和祖母一样，我的身边将围绕着亲人和朋友。我会迫不及待地迎接这个奇迹的结束，以及另一个奇迹的开启。

后记

首先我想说，我这个人比朱莉更注重隐私。我觉得我从未想过要去做她所做的事情——留下一部与自己的生活、患病有关的编年史，把一切都展示出来，详尽地向这么多人讲述自己的故事。但我当然是完全相信她、深爱她的，以至于成了她作品的信徒。我会把个人的情感先放在一边，无论这本书有时读起来是多么的艰难。

所以，我现在就要按照她的要求，为这个故事画个句号。

我写作的这间房子就是我们的公寓——我们梦想中的家，也是朱莉去世的地方。

她的临终关怀病榻曾经就摆在这里。在这里，她做了最后的道别；在这里，癌症终于可以随心所欲侵略她羸弱的身体。此时此刻距离 2018 年 3 月 19 日的那天早上已经过去了三个月零四天。那是一个晴朗的冬末早晨。在那一天之前，这个房间里曾经发生过太多的事情。在朱莉将两间公寓合并成她留给我们的完美之家前——必须要说的是，她在此期间一直都病着——这个房间曾是我们的主卧。米娅和伊莎贝尔都是在这个洒满阳光、坐拥自由女神像美景的房间里怀上的。在这里，我们眺望过纽约最耀眼的落日，针对婚姻进行过一些最亲密的对话。在这里，我们曾对未来充满憧憬，一起规划着即将共度的一生。

最后，在这里，我们也尽了最大的努力，让朱莉最后的日子能够过得舒服一些。

在过去的整整一年里，朱莉一直在分阶段地离开我们。转移瘤越来越多，已经遍及她的全身。到了深秋时节，她已经得过好几次肺炎了，肺里还长出了一颗桃子般大小的新肿瘤。她选择了放疗，只是为了争取更多的时间。即便如此，我们还是心知肚明：这一年的感恩节将是她生命中的最后一个感恩节了，圣诞节将是她的最后一个圣诞节了，2018年1月初的生日也将是她的最后一个生日了。她的病情正在加速恶化，已经处于转移性疾病的最后阶段。该阶段也被称为主动死亡阶段，处在这一阶段，生命是以小时为单位离人们而去的，痛苦也会成倍增加。为了跟上她的状况，居家临终关怀助理不得不将她的止痛药增加到惊人的剂量，只为了让她能够尽可能地舒服一些。

2月26日星期一——正好是朱莉去世的三个星期前——那一天将永远铭刻在我的脑海之中。随着病情的加重，医生给朱莉开了一系列令人头晕目眩的止痛药。在那之前的那个周末，我第一次清楚地意识到，朱莉已经有些语无伦次了。看到这一幕，我深深地震惊了，不只是因为自己终于理解了她几乎已经走到生命尽头的可怕事实，还因为无论她的身体如何背叛她，或是治疗可能有多残忍，她的意识到那时为止都不曾完全被削弱。看着朱莉挣扎着想要弄清今天是什么日子，笨拙地念着名字，听到她用一种完全不像自己的、耳语般的声音讲话——这些事情本身就彻底是毁灭性的。我努力平息内心的恐慌，通过搜寻她的手机才发现，朱莉当天下午约好了要和 MSK 癌症治疗中心的保守疗法治疗团队见面。

赶到医院时，朱莉已经重新振作了起来，恢复了往日的自己。我们一起坐在 MSK 癌症治疗中心的小病房里，等待与她的疼痛管理团队的医生 R.S. 见面。作为保守疗法的肿瘤医生，R.S. 医生进入每一间病房时都会遇到一种紧急情况，但他无疑是个浑身都洋溢着善意的人。他把我拉到大厅的一侧，温和地告诉我："现在已经是几个星期的问题了，而不是几个月的问题了。"原来他刚刚也对朱莉说了同样的话。当我走回房间时，她仍旧静静地躺在诊疗台上。我永远也无法忘怀我们四目相对时的画面。就在那个眼神中，我们无须言语也能心知肚明，一切都将结束了。

R.S. 医生和他的团队最后一次直接把朱莉送进了医院。我还记得她在诊察室里哭泣的样子，嘴里说着想要回家陪伴两个女儿、奇普和我。天晓得，朱莉不是个轻易就哭的人。于是，我把不惜一切代价直接带她回家视为自己那一刻的主要任务。她已经对患病后的这一部分做好了精心的策划，而那个计划中并不包括躺在医院里浑身插满仪器。她想要死在这里，在家里，在这个房间里。

不过，肿瘤医生和保守疗法治疗团队必须首先抑制住她的疼痛，对她迅速变化的病情进行评估，以确定在没有静脉注射药物的情况下，如何才能最好地帮助她度过最后的时光，因为只有医院才能为她提供静脉注射药物。没有时间可以浪费了，医生直截了当地告诉我们：让居家临终关怀团队就位吧，要快。现在可以做最后的准备了，是时候了。

入院治疗后的那天早上，朱莉因为服用了鸦片类药物而神志不清，意味着她认知水平很低了。她泪流满面。我们两人都泪流满面，因为谁都清楚，我们用了近五年痛苦的岁月去沉思、反抗与屈服的结局眼看就要到来了。"我怎么能死呢？"她试探地问，"我怎么就快要死了呢？"那天早上，她一边啜泣，一边一遍又一遍地重复着这些问题。这些问题所包含的词语蕴含着一切可以想象得到的意义——既有程序上的，也有哲学上的。"这种事情为何会发生在我的身上？"她似乎是在问。从客观的意义上来说，一个人是怎么走向死亡的？我该怎么做？当然，这些都是完全符合逻辑、合情合理的问题，是非常符合朱莉风格的提问，也是当时剩下的唯一需要考虑的问题了。因为，其他的一切都已经被朱莉处理好了。

为了我和两个女儿，她把每一个细节都安排好了，事无巨细，除了没有她我们该怎么生活下去！

坐在她曾经生龙活虎地生活过的地方，我可以说，这个问题是没有什么好的答案的。我怀疑永远都不会有。

我最想让你们知道的一件事情是，朱莉是按照自己想要的方式去世的，身边围绕着她在这个世上最爱的人——她的父母、姐姐莉娜、哥哥茂、深爱的表姐妹南希与卡洛琳、我的父母和姐妹。当然，还有米娅、伊莎贝尔和我。一切走向终点的前一个礼拜，3月12日的晚上，我们将她人生中各个阶段的人都请到了家里，按照她的要求举办了一次守夜。她躺在客厅的沙发上，由我们教会的修女凯特带领整个房间的人进行祈祷，然后进行几分钟的冥想。人们聚集在她身旁，一个接一个地叙述了朱莉的人生故事——还是大学生时的她，或是作为无畏环球旅行者的她，抑或是作为孩子家长、癌症病友和作者的她——我们时而笑，时而哭，还有吃有喝，除了朱莉，她已经不再进食了，永远也不会进食了。

守夜的过程中，临终关怀团队带着她的病床出现了，偷偷将它安装在了我现在坐着的这个房间里。那是朱莉在这张床上睡的第一夜，前一夜是我们睡在同一张床上的最后一夜。

要说我对即将发生的事情感到恐惧，并不能表达我的恐惧之深，但要说我也急切地希望结束朱莉的痛苦——不管我自己如何——好吧，我的言语真的不足以形容当时的情形。不过，大家可以通过我心头那些对立的情绪意识到生命中最重要的人即将死去所带来的困惑。当你像朱莉一样病入膏肓时，解脱就成了一种慈悲。

没有什么能让你为死亡之后发生的事情做好准备。

刚开始，麻木会保护你不被"永远"离开带来的强大冲击力伤害。因此，在朱莉刚刚离开我们的那几周、甚至是几个月内，生活拥有了一种令人不快的轻松。所有悬而未决的事情、一切由绝症引起的无休止的梦魇都结束了。看着你在这世间最爱的人承受痛苦折磨时的恐惧也戛然而止。五年的疯狂与恐惧，突然消失得无影无踪。当我与米娅、伊莎贝尔的未来开始逐渐浮现在我的意识中时，我意外地、有悖常理地感觉到了幸福，甚至是片刻的真正的愉悦。这些都太过轻描淡写了。我被这些感觉震惊了。春天到来时，我发现自己会久久地在格林堡公园里散步，第一次允许自己真正开始消化这一切。伴随紧急状况不断突发的绝症生活时，我是没有机会这样做的。相反，我每时每刻都在运转，日复一日，也许是周复一周，除此没有未来。紧接着，突然之间，一个个未来缓缓地展现在了我们面前。

一开始，这着实令人吃惊，也让人松了一口气。"事情还不是那

后记

么可怕。"我不止一次心里这样想。后来，创伤的麻醉效果突然消失了，永远失去一个人的深切痛苦开始涌上心头。朱莉去世后好几个月，我才渐渐意识到深切的悲伤是从什么时候真正开始的。一时间，我难过得无法行动，陷入了一股未被处理过的情绪浪潮中，被悔恨、自我怀疑和不健康的可怕愧疚感所缠绕。

我生活中真正的福祉之一就是几乎每周日都要和父亲在电话里聊上一个小时。能够拥有如此明智的顾问，我深感幸运。当我意识到事情的全部负担已经将我击垮时，我拨通了爸爸的电话。

我为自己没能为朱莉做足够多的事情而感到内疚和难过，被潮水般的思绪淹没，其中有些想法非常不理智。我发现我会不断回想2013年，望着朱莉那年春天确诊之前拍的照片，惊叹于她的美貌、青春与活力，还有无拘无束的快乐和无限的可能性，即便我现在知道，那会儿她的体内已经有一个杀手在悄悄开始行动。

我告诉爸爸："你看，我真的受伤了，我觉得自己搞砸了。我想我没有尽力去挽救妻子。我本该在2010年或2011年，抑或是2012年时看出这一点的。但是我没有。我让朱莉失望了。"

爸爸说，从根本上来讲，你觉得你有那种能力，是吗？事实上，你什么也做不了。你可能永远都无法理解，朱莉竟然可以同时既充满青春活力，又在劫难逃——事情从一开始就为时已晚。但是为了你自己，也为了两个女儿——为了朱莉——你得试一试。

木已成舟。朱莉的死是不可避免的。控制，是一种错觉。其他所有的一切——所有的混乱，各种具有一定概率的医疗运作，第二种、第三种、第四种意见、临床试验、替代疗法，等等——这些都只是通往不可避免的道路上的仪式。

不过，癌症致死几乎算不上是什么能给人以启发的事情，朱莉回应自身命运的方式才算是令人深思的事情。作为一个天生双目失明的小女孩，她反而比我们任何人看得都更加清楚。面对患上绝症这一事实，她从未转移过目光，或是在幻想中寻求避难，而是把自己的人生转变成给我们所有人的一个经验，教育我们该如何充实地、淋漓地、诚实地生活。

2013年的夏天，在朱莉第一次接受手术之后，我曾坐在漆黑的观察病房里，借着平板电脑的亮光，聚精会神地阅读有关癌症四期存活率的研究文章。尽管我对那些最终准确得如此残忍的数据忠诚不渝，却还是不愿去相信它们、向它们让步。虽然朱莉也相信那些令她的整个人生成为可能的无形力量，但她也是永远忠诚于真理的，不管真理是什么，又会将她带去何方。她也许还相信一点儿巫术，却从不会沉迷于巫术的思维。

这样看来，在这个举步维艰的时刻，我父亲的建议就是一剂能带给人慰藉的药膏。最终，我们什么都做不了。最终承认事情的不可避免性，也正是朱莉的信条。除了会丢下米娅与伊莎贝尔，她的心中没有半点儿遗憾。在这段经历中，我们决心共同面对现实——尤其是面对"癌症群体"中存在的否认态度——朱莉就是现实的典范。在我们共同度过的这一生中，我从她的身上学到了很多，但最重要的是，接受现实才是真正的智慧所在。真正的生活是从接受现实开始的。反之，逃避现实就是否认生活。

朱莉面对过的残酷现实比我认识的任何人都要多，比我三生三世能够碰到的都要多。因此，她的确是明智的，早在祖母得过的结肠癌在她37岁那年悄悄缠上她之前就是如此。通过写作，她开始了奋斗的人生，并在此过程中成了同理心的代名词，为越来越多过着属于自己的人生、努力面对自身残酷现实的人提供着启示。

一次，在思考自己最想在这本书里写下什么时，她写道：

在某种程度上，我的书讲述的不仅是我患癌症的经历，也是人类的普遍经历。我希望人们能在书中找到自己。在这个过程中，我希望他们可以意识到，自己从未也永远都不会在痛苦中孤身一人……我希望他们能在我丰富、扭曲、错综复杂的生活细节中找到真理与智慧，使其支撑他们走过快乐与悲伤、欢笑与泪水。

所以此时此刻，我要自己面对残酷的现实。在很大程度上，这就是我为何要将朱莉的遗志写进这本书、记录下她非同凡响的一生，把注意力集中到纪念她的故事上，好让它能够得以延续的原因。这让人感觉很有目标，是一种处理悲伤、唤醒记忆、接受现实的方式——接受她尽管已经走了，却将永远活下去，活在这里，活在永恒的当下的现实，引导我和女儿们向你们讲述最不平凡的故事。随着日子一天天、一年年、几十年不可避免地累积，生活会将我们所有人都送往时间之河的下游、侵蚀我们的记忆，这一点将变得尤为重要。想到这一点时，我就会更加感谢朱莉的作品。

本着此书的精神，也为了让那些与我们拥有相似痛苦经历的人不会在抵抗折磨中感到孤单，我觉得自己有必要在收笔之前提一句：哪怕是最亲密的关系，也会因为疾病的到来而蒙受损失。在我与朱莉相处的整个过程中，我们一直是亲密无间、无比忠诚的，直到死亡的降临令我们的人生道路产生了巨大分歧。在她沉思死亡和接下来会发生的事情时，我想到的却是两个女儿，以及没有朱莉之后令人绝望的人生前景。越来越遥远的距离令我们似乎形同陌路，这成了彼此绝望的焦点。这往往是令人无法忍受的。就像许多被困住的夫妇那样，我们也会吵得不可开交，循环往复。情况变得如此糟糕，以至于我们两人都曾多次扬言要离开，既提过离婚，也说过一些残忍的话。这就是绝症的飓风——它摧毁的不仅是受苦的人，也是它所到之处的一切人和事物。

然而我们并没有离开，也并没有离婚。当人们感觉生活中的一切都已失去控制时，把自己从这样的边缘拉回来是需要付出努力的。我和朱莉就是这么做的。我们一同面对那个残酷的现实，重申了当初令我们走到一起的原因，并对彼此说出了需要说的所有话语。

她生命中的最后几个月，我们共同生活的最后几个月，是在温馨的、充满爱的感激之情中度过的。我们会手牵着手，看我们最喜欢的电视节目，一起在沙发上睡着。我们做了我在这世上最喜欢的事情，那就是尽可能与她共度时光。

正如我一开始提到的那样，我和朱莉正好相反，我不是个公众人物。我在这一方面的沉默寡言也影响了米娅与伊莎贝尔。她们都是如此可爱的小女孩，好奇而善良，她们都拥有朱莉的智慧与同理心。我会尽最大的努力，永远不辜负朱莉为她们设定的标准，将朱莉的爱传递给她们。两个孩子都在以一种可以理解却又有所不同的方式应对她的离开。5月5日那天，在布鲁克林的教堂里，她们勇敢地站了起来，面对一屋子前来参加朱莉追悼会的人，为母亲献上了一场音乐表演——米娅拉小提琴，伊莎贝尔弹钢琴。

在某个地方，朱莉正在聆听。为了能够听得更真切一些，她还紧闭着双眼。

我永远爱你,亲爱的。再会。

乔舒亚·威廉姆斯[①]

2018年6月

[①] 即乔希。

致谢

我们将永远感谢许多人,感谢他们如此有爱地关心朱莉的故事,也要感谢他们在可以想象的最艰难的时刻,如此悉心地照料朱莉和我们的家庭。

感谢兰登书屋的马克·沃伦。他是朱莉的编辑,但更重要的是他是朱莉的朋友。马克在朱莉的作品中看到了独特的力量。正是他们的促膝长谈赋予了这本书最终的形态。还要感谢朱莉的坚定支持者、她的文学经纪人大卫·格兰杰,他在我们知道自己有可能出版一部作品之前就对此书充满了信心,在进入我们的公寓前还优雅地脱下了鞋子(朱莉对此难以忘怀)。非常重要的是,我们还要郑重感谢朱莉的"文学之家"兰登书屋的每一个人——特别是安迪·沃德以及杰出的营销、宣传团队,朱莉与他们都非常亲近——利·马尔尚、玛利亚·布瑞克尔和米歇尔·嘉斯米;感谢制作编辑埃文·卡姆菲尔德,他对朱莉的作品倾注了诸多的心血。

要提的名字实在太多。我们真心希望曾经治疗、照顾过朱莉的那些拥有惊人才华和献身精神的专业医护人员——从她第一次在UCLA

医疗中心做手术时，到纽约大学医院，再到 MSK 癌症治疗中心——我们将永远对他们心怀感激。不仅是对朱莉而言，也对全家人而言，我们不可能要求得到更加友善、耐心和明智的照料了。

感谢凯特修女和圣安与圣三一教会的所有人在我们最需要的时候接纳了我们。

我和朱莉还要对我们工作过的律师事务所表达深切的感激之情——朱莉任职的佳利律师事务所，以及我任职的甘普·斯特劳斯·豪尔与菲尔德律师事务所。朱莉在 2013 年被确诊之后，就再也没有工作过一天，但佳利律师事务所仍旧为她保留了办公室，朱莉的助理在朱莉的余生中也一直陪伴着她。而且佳利律师事务所早些时候还曾以朱莉的名义举办过一场募捐活动，将所得款项投入了结肠癌的研究。朱莉的诊断结果出来时，我刚刚成为合伙人，正处于压力很大的时期。但阿金·甘普向我们的家人明确表示，朱莉的健康、米娅与伊莎贝尔的幸福以及我们全家平和的心态才是最重要的。对于这两家公司的好意与支持，我们不胜感激。

对于住在我们位于布鲁克林公寓楼里的那一小部分住户，我们的感激之情也难以言表——从定时为我们送来罩着盖子的美食、确保我们能够准时吃饭，到主动提出帮忙带孩子，他们简直就是一个家庭所能拥有的、最好的邻居。对此我们不胜感激。米娅、伊莎贝尔和我将尽最大努力回报邻居们的好意。

如果没能感谢这项事业中最重要的人——朱莉的读者——那就是我们的失职了。这本书代表了朱莉的梦想成真，而这个梦想没有你们是无法实现的。无论你们是读过朱莉的博客，还是在其他地方听说了她的故事才第一次来这里读她的书，我们都要感谢你们的到来，深深地感谢。愿她的记忆在我们所有人的身上得以延续。

最后,我们还想感谢迈克尔·萨皮恩扎和结肠癌联盟(https://www.ccalliance.org/)的所有人。朱莉信任这个组织,支持它的工作,也同意它的理念。它就是一剂良药。

乔希

出版说明

出版此书,旨在启发大家重新思考生命的意义,重新思考与他人的关系,并获得积极应对癌症等困厄的勇气。书中所提治疗方案,是作者记录的个人经历,不作为对其他患者的具体指导。

图书在版编目（CIP）数据

一万天的奇迹 /（美）朱莉·叶-威廉姆斯著；黄瑶译. —成都：天地出版社，2022.3
ISBN 978-7-5455-6449-5

Ⅰ.①一… Ⅱ.①朱… ②黄… Ⅲ.①传记文学—美国—现代 Ⅳ.①I712.55

中国版本图书馆CIP数据核字（2021）第248580号

THE UNWINDING OF THE MIRACLE
by Julie Yip-Williams
Copyright © 2019 by The Williams Literary Trust
All rights reserved.
Published by arrangement with Aevitas Creative Management, through The Grayhawk Agency Ltd.

著作权登记号　图字：21-2020-108

YIWAN TIAN DE QIJI
一万天的奇迹

出 品 人	杨　政
作　　者	［美］朱莉·叶-威廉姆斯
译　　者	黄　瑶
责任编辑	王　絮　高　晶
封面设计	金牍文化·车球
内文排版	冉冉工作室
责任印制	王学锋

出版发行	天地出版社 （成都市槐树街2号 邮政编码：610014） （北京市方庄芳群园3区3号 邮政编码：100078）
网　　址	http://www.tiandiph.com
电子邮箱	tianditg@163.com
经　　销	新华文轩出版传媒股份有限公司
印　　刷	天津融正印刷有限公司
版　　次	2022年3月第1版
印　　次	2022年3月第1次印刷
开　　本	880mm×1230mm　1/32
印　　张	10.5
字　　数	275千字
定　　价	52.00元
书　　号	ISBN 978-7-5455-6449-5

版权所有◆违者必究

咨询电话：(028) 87734639（总编室）
购书热线：(010) 67693207（营销中心）

如有印装错误，请与本社联系调换